Silvia Szymanski

Agnes Sobierajski

Roman

Hoffmann und Campe

Die Deutsche Bibliothek – CIP Einheitsaufnahme
Szymanski, Silvia:
Agnes Sobierajski / Silvia Szymanski.
– 2. Aufl. – Hamburg : Hoffmann und Campe, 2001
ISBN 3-455-06280-6

Schutzumschlaggestaltung: Kathrin Steigerwald
Satz: Dörlemann Satz, Lemförde
Druck und Bindung: Clausen & Bosse, Leck
Printed in Germany

Ich war im Schwimmbad mit Tanja und Mike. Ein Junge da, ich meine, ein junger Mann, seine Beine waren dicht und weich behaart, und seine Oberlippe sah auch schattig aus. Er schwamm nicht gut. Er plantschte herum und dachte lange nach, dann machte er einen krummen Köpper vom Einer.

Tanja und ich schaukelten wie Abschaum auf den seifigen Styropor-Flößen, die sie für Kinder auf das Wasser geschmissen hatten. Die Wellen, die wir machten, wiegten auch den Jungen. Manchmal sah sein Glied unter der Badehose geschwollen aus. Wir sahen uns an. Klarheit ist Wahrheit, glaubt jeder. Aber Verwirrung will leben.

Als er nachher aus der Kabine kam, trug er etwas wie abgelegte Kleider von Verwandten über seinem Leib.

Tanja und ihr Bruder Mike waren Unterklassen-Kids, aber sie zeigten, daß sie sich trotzdem ganz schön was leisten konnten. Besonders Mike legte großen Wert darauf, cool auszusehen. Gerade fönte er sich sein Schwänzchen aus langem Haar im Nacken, das seine Mutter ihm immer stehen ließ, wenn sie ihm die Haare schnitt. Er hatte aufgepumpte Turnschuhe, an denen bei jedem Schritt ein Lämpchen blinkte. Tanja trug pinkfarbene Leggings. Es gibt Männer, die so was sexy finden. Sie suchen genau so eine kleine Frau zum Spielen und Kaputtmachen.

Deshalb bin ich dabei. Ich soll auf die Kinder aufpassen, daß ihnen nichts Böses passiert. Bei den ganz harten Babys wie Mike auch, daß sie nichts Böses machen. Ich bin Babysitter, seit einem Jahr. Eine Agentur vermittelt mich in Wohnungen, an denen ich früher abends oft neugierig vorbeispaziert bin, um in die erleuchteten Fenster zu gucken. Theaterszenen im All: Der Mann im Unterhemd mit der Bratpfanne am Herd. Die Frau mit dem Bügeleisen. Jedes Leben anders und unendlich tief.

Nun trete ich in diese fremden Szenen, und sie werden Teil meines Lebens. Aber sie bleiben mysteriös, sie behalten ihre Geheimnisse. Die Oberflächen schützen sie und mich. Im Alltag müssen wir versuchen, vernünftig und diesseitig zu sein. Aber wir werden das nicht ewig sein. Das Jenseits wird uns holen. Na, wer weiß denn, was das ist! Man macht sich so oft unnötig Sorgen!

Tanja und Mike sprangen lustig voran, und ich übte, mich in diesen normalen Tag zu schicken, ich hatte etwas völlig anderes vorgehabt! Abenteuer, Jeckes, Geist, Gold, Licht … Wie ich mir Dalís, Henry Millers oder Picassos Leben vorgestellt hatte, als eine kosmische, kreative Erleuchtung im Jet-set, als ich ein Teenie war.

»Das Leben ist halt kein Roman!« sagt mancher. Aber das Leben ist doch ein Roman, und zwar ein guter. Man

ist nur ein Banause! Man würdigt gar nicht recht, was läuft! Trotzdem hab' ich »Carpe diem« nie gemocht. Der Spruch legt eine Panik nah, die ich nicht mag. Ich finde »Alles fließt« beruhigender. Auch wenn ich die Tage nicht für mich nutze, alles fließt, auch ohne mich.
Ich klopfe die Dinge nach Bedeutung ab. Und manchmal kommt was dabei raus wie bei einem Automaten. Ein Gegenwert für was man reingesteckt hat? Ich hab nie Bock, darüber nachzudenken.

Die Straßen in A. waren voller Autos und Menschen an diesem knallig heißen Sommertag am trashigen Ende des Jahrtausends. Jedes Kind hatte ein Eis in der Hand oder quengelte nach einem. Blasse, alkoholkranke Pärchen schleppten sich blinzelnd zum Aldi.
Zwei Girls traten mit dicken, hohen Schuhen nach einem Jungen, den sie »Wixer« nannten, und Wixer verpißte sich mit seinem Skateboard und fickte sich selbst, wie die Mädchen es ihm nahegelegt hatten. Er hatte heruntergezogene Hosen, geschwollene Turnschuhe und einen gerippten, nackten Bauch, den man »Waschbrettbauch« nannte in diesem Sommer. Viele Menschen fanden das da richtig gut und sagten sich das gegenseititg. Niemand zwang sie dazu direkt; sie kamen von selbst auf den Geschmack und blieben dabei für eine Weile, wie auf einem seifigen Floß für Kinder, das auf den Wellen schaukelt.
Mike blieb vor allen Geschäften stehen und rechnete, was er kaufen könnte. Er ging in eins und fragte, was Inline-Skater kosteten, und kam verbittert wieder raus.
In einem Imbiß bestellte er sich Pizza Gyros, obwohl er

das nicht sollte, weil ihm immer schlecht davon wird. Aber wenn alles so teuer war im Leben, dann konnte er auch am Fressen sterben, dachte er grimmig und biß den Fraß wie einen Feind.
Zwei Männer am Nebentisch wirkten in ihrer fremden, rauhen Sprache, als würden sie Verbrechen planen.
»Die gucken uns alle an, als wenn wir Verbrecher wären«, sagten sie zueinander. Ich konnte das auf meinem Stereokanal in Übersetzung hören. Channeln heißt das. Die Amis machen es mit Außerirdischen. Ein Typ aus meiner Straße hat mir ein Buch darüber geliehen. Davon später mehr!
»Warum sind eigentlich so viele blöde Jugoslawen in Deutschland?« fragte Mike, noch immer schlechtgelaunt, mit Seitenblick auf die beiden Männer. Ich bin überempfindlich, wenn jemand diskriminiert wird.
»Warum wohl«, sagte ich. »Weil sie eben nicht blöd sind. Du weißt doch, daß in Jugoslawien Krieg ist. Deshalb kommen sie hierher. Wer will schon sterben.«
»Ich!« piepste Tanja unbekümmert und aufrichtig. »Dann kann ich bei meinem Opa im Himmel sein.«
»Ich will leben«, sagte der robuste Mike. »Ich will Inline-Skater fahren und Fußballbilder sammeln.«
Mike hatte fertiggegessen und rülpste wie ein Mann.
Seine Schwester kicherte und machte ihn nach.
Sie sahen mich an, ob ich was dazu sagte, aber ich sagte nichts, ich zahlte nur mit dem Geld aus meiner Hose.
Die Münzen waren heiß.
Mein Dienst war vorbei.
Ich ging spazieren in der Zeit bis zum nächsten Sitting.
Mein Spiegelbild in den Schaufenstern sah aus wie die

Frau, die Oskar Lafontaine gestochen hatte, so daneben, fand ich, und ich schämte mich.
Nun, wenigstens bin ich vom Charakter her nicht so wie sie.
Es fällt mir gar nicht mehr so schwer wie früher, nett zu anderen zu sein. Es geht bei mir jetzt ganz von selbst, wie ein Programm, das sogar aus einer Ecke meines Herzens gesendet wird, aber es ist nicht mein ganzes Herz. Große Teile meines Herzens sind verdunkelt, da kommt selten jemand rein, auch ich nicht. Sie sind für ein anderes Leben gedacht, falls es kommt, genau wie das Gehirn. Daran sieht man, daß der Schöpfer auch nicht genau weiß, was wird: Er hat uns Menschen gepackt wie Koffer für Reisen ins Ungewisse. Deshalb sind Kopf und Herz manchmal so schwer. Man hat uns viel mehr mitgegeben, als wir brauchen können.
»Da hat einer reingepinkelt!« sagte ein Mann mit Schutzhelm empört zu seinem Kollegen auf einer Baustelle. Sie standen vor einem Betonmischer und schüttelten die Köpfe.

Als ich zur Haltestelle kam, stand dieser Junge aus dem Schwimmbad da. Er stieg mit ein. Der Bus ließ Luft ab und fuhr los. Ich fahre gerne Bus. Der Bus vibriert, ich werd' bewegt, die Atmosphäre ist proll, aber groovy.
Auf meinem Schoß saß in einem Netz die Aubergine, die ich mir gekauft hatte. Die schöne, dunkle Frucht! So glatt und fest und trotzdem weich. Ich würde sie in Olivenöl braten.
Der Junge setzte sich hinter mich zu einem Bekannten.
Im Fenster schwebte mein Gesicht, wie es von Natur aus

auszusehen hatte und sich nur langsam änderte. Ich bin, wie gesagt, nur selten begeistert davon. Es gibt Momente der Gnade, wenn ich getanzt und getrunken habe, dann hab ich rote Bäckchen und strahlende Augen im Spiegel. Dann staune ich: Es geht also. Warum nicht immer?

Daran muß das Leben schuld sein. Das falsche oder richtige? Das eigne oder andere? Das werden wir im Laufe dieses Buches schon rausfinden, lieber Leser. Das wird noch ein richtiger Detektivroman.

Der Junge sah mich an. Er gab mir in dem Busfenster große, schöne, weit offene Blicke, in denen ich gefangen wie in einer Kugel zappelte.

Ich kann nicht fassen, wie sehr ich in Gefahr geraten kann. Eine Frau wie ich ist manchmal fähig, alles mitzumachen, und auf einmal ist sie tot und selber schuld. Sie hat sich nicht geschützt vor Jungen. Denn Jungen, Jungen sind böse. Sie stehen vor den Spielhallen und haben Waffen hinter den Reißverschlüssen ihrer Hosen. Sie reißen sie auf wie eine Dose Fisch, und ein Hai springt heraus, und sie lassen ihn Schaden anrichten. Ich sollte niemals auf sie eingehen! Ich weiß es schon. Ich weiß es noch.

Der Freund des Jungen aus dem Schwimmbad ließ Kaugummis hinter meinem Nacken platzen. Es klang vulgär und frech. Er erzähle meinem Jungen etwas über Kettchen. Wieviel Prozent Gold, wo am billigsten, welches als nächstes. Und:

»Ej, ich hab ein Mädchen gefragt, ob es mit mir gehen will, und sie hat gesagt, vielleicht, sie muß es sich noch überlegen. Ich hab gesagt, warum mußt du es dir noch überlegen. Ich weiß noch nicht, hat sie gesagt. Komm, laß mich versuchen, hab ich gesagt, und sie: Ja, gut. Sie kommt aus Marokko, aber sie ist nicht wie die anderen, weißt du? Ej, du kennst sie, sie ist die Freundin von Fatima. Nee, nicht die. Ja, die.«

Sie würden mir zwischen die Beine greifen und meine Brüste in den Mund nehmen und ihre Zungen in meine Ohren tun, und ich würde nicht mehr wissen, wo sie anfingen und aufhörten. Sie würden mich verachten.

Die Luft trug ihre Stimmen auf warmen Wellen ihres Atems aus ihren Körpern wie auf Wasser zu meinem Körper. Sie waren erregend, als hätten sie ihre Münder auf meiner Haut.

Alles vermischt sich, auch wenn man das nicht will. Man hat nur einen kleinen Leuchtpunkt im Innern für sich, aus dem das Ich herauskommt.

Sie stiegen mit mir aus. Die Sonne spiegelte sich in den Butterblumen wie in goldgelber, fettiger Seide. Sie brannte im Nacken und brachte Mücken zum Stechen und Ameisen zum Pinkeln. Wespen nuckelten an Apfelkitschen im Haltestellenabfalleimer. Fliegen setzten Punkte auf den Fahrplan. Es war ein böser Sommer, der schwarzes Ungeziefer lockte und Gedanken raubte.

Ich wünschte, ich wär nicht mehr bei Bewußtsein.

Der Junge aus dem Schwimmbad hatte sich von seinem Freund getrennt und ging mir nach.

Er konnte nicht mich meinen.

Ich habe ellenlange Arme und so eine bleiche Haut um meinen ganzen Körper. Ich bewege mich so langsam wie ein betäubtes Insekt, das nichts fangen kann. Nur wenn einer aus Dummheit in mich fällt, kann ich ver-

suchen, ihn da festzukleben. Und dann ist er vielleicht enttäuscht! Es steht doch schon in allen Zeitschriften, daß die Männer sich beschweren, sie fühlten sich in Frauen verloren wie in Höhlen. Das ist ihre Rache, weil die Frauen den Zeitschriften sagen, ihre Pimmel seien zu klein, sie würden sie nicht ausfüllen. So streiten sich Männer und Frauen, und ich bin ihr Kind.
Aufgedrehte Schulkinder in kriegerischer Stimmung kamen uns entgegen, mit albern bunten Sachen, damit kein Auto sie erfaßte. Sie aßen aus Plastikdosen von Seifenblasen aufgeweichte Chips und Flakes. Ein mongoloides Kind strahlte fassungslos über sein Eis. Später stand es vor dem Schaufenster eines Spielzeugladens, hypnotisiert von den Plastikfarben, mit triefender Waffel. Die Welt ist verführerisch für ein hitziges Gemüt, ein Schatz an tollen Dingen.

Mein nächster Job lag in einem Wohnblock in einer Seitenstraße. Nicht Seidenstraße. Weit davon entfernt.
Auf den Stufen vor der Haustür saß breitbeinig ein kleines, dummes Mädchen und schob weggetreten den Lauf ihrer Spielzeugpistole in ihren Mund rein und raus. Sie spritzte sich Wasser in den Hals. Sie hatte dicke, dunkelrote, hängende Lippen wie die Frauen im Fernsehn. Ein kleiner, dreckiger Junge sprach sie an.
»Hallo, Ramona! Kommt der Ralf raus? Ich hab Furzgas ...«
Er lächelte zweideutig. Er sah aus wie auf Klebstoff.
Ramona schüttelte langsam den Kopf, ohne ihn anzusehen. Sie blickte leer geradeaus und fühlte nur sich und den Lauf ihrer Pistole.

Der Junge hinter mir ging auch in dieses Haus. Das Leben wollte es aber wissen! Doch ich würde ihm nichts sagen. Es sollte von selber darauf kommen.
Frau O. öffnete mir, und ich war außer Gefahr.

Frau O.s Wohnung war arm und leer, als hätte der Kuckuck alles aus ihr weggeholt bis auf ein paar blaue Reste.
Blau war wohl die Lieblingsfarbe von Frau O., es sah bei ihr aus wie im Nest dieses exotischen Vogels, der blaue Sachen sammelt; die Zeitungen berichten manchmal über ihn.
Frau O. kriegte in dem Billigladen, wo sie arbeitete, auf alles Rabatt. Von da kamen die Bettwäsche aus elektrischem, discoblauem Glanzstoff und die Arrangements aus nachtblauen Stoffblüten mit Bändern und Kerzen, die sie in übertrieben elegant vaginisch geformte, magisch blaue Glasvasen gesteckt hatte. Es war wie eine Walt-Disney-Phantasie, wie die Sozialwohnung der kleinen Meerjungfrau. Die manieriert gedrechselten blauen Dinge signalisierten ihr ihre geheimisvolle, exklusive Weiblichkeit.
Frau O. war schön, verließ sich aber nicht darauf, sondern verwandelte sich für den Abend in eine wild gestylte Tussi. Wir hatten den gleichen Vornamen und benutzten die gleiche nordafrikanische Raubkopie eines Parfüms, nach dem in diesem Sommer alle Frauen rochen, die nicht recht wußten, was Stil ist.
Frau O. war nett und sah gutgelaunt diesem Abend entgegen, an dem sie in einem Schlager-Bistro jobben würde. Sie freute sich auf die Komplimente, die ausge-

gebenen Mixgetränke und das Leben, freigekauft von wie sie sonst zu oft zu sein hatte.
»Tschö!« sagte sie fröhlich. »Es wird spät, ja? Sie können sich ruhig hinlegen. Bedienen Sie sich, wenn sie was zu trinken wollen. Fühlen Sie sich wie zu Hause!«
Blaue Engel, kleine Feiglinge. Heiße Früchtchen, scharfe Hüpfer. Ich hatte Sehnsucht nach der erweichenden und herzerwärmenden Wirkung des süßen Alks, aber ich ließ es sein. Ich wollte nicht, daß das arme Kind das Negative von mir mitkriegte, wenn das Gift meine Gefühle verstärken würde, und ich selber wollte das auch nicht mit mir erleben.
Auf dem Klo fand ich ein im Preis heruntergesetztes Traumdeutungsbuch und suchte unter »Käfig«, was sie zu meinen immer wiederkehrenden Träumen von gefangenen Vögeln schrieben. Sie schrieben:
»Der Käfig im Traum besteht oft aus den Regeln, Normen und moralischen Maßstäben unserer Gesellschaft. Meist zeigt er dann, daß man sie zu genau befolgt, und behindert deshalb die Selbstentfaltung. Man sollte ab und zu aus diesen Zwängen ausbrechen.«
Ja, mach mich nur verrückt, Traumbuch. Wie soll ich denn ausbrechen? Ich sehe heut dazu so wenig Chancen wie dieser Sittich da im Käfig.
Die Leute fangen jetzt auch noch an, Computertiere gefangenzuhalten und sich um sie zu kümmern, als wären sie lebendig.
Ich höre auch so oft wie möglich meinen Anrufbeantworter ab, weil ich das Gefühl habe, das rote Licht da quält sich sonst, wenn es immer blinken muß. An – aus, an – aus, das macht es verrückt, ich muß es erlösen.

Diese Schränke waren mal ein Baum. Das Fensterleder war einmal ein Tier. Lebendig sind sie schöner. Selbst Warane sind schöner als so ein Kassettenschrank. Ich rede wirr, egal, ich bin allein.
Draußen war die Müllabfuhr.
Baby Jimmi war beeindruckt von der Kraft des großen Autos, den Muskeln der Männer, dem Scheppern der Eimer. Die Männer lachten uns an aus staubig wilden Visagen. Sie stellten sich vor, wie ich vor zwei Jahren nackt mit einem Afrikaner in dieser Wohnung getobt hätte.
Jimmi war nämlich Mulatte. Er war deshalb das meistberührte Baby des Viertels, hatte seine Mutter erzählt, denn die Leute waren so erleichtert über sich, weil sie ihn süß fanden und nicht diskriminierten, daß sie das mit Streicheln zeigen und feiern wollten. Außerdem kam ihnen schwarze Haut berühren in Miniatur kontrollierbarer vor. Wer weiß, was sonst passiert, wenn man was anfaßt. Das kann ja unglaubliche Reaktionen geben.

Jimmi war drall und kregel von einer Kraft, die in ihm fest aufgerollt war wie eine Feder. Er brüllte hungrig neben mir, als ich ihm seine übelriechende Instant-Nudelspeise anrührte, und hüpfte von einem Bein aufs andere vor Ungeduld, das Essen in sich reinzukriegen. Er ließ sich ohne Quäken füttern, aß schnell alles auf, dann legte er sich auf den Boden zu den unordentlichen Kleiderhaufen und schlief wie ein rätselhaftes Tier in seiner eigenen Welt.
Ich schaltete das Fernsehn ein. Manchmal hilft das,

wenn man's glaubt. Wenn man vergißt, daß es nicht lebt. Es ist ein stellvertretendes Abenteuer, gebannt in diese Filme in den Kästen. Es ist nicht wirklich, was man möchte, das anzusehn und daneben ein alltägliches Leben zu führen, das einen selbst kaum interessiert. Aber man ist außer Gefahr. Es kann nichts passieren. Meine Auftraggeber geben mir Geld, um sicherzustellen, daß ihren Kindern nichts passiert. Doch sie vermissen was, wie ich, anscheinend. Sie starren auf die Scheibe, sehnsüchtig nach Arielle und andren Zeichentrickgestalten, die keine Langeweile haben.

Nach einigem Zappen fand ich eine alte Aufzeichnung von einem Gespräch mit Hannah Arendt in einem verschütteten Kanal. Ich hatte nur mal ungenau was über sie gehört. Sie schien an diesem Nachmittag in dieser Umgebung vor Intelligenz und Geist zu leuchten, in einem solchen Unterschied zu dem Zimmer, in dem der Kasten stand, aus dem sie sprach, und zu der seelischen und geistigen Verfassung der Frau, die darin saß. Es half nicht wirklich. Die Sendung war auch bald vorbei.

Draußen auf dem Hof hörte ich Jungen gegen einen Ball treten und sich rufen, und ich ging zum Fenster und sah raus. Sie spielten friedlich in der Abendsonne. Ihre Körper sahen unschuldig aus, obwohl ihre dünnen, muskulösen Bäuche von Volk und Medien bereits als Waschbretter beschlagnahmt worden waren.

Der junge Mann aus dem Bus spielte mit. Er sah mich am Fenster und winkte.

Ich war erschrocken und freute mich doch. Es ist ein komisches Gefühl, wahrgenommen zu werden. Man sel-

ber merkt sich schon gar nicht mehr, und dann verhält sich jemand, als gäbe es einen wirklich.
Es kann so eine große Sensation sein, angefaßt zu werden. Das kann einen ganz ungeahnt lebendig machen.
Deshalb ist es auch so oft verboten: weil es funktioniert.
Erlaubt ist, was nichts bringt.
Die Welt ist ein Rätsel, das hier nicht zu interessieren hat.
Die Stadt ist ein Tabu, das verhängt wurde, ein dickes, rotes Tuch über der Wahrheit.

Es tut so gut, wird schnell zuviel.
Es klingelt an Türen, klopft an Wänden; es steckt im Kasten, kommt aus dem Hörer, erscheint auf dem Bildschirm und steht in der Zeitung. Wenn nichts geschieht und man nichts tut, geht nichts mehr weiter.
Der Junge stand vor meiner Tür, unglaublich.
»Ich hab meinen Schlüssel bei uns dringelassen«, sagte er. »Und jetzt sind meine Eltern weg, und ich komm nicht mehr rein. Kann ich bei Ihnen warten, bis sie zurück sind?«
Ich rief Frau O. an und stach in einen Raum voll Hits und Stimmen.
»Klar!« kam ihre Stimme rüstig aus dem Pop-Sound. »Kein Problem! Und sonst? Alles in Ordnung? Das ist die Hauptsache!«
Hauptsache in Ordnung. Hauptsache gesund. Hauptsache, es schmeckt. Und die schönsten Nebensachen? Fußball und Sex.
»Das Baby ist aufgewacht«, sagte er. Er lachte Jimmi an. Er zeigte ihm eine Rassel, rappelte und gab sie ihm in

die Hand. Jimmi verstand. Er fuchtelte und lärmte wild und freute sich an Klang, Form, Farbe und Beschaffenheit. Wir setzten uns zu ihm auf den Boden. Ich fand den fremden Jungen hier so hübsch. Man sagt wehrlos zu diesem Zustand, obwohl da gar kein Angriff ist. Aber wenn man einander so anschaut, dann wird man in sich langsam verwischt und zermahlen. Und man schwimmt wie ein verlorener kleiner Fisch zwischen den aufgelösten Grenzen, ängstlich vor Übergriffen, versessen auf Halt.

Er nahm mein Gesicht in beide Hände und küßte mich ausgiebig und mit großer, rätselhafter Herzlichkeit. Dann nahm er seine Hände von mir und knöpfte sich sein Hemd auf, ohne mit dem Küssen aufzuhören. Er drückte sich an mich und ließ sich streicheln und bebte und stöhnte ein wenig. Wir bewegten uns, als würden wir miteinander schlafen, aber wir zogen uns nicht aus. Das ist gut so, dachte ich, genau, wir ziehen uns gar nicht aus, dann wird es auch kein Sex, und niemand kommt in Gefahr. Kein Kind, kein Aids, kein Leid, keine Folgen.

Aber während ich das dachte, zogen wir uns doch aus. Wir handelten, ohne zu denken, und dachten ohne Folgen, es ist seit Millionen von Jahren so einstudiert.

Sein Glied rutschte in mich hinein, und wir staunten über uns und unterhielten uns in unserer glitschig geilen Welt mit unseren seltsam geformten Geschlechtsteilen, die es aber gut taten. Unsere Körper machten Musik aus unbekannter Quelle und tanzten eng miteinander mit einer unmittelbaren, innerlichen Besessenheit, die keiner versteht.

Jimmi war neben uns wieder eingeschlafen. Er war auch mal vor kurzem noch Teil dieses hitzigen Unternehmens gewesen, zwei wilde Zellchen, die was in sich hatten und das werden wollten. Es war sehr eng in Sack und Schleim, und ihre Zeit war knapp. Sie tanzten sich in Wallung wie im Topf über einem Feuer. Dann kippten sie im Innern um wie was, das kocht. Und wurden was Neues, das lebte.

Der Junge schmuste mit mir, während wir das machten. Er rieb seine Wange an meiner und küßte mich, als würde er mich lieben. Man darf das nicht überbewerten oder verwechseln. Aber die Sonne wärmt einen doch auch, und man sagt nicht: »Sie verarscht dich. Die scheint doch auf alle, das Flittchen.« Sonne, Luft, Trinken, Essen, Sex, es ist keine Verarsche von ihnen, daß sie wärmen, schön sind, schmecken, guttun. Sie sind groß.

»Ich bin fertig«, sagte er. »Auch fertig?«

Ich nahm ihn in die Arme.

»Deine Eltern rufen dich«, sagte ich.

Es war eine Quälerei, wieder allein zu sein. Sex hatte Zärtlichkeit geweckt, und Zärtlichkeit konnte nicht mehr schlafen und kam immer wieder ins Zimmer: »Ich hab Durst! Kann ich nicht aufbleiben? Kannst du nicht noch was mit mir spielen?«

Nebenan hörte ich seine Eltern mit ihm schimpfen. Sie wußten nicht, wie lieb er war.

Ich hatte das eklig unmögliche Bedürfnis, mit dem Jungen verschmolzen zu bleiben wie seine Haut oder sein Blut. Ich hatte das Gefühl, ihn nicht verlassen zu kön-

nen. Es war nicht, daß ich ihm sein eigenes Leben nicht gönnte. Oder meins nicht mehr wollte.
Es dauerte ewig, bis Frau O. wiederkam.
Noch als ich im Auto auf dem Heimweg war. Noch zu Hause in meinem Bett.

X

Es geht immer weiter. Es muß das tun, egal wie schlecht. Gott ist alles. Nur kein Perfektionist. Er ist einer aus einem Land ewig langer Märchen und Erdgeschichten, bei denen man den Faden verliert und am Ende nicht mehr weiß, wie's anfing. Er ist ein Junge, der sein Werk am Schluß zerstört. Du wirst ihn nie einmal verstehen. Er verwirrt dich durch Verschachtelung. Er macht ein Labyrinth aus dir, und am Ende ist ein Loch, in das du fällst, und Schluß. Das ist ein komischer Mann. Jetzt schickt er mich schon los zum nächsten Fall. Dabei habe ich den letzten nicht gelöst – egal anscheinend. Vier Kinder ohne Vater, ich soll hin. Es geht immer weiter. Und bringt mich immer weiter weg von gestern wie ein Zug.

»Jede Stimmung des Herzens regt zu einer Bewegung an. Wonach das Herz strebt, dahin laufen die Schenkel, ohne sich zu besinnen. Aber auf das menschliche Leben übertragen, ist diese Art nicht das richtige und führt zur Beschämung. Man darf nicht ohne weiteres den Leuten nachlaufen, auf die man einwirken möchte. Man soll den Stimmungen des eigenen Herzens gegenüber nie die Hemmungsmöglichkeit vernachlässigen, auf der die menschliche Freiheit beruht.«

Sprüche, oh Sprüche. Ich brauche euch manchmal. Ich kann nicht immer ohne solche Krücken gehen, glaube ich.
Die Wohnung, in die mich am ungewollten nächsten Abend meine Schenkel gegen den Willen meines Herzens trugen, beherbergte eine fundamentalistisch christliche Familie, und dort hingen auch überall Sprüche wie in einem totalitären Staat, oder sagen wir: in mir.
»Herr, ich danke Dir, daß Du mir meine Sünden vergibst!« hing in der Küche, aber ich glaube nicht, daß Frau M. etwas Schlimmes getan hatte, das ich ihr nicht verzeihen würde. Und der liebe Gott dann erst! Aber sie sah sich negativ und zerriß sich ihre Seele immer wieder, weil sie fürchtete, Vergessen und Verheilen könnte der Teufel sein. Meine Schuld, dachte sie, ist in meinem Blut und in meinen Knochen. Ich muß sie überwinden. Aber wie soll man? Vier Kinder waren ihrem Fleisch und Blut entsprungen, war das gut oder schlecht? Seele und Familie waren ein religiöses Reich, ein Schlachtfeld von Gut und Böse, und sie fühlte sich hilflos und allein. Gott schien weit weg zu sein, und sie glaubte, das sei ihre Schuld. Sie kriegte ihn nicht nah, er kam nicht in ihr Haus.
Ihr Fernsehn war abgemeldet und tat es nicht. Frau M. hatte den Antennenstecker entfernt. Es sollte die Sendungen der Welt nicht mehr empfangen und ausstrahlen, solange Gottes Strahlen nicht hierhinkamen und alles erhellten. Bis dahin gab es nur glitzerndes Rauschen mit weggewehten Fetzen von menschlichen Stimmen wie Orakel aus einem kaputten Medium.

Ich hatte mir vorgenommen, sobald wie möglich durch die Kanäle zu entweichen, doch das ging nun nicht. Ich sah eine Weile süchtig dem Flimmern zu, dann machte ich es aus. Ich hatte Sehnsucht nach der Szenerie des gestrigen Tages.
Im Aquarium gab es kein Licht mehr.
»Papa repariert das Licht, wenn er wiederkommt«, sagte Anastasia. Dabei wußte ich, Papa war zu einer anderen Frau gezogen und würde nicht mehr wiederkommen. Diese Familie war von Papa, Fernsehn und Licht im Aquarium mit Entschlossenheit getrennt worden. Auch Videos und Spiele waren weggesperrt. Und die Kinder geisterten. Sie schliefen keine 5 Minuten für 50 Pfennig. Sie legten sich hin und sprangen sofort wieder auf. Sie tappten und flüsterten und taten sich weh, sie weinten und stritten. Sie waren wie eine Suppe, die sich ständig selber umrührt. Wie was Verhextes. Ich hatte keinerlei Einfluß; sie gehorchten mir kein bißchen.
»Was würdest du eigentlich tun, wenn es hier brennen würde?« fragte mich Dorthe spitz und lauernd. Sie saß mir gegenüber und fixierte mich mit kalten Augen wie eine vom Teufel besessene Pubertierende in Horrorfilmen.
»Die andere Kinderfrau von uns ist viel schöner als du. Die haben wir auch viel lieber. Und solltest du nicht darauf achten, daß ich um 9 im Bett bin? Und wie spät ist es jetzt? 5 nach 9! Da hast du nicht gut achtgegeben. Das werde ich meiner Mama erzählen, wenn sie wiederkommt!«
Ich war in einem falschen Film, und der gab keinem andren Film 'ne Chance. Das gute, liebe Fernsehn, es war

tot. Und dieses Haus war zu unruhig, um sich auf Gedanken an den Jungen von gestern zu konzentrieren, wie ich es gern getan hätte.

Der Wind kratzte mit den Baumzweigen von außen an den Rollos, und sie ächzten:

»Schon wieder Wind! Warum machen die Leute, die hier wohnen, nicht die Äste mal was kürzer!«

Die Fische irrten durch das dunkle Wasser:

»Wann kommt nur Papa wieder! Er wollte doch eine Glühbirne mitbringen!«

Die Spülmaschine schwieg und stank. Ihr war schlecht, und sie dachte dumpf:

»Wenn Frau Sobierajski nur wüßte, wie man mich anschaltet, oder sich zutrauen würde, das einfach mal zu versuchen, dann könnte ich was gegen den Dreck in mir tun.«

Oben in den Kinderzimmern weinte wieder jemand. Ich ging hoch und fand Sarah heulend in ihrem Bett sitzen.

»Wenn doch nur die Mama da wäre!« klagte sie.

»Aber dafür bin ich doch jetzt da«, sagte ich.

»Aber ich möchte meine Mama was fragen!« sagte Sarah verzweifelt.

»Vielleicht weiß ich es doch auch?«

»Ich möchte wissen, wie die Autos denn wieder sauber werden, wenn sie dreckig sind?!« schluchzte sie. »Sie können sich doch nicht selber saubermachen! Macht der Regen das? Das Wasser? Wirklich? Das Wasser ist gut! Das Licht auch!« tröstete sich Sarah. »Die Sonne und der Mond sind gut. Die Autos und die Häuser. Alles, was ein Gesicht hat, ist gut.«

»Nur der Teufel ist böse!« sagte Klara emphatisch. »Er will die Leute verführen! Aber Gott ist stärker! Wenn wir an ihn glauben, kann der Teufel uns nichts tun. Liest du uns eine Geschichte vor?«
Gudrun legte mir ein Buch auf den Schoß.
»Das ist von Michael Ende«, sagte sie. »Michael Ende war Freimaurer. Aber man darf trotzdem seine Bücher lesen. Man muß nur wissen, was er war, und darf es wirklich nie vergessen! Hej! Was ist das? Wieso ist heute kein Mond am Himmel?«
»Der Mond schläft in den Häusern gegenüber«, sagte Sarah. »Ich habe gestern gesehen, wie er darin verschwunden ist!«

Es tat gut, wieder allein zu sein, in meinem Auto, an meinem Kassettendeck, mit meinem Benzin, meinem Heimweg und dem nächtlichen Himmel, wie ich ihn sehe.

✗

»Mustafa« klang wie ein böser Witzname. Es gefiel mir nicht, daß der Junge, mit dem ich bei Frau O. geschlafen hatte, so heißen mußte, und es fiel mir schwer, mich daran zu gewöhnen. Ich übte den Namen, bis er eine Einrichtung in meinem Innern wurde.
Ich hatte seine Nummer im Telefonbuch nachgesehen und wälzte die Überlegung, ob ich ihn anrufen sollte, unschlüssig in mir rum. Ich wußte doch nicht, in welches fremde Leben ich mit meinem Anruf stechen würde. Vielleicht war ich auch feige, wie jemand, der weiß, daß er brechen muß, aber er will es nicht wahr-

haben. Ich wollte meine Sehnsucht noch wie ein heimliches Organ in mir behalten und mich nicht durch Aktion aus dieser träumerischen, fließenden Stimmung aufstören, in der sie lebte. Wenn etwas zufällig, wie von selbst passiert, fügt es sich besser ein in die unbewußte Art zu leben, die ich vorziehe. Ich bin es dann nicht schuld.

Vielleicht dachte er auch so.

Ich ging spazieren, sitten, ins Café und ins Museum ... überall sah ich mich um, ob er mir zufällig begegnete, angstvoll und offen zugleich.

Ich fühlte mich kostbar wie ein Bild in dem festlichen Licht und der prunkvollen Einrichtung des Museums, in dem ich fast allein war. Wie diese Leute malen konnten! Überall steckte der Wahnsinn drin.

Auf einem Gemälde vom Anfang des Jahrhunderts tanzten bemalte und fast nackte Afrikaner bei einer kleinen Kirmesschau. Die Männer im Publikum staunten und mißbilligten, die Frauen verstanden und strahlten. Das Bild hieß »Die Wilden«, es sah wirklich wild aus, und das Wilde wird noch immer angesehn wie damals.

Auf einer Darstellung der Verdammnis erbrach ein Spieler Würfel, ein anderer war schwer von Münzen. Ein Nackter ritt auf einer Klinge.

Ich bin wie dieser nackte Mann. Vielleicht wird das kein gutes Ende nehmen. Aber ich werde verrückt, wenn ich das Wilde in mir nicht leben kann.

Jemand müßte kommen und mich nehmen und mich nageln, fest an diese Wand wie einen Pudding an sein

Knie, ans Kreuz wie Jesus, und mich vögeln wie verrückt, sich in mich zwingen, auf der Toilette zum Beispiel, hinter der großen, alten Tür, eine Berührung, und ich würde ihn umarmen, ein Knick nur im Genick, und ich wär tot. Diese brennenden Bilder in meinem Körper, Gewühl von nackten Menschen wie auf diesem Höllensturz, die Frauen überschwemmt von Samen, die Männer spritzen es auf meinen Körper und hinein, ich wälze mich und fasse überall in Menschen, wie in Pornos, aber besinnungsloser.

Der Museumswärter schlich hinter mir her und blieb an einem Durchgang stehen. Dann machte er sich von dieser Stelle los und kam mit raschen, knappen Schritten her und stellte sich neben mich. Er wippte auf seinen Füßen.
»Haben Sie Interesse an Bildern?« flüsterte er mir zu.
»Ja, klar«, tat ich arglos.
»Auch Fotos?« fragte er heiß. »Und Bücher erotischen Inhalts?«
Hej, Schicksal! Ich hab nicht den gemeint! Ich mein nicht jeden, und du weißt es! Was soll jetzt die Verarsche hier!
»Geh zu dem Jungen, den du willst« hieß das als Lehre wohl in meinem Innern – aber ich muß noch überlegen, innre Stimme. Ich muß noch überlegen, habe ich gesagt!

Am Abend tigerte ich zu einem neuen Baby, noch kein Jahr alt. Es lag in einem feinen, modernen Appartement unter einem Dach der teuren Innenstadt. Die Wohnung

erstrahlte in hellem, goldenem Licht, doch aus ihrem Hinterfenster sah man in die Puffstraße von A.
Baby weinte erst, aber ich fand heraus, daß es sich von Musik verzaubern ließ. Ich trug es herum, tanzte langsam und sang das mysteriöse Lied: »Dans ma rue, il y a des femmes qui se promènent. Et je tremble et j'ai froid et j'ai peur.«
Ich sah aus dem Fenster, ob vielleicht Mustafa durch diese Straße ging. Viele südländisch aussehende Jungen und Männer gingen da. Sie sahen ihm alle ähnlich.
Als mir das Tragen zu schwer wurde, guckten Baby Alexander und ich Didi Hallervorden im Fernsehn. Alexander hatte Spaß.
Er war mein erstes Windelkind. Ich schmierte sein AA beim Wickeln ungeschickt an seine Kleider und mußte das hektisch säubern und vertuschen, aber Alexander sah ganz friedlich und verwundert dabei zu.
»... et maintenant c'est moi qui leur fait peur ... Dans ma rue, il y a des anges qui me mènent.«
Alexander schlief tief. Er war noch nicht lang hier. Er war von weit, weit her gekommen.
Antoniusstraße heißt die Straße mit den Puffs in A. Ich bin noch nie da durchgegangen. Es heißt, sie werfen einem Sachen nach, wenn man aus Neugier durchgeht. Diese Straße ist die intime Sache ihrer Männer und Frauen. Ich hab immer nur von außen in die Straße reingeguckt.
Der heilige Antonius wurde dort von tausend Teufeln versucht. Sie nuckelten an ihm und stachen ihn, ich hab es auf einem Bild im Museum gesehen. Ich weiß nicht,

was aus ihm wurde. Er widerstand wahrscheinlich, sonst wäre er nicht heilig.

Unter A. laufen heiße, nach Schwefel riechende Flüsse. Es ist nicht alles nur Steine und Erde drunter, überall fließt Wasser, es sind Höhlen da und Gänge. Manchmal hat das etwas so Braunes, Altes, Unaussprechliches wie ein flämisches Gemälde. Wo man hinguckt, hockt dann ein Gespenst.

Der Teufel war mal hier. Ihm ist was steckengeblieben, im Schloß, im Schloß der Domtür. Man kann es fühlen, wenn man seinen Finger reinsteckt. Es ist ganz kalt und weich. Der Dom sieht russisch aus, wie Weihnachten. Die Mosaike glitzern alt und golden, wie Brokat, wie festliche Pullover alter Frauen.

Wir könnten in den Beichtstuhl gehen, Mustafa, wie wäre das?

Bist du religiös? Es gibt eine Moschee in der Stadt. Das Regenwasser, das am Beton dort runterläuft, hat schmutzige Spuren hinterlassen. Drinnen sind wahrscheinlich viele Männer, die dir meiner Meinung nach irgendwie ähnlich sehen. Ich weiß nicht, ob man als Ungläubige reindarf. Auf jeden Fall muß man sich die Schuhe ausziehen.

Ich müßte vernünftig mit einem Mann reden, ohne Spiel und Ironie, Mustafa. Ich will dich fragen, wie die Autos wieder sauber werden und wo der Mond schläft.

Vor dem Dom hatten sich viele Menschen um ein Auto versammelt, dessen Marke neu und selten war. Andere standen um einen Brunnen, aus dem nach faulen Eiern stinkender Nebel stieg.

Ich war nur Augen, Mund und Sehnsucht. Ich kam an einigen Telefonzellen vorbei. Doch ich ging an jeder vorbei und rief ihn nicht an. In der Nacht, in meinem Bett, rief ich ihn an, doch nicht durchs Telefon.

Ich hatte einen traurigen Traum.
Ein Mann wollte am Meer schlafen. Aber er hatte Angst vor den Alpträumen, die er dort an sich herankommen spürte. Ein solcher Alptraum kam heran.
Es war in einem Haus, das zerfiel. Von den Menschen war nur die Hälfte oder ein Drittel da. Aus einer Tiefe kam eine Krankheit wie eine Verfärbung in den Traum, braun, uralt, unbesiegbar traurig. Mir wurde schlecht von ihr.
Eine Geschichte hing in der Luft. Ihre Wörter wurden aus der Luft genommen und erzählt. In den Fluren flatterten Vögel. Ihre Flügel klatschten. Ihr kalkiger Kot war überall.
Eine Mauer hinter einer Mauer hinter einer Mauer. Dahinter eingesperrt ein wahnsinnig wütender Mann.
Er hackte eine Mauer nach der andern durch mit seinem Beil, und er würde nicht aufhören, bis er bei uns wäre, und dann würde er uns packen und töten oder wahnsinnig machen.
Mama war dünn, kaum zu sehen, kaum zu berühren, oft war sie fort. Auch Papa ging auf Gedanken ganz weit weg. Auch ich war oft so weg. Alle waren es.
Ich lehnte am Fenster und sang. Eine Gruppe versuchte, sich zu kümmern. Aber sie hatten zuwenig Geld. Sie versuchten, ihre Kunstwerke zu verkaufen, aber es brachte nichts ein.

Ich hatte Hunger.
Unter einem Baum an einer staubigen Straße saß ein dicker Mann und biß in ein Steak. Er bot mir an, und ich aß mit, obwohl ich kein Fleisch essen mag. Ich hatte dringend Hilfe nötig, aber kein Recht, darum zu bitten.
Alles zerfiel in Abfall, Staub und Siechtum.
Menschen schleppten sich durch die Dunkelheit. Jemand hatte auf sie geschossen. Ihre Wunden sahen aus wie faule Löcher in Weinbeeren. Ich gehörte zu ihnen.
Als ein Junge vorbeiging, hätte ich ihn anhalten wollen und sagen: Hilf mir bitte.
Einmal ging ein Junge vorbei, und ich zog ihn zu mir auf den Boden und stammelte »Papa« und schämte mich.
»Es gibt Leute, die haben einen solchen Hunger, daß sie gerne den Belag von den Zähnen eines andern essen würden.«
Mit diesem Satz im Ohr wachte ich auf.

✗

»Mama! Mama!«
»Heinzi! Wo bist du denn?«
»Hier, Mama!«
»Heinzi!«
»Ich bin hier, Mama! Mama!«
»Ich bin hier, Heinzi!«
Meine Nachbarin Karola und ihr Söhnchen Heinzi riefen verzweifelt nach einander. Es war noch früher Morgen und der dritte Tag nach Mustafa.

Tanja und Mike standen wieder auf dem Plan, wir wollten noch einmal ins Schwimmbad gehen. Aber das Schwimmbad war nicht mehr, was es mal gewesen war. Es war ein langweiliger Ort geworden, mit keinem Mustafa zufällig zu sehen.
Tanja, anmutig in ihrem kleinen Bikini von feinstem Prolo-Chic, sang mit ihrer süßen Pieps-Stimme: »Sieh mal da, da geht das Girl mit dem La-la-la.« Tanjas Mutter hatte es auf Kassette, Tanja und ich hörten es manchmal zusammen. »Ich bin verruckt, ja, ich bin verruckt nach ihr«, machte Tanja Graham Bonney nach. Er war Ausländer gewesen und hatte auf eine Weise das »ü« nie richtig aussprechen können, daß die jungen Mädchen fast in Ohnmacht davon gefallen waren. Dann hatten sie aber doch andere Männer als ihn geheiratet, und Mädchen wie Tanja waren aus ihnen geschlüpft.
»Ich lebe nicht gern«, sagte Tanja. »Ich glaub, im Himmel ist es schöner. Die Jungen ärgern einen immer.«
Mike sagte: »Ich möchte etwas anstellen, ich möchte etwas anstellen! Wenn wir gleich zu Hause sind, gibst du mir ein Feuerzeug, Agnes, ich will was zündeln!«
Das kam gar nicht in Frage, Mike hatte auch kaum mit meinem Einverständnis gerechnet. Er machte statt dessen seinen Gameboy an und ließ sich in eine kleine, hektische und grausame Welt ziehen, in der unwirkliche Wesen die Scheiße bauten, die ich ihm versagte. Tanja befaßte sich mit ihren Polly-Pocket-Häuschen, das sind aufklappbare winzige Hotels und Friseursalons und solche Sachen, in kleinen Koffern aus rosa und hellblauem Plastik. Sie kämmte mit einer Mini-Bür-

ste einem winzig kleinen Pferdchen Schweif und lila Mähne.

Dann stocherten sie eine Weile stuhlkippend in ihrer merkwürdig riechenden chemischen Fertignahrung, die ich in der Mikrowelle für sie erhitzt hatte, ließen die Hälfte stehen und machten sich statt dessen ein Überraschungsei auf. Ihre schmutzigen kleinen Freunde schellten an der Tür, und sie gingen raus spielen und streiten.

Ich hörte Tanja draußen piepsig und immer weiter entfernt singen: »Gib mir mein Herz zurück. Bevor es auseinanderbricht ...«

Ich schaltete das Fernsehn ein.

In einem Kanal lief eine Flirtshow. Ein deutsches Mädchen und ein türkischer Junge waren miteinander auf einen Ausflug geschickt worden und sollten erzählen, wie es war. Das Mädchen beklagte sich: »Er nimmt Frauen nicht ernst. Er hat keinerlei Respekt vor ihnen.«

Diese Aussage erregte mich, und ich schämte mich deshalb. Man sah in der Großaufnahme, daß den Jungen der Vorwurf verletzte, er sagte: »Klar wollte ich mit ihr schlafen. Will ich immer noch. Ich wäre doch ein Idiot, wenn ich das nicht wollte und versucht hätte.«

Sie: »Er hat mich im Hotelzimmer einfach aufs Bett gelegt, und wir haben uns geküßt. Aber man kann doch nicht alle Karten ausspielen, gleich am ersten Abend.«

Der Junge konnte gut diesen deutsch-ausländischen Straßenslang nachmachen, den ich so lustig finde.

Mustafa wäre mit Recht vielleicht beleidigt gewesen, was mich alles an ihn erinnerte.

Herr Kohl, Tanjas und Mikes Vater, kam von der Arbeit. Wir unterhielten uns noch ein bißchen. Er hatte mit seiner Familie aus einem sozial schwierigen Viertel wegziehen wollen, und sie hatten alles zusammengekratzt für die Eigentumswohnung in dieser Gegend jetzt. Und nun stellte sich heraus, daß dieses Viertel noch viel schlimmer war, obwohl es bei den Feldern lag, am Stadtrand, fast in der Natur.
Ich finde einen Reiz an diesen schwierigen Gebieten. Auch schon an dem, wo Kohls vorher gewohnt hatten. Es summt da stärker als woanders. Es wirkt auf mich ein, kriminell, sexuell, und noch was, das ich nicht benennen kann.
Alles ist von Aldi, Urban, Penny-Markt und Möbelwelt und riecht zusammen mit der alten Wäsche und den Putzmitteln, etwas daran schneidet mir ins Herz.
Herr Kohl machte sich natürlich Sorgen, besonders wegen Mike. Nur, so viel Geld konnte er nicht verdienen, um in eine Gegend zu ziehen, wo Mike nicht eines Tages Anschluß finden würde an seine unheilvolle Gang.
»Ich arbeite mich dumm und dämlich«, sagte Herr Kohl, »und es bleibt nichts übrig. Aber die werden ihre Rechnung kriegen, die Arschlöcher von der Regierung! Das lassen sich die Leute nicht mehr länger gefallen.«
Er meinte damit eher ultra-rechts als links; die Linken waren ihm nicht radikal und aggressiv genug. Ich sagte meine Meinung, er lenkte ein und sagte, daß man sowieso nichts ändern kann.

Auf meinem Heimweg ging ich an der Kneipe vorbei, in die ich immer im Vorbeigehn guck. Da spielen immer dunkle Jungen Billard. Sie guckten mich mit großen, heißen Augen an, ich sie auch. Wie Räuber sahn sie aus.

Mann zu seiner Frau im Bus: »Das tut dem gut, der Schock! Ich würde meiner Tochter verbieten, mit dem zu gehen. Die Mutter seiner Freundin sollte man schlagen, daß sie ihr das erlaubt. Der ist kein Umgang für ein Mädchen.«
Es ging um den Jungen, den Bayern in die Türkei ausgewiesen hatte, weil er so kriminell war. Er war 14 Jahre alt.

✗

Der Job des diesig-grauen neuen Tages lag in einem Wohnblock, bißchen Grün und Spielplatz, eine atmosphärelose Gegend, windig, weil sie auf einem Hügel lag.
Der kleine Junge, Max, war krank.
Ich hatte ein schlechtes Gewissen, weil ich keinen Zugang zu ihm fand. Er kam mir vor wie ein vergessenes Spielzeug, und das tat mir leid, aber ich brachte auch kein ehrliches Interesse für ihn auf. Vielleicht war nicht nur ich das schuld. Vielleicht war er sich ja selber fremd und abständig in seinem Fieber, und ich erschien ihm auch wie was aus einer andren Welt. Ich schalt mich, daß ich mich ekelte, weil er so einen schleimig gelben Schnupfen hatte. Ich war natürlich trotzdem nett zu ihm, ich war nur nicht mit mir zufrieden.
Alte Bücher standen unordentlich im Regal. Der Küchenschrank war voller Körner und Kräuter. Das Fern-

sehn ließ sich nicht von mir auf Satellit umschalten und brachte nur drei verrauschte Nachmittagsprogramme hervor, die uns auch nicht weiterhelfen konnten.
Ich sah aus dem Fenster nach Jungen, während Max schwach neben mir dahinspielte.
»Mustafa! Mustafa!« rief einer einen auf der Straße drunten. Aber es war ein andrer Mustafa, höchstens neun Jahre alt. Er hatte einen Ball, der Junge, der gerufen hatte, wollte mit ihm spielen.
Der Wind trieb lose Sachen über den Asphalt.
Max hielt seinen Hasen am Ohr und wedelte ihn grob hin und her, mit offenem Mund, verklebten Augen und laufendem Näschen.
Mein Herz war schrecklich in mir eingesperrt.
Frau Mahr, Max' Mutter, kam heim vom Studieren.
»Bleiben Sie doch noch auf eine Tasse Tee!« lud sie mich ein. »Solln wir uns nicht duzen? Ich heiße Lisa. Wenn du willst, kann ich dir die Karten legen, Agnes. Ich leg sie auf den kleinen Teppich hier. Der ist schön, nicht wahr? Den hat mir mal ein Junge geschenkt, mit dem ich kurz gegangen bin, ein Iraner. Seine Eltern waren gegen uns. So mußte er Schluß machen, schade.«
Meine Karten forderten zu Mut und Liebe auf.
»Ich übernehme keine Haftung«, sagte Lisa. »Aber Mut und Liebe können nie verkehrt sein, oder?«

Erde, Blumen, Gräser, Hölzer dufteten und sangen geheimnisvoll von ihren Geheimnissen, als ich abends nach Hause ging. Ich hätte gerne eine Liebe, sangen sie. Ich ging an einem älteren ausländischen Mann vorbei und hörte, wie auch er leis vor sich hin sang.

Auf einem Fußballplatz trainierten Jungen – ohne Mustafa, das war schnell abgecheckt. Ich blieb eine Weile dabeistehen und nährte den Wunsch, einer von diesen Jungen zu sein. Es schien so leicht zu haben, so preiswert und im Angebot, es lag im Reiche des Normalen, und ich nicht.

Die nächste Telefonzelle drohte an der Ecke. Ich ging auf die andre Straßenseite, feig wie ein Autist.

Sollte ich ihn anrufen? Ich glaubte ja, fürchtete nein … Ich wußte doch nicht, ob es besser war, das Leben geschehen zu lassen oder es zu machen. Ich würde nicht blind das Rechte treffen wie ein Zen-Buddhist. Soweit war ich noch nicht, und Evolutionssprünge sind da selten; man kann sterben, bevor man jemals einen hatte.

Vielleicht hat man gar keine Wahl. Vielleicht sind ›richtig‹ und ›falsch‹ nur Täuschung, und es gibt nur einen Weg, egal wofür man sich entscheidet. Er sieht nur aus wie viele Wege, weil man ihn in vielen Spiegeln bis unendlich sieht.

Dann wäre es nicht schlimm, was zu verpassen? Man könnte ruhig mit dem Leben warten?

Ja, kann man, kann man nicht. Es fängt schon ohne einen an und macht auch ohne einen weiter bis zum Schluß.

Ich war mal mit Tanja auf einer Kirmes. Sie hatte von ihrer Oma zwei Mark gekriegt, und vor jeder Bude, jedem Karussell blieb sie stehen und überlegte, was sie sich kaufen sollte.

»Was kostet das, Agnes? Eine Mark? Dann hab ich ja

nur noch eine übrig, wenn ich die ausgebe. Ich kann mich nicht entscheiden!« sagte sie kläglich und drehte die Münze zehnmal um. Schließlich hatten wir nicht mehr viel Zeit, und sie kaufte sich an einem Stand ein Stück Kokosnuß. Dann beugte sie sich über eine Grube, und die Kokosnuß fiel hinein, und wir hatten nicht mal Zeit, eine neue zu holen.

Türkische Jungen grillten was vor ihrem Haus und aßen das Fleisch unter einem Baum, wie der Mann aus meinem Traum. Sie riefen zu mir herüber, ob ich auch was essen wolle. Ich sagte, ich hätte schon gegessen, aber vielen Dank.
Ich war müde und esse normalerweise kein Fleisch, aber der wahre Grund war, daß ich mich fürchtete, wenn ich mich zu ihnen gesetzt hätte, hätte ich angefaßt werden wollen. Und sie hätten das gemerkt und mich dafür verachtet.

✗

Letzten Sommer, an einem Abend wie diesem, hab ich mit Papa zum letzten Mal auf unserer Terrasse gesessen. Wir haben gegrillt, und er hat zum letzten Mal etwas gegessen. Dann hat er aufgehört zu essen, seine Lunge entzündete sich, er starb.
Papa hatte sich sehr verändert durch seine Krankheit, die sein Gehirn zerfraß. Er war düster und bitter gegen alle geworden. Er saß da wie ein fleischgewordener Vorwurf, ein Rätsel, ein Verdammter, der Fliegende Holländer.
Es war so seltsam. Er war ein Mensch, er sah so aus.

Man meinte, man könnte mit ihm reden, einen Zugang zu ihm finden, aber das ging nicht, seine unsichtbare Seele war unter unsichtbare Gespenster gefallen und wahnsinnig geworden. In welche Bedrängnis eine Seele geraten und was für eine Dunkelheit durch sie aufkommen kann! Eine Finsternis, die unerschöpflich scheint, weil die Seele sie aus einer Art Erde herauszieht wie ein Baum mit seinen Wurzeln. Sie zapft unheimliche unteriridische Reservoirs an. Sie ist die Pumpe und Pipeline für Dunkles, manchmal gefüllt mit purem Gespenst. Es ist unheimlich schwer, aus den Schatten zu treten, die die Menschen so bedrücken können.
»Die Schatten sind vielleicht wie diese dunklen Dinger aus einem Computerspiel«, sagte Jürgen mal, ein kleiner Junge, den ich manchmal betreue. »Wo man auch hingeht, sie sind sofort auch da und legen sich um einen, und man wird sie nicht los. Nur wenn man ganz schnell wegspringt.«

✗

»Wer in das Licht blickt, läßt den Schatten hinter sich«, stand am nächsten Morgen in der Zeitung, am fünften Tag nach Mustafa.
Sehr gut, der Spruch, jetzt muß ich nur noch gucken, wo ist Licht?
Man kann nur von da ausgehen, wo man steht.
Ich meine, wo es einen hinstellt ... Der Babysitter-Dienst hatte bestimmt: Familie Reinkens, Eburonenstraße 9.
Der reguläre Sitter war da ausgefallen, ich sprang ein. So hatte es keinen Zweck, Mustafa an diesem Tag anzuru-

fen. Das konnte ich ohne Gefahr bedauern. Wenn ich so weitermachte, würde mein Leben vollkommen von selbst geschehen, und ich brauchte gar nicht mehr drin vorzukommen.

»JA ist das gesündeste Wort der Welt. Sag JA zu allem, und es wird dir leicht!« Der Spruch hing bei Reinkens in der Küche. Auch an die Tür zum Kinderzimmer war wie eine Beschwörung ein persisches Gedicht geklebt. Es sagte, die Kinder gehörten nicht ihren Eltern, sondern sich, der Natur und Gott.
Ich teile diese romantische Sicht, aber sie steht unverbunden neben dem Widerwillen, der mich überkommt, wenn ich ein Kinderzimmer betrete und der alltägliche Müll sich mir entgegenwirft.
Geliebtes, geschändetes Spielzeug, achtlos und ungeduldig durcheinandergemacht; Speichel und Rotz, auf alles getropft und hineingesickert; Bonbonreste kleben in albernen Kinderbüchern, und aufgedrehte Kinder können einen so dreckig machen und aussaugen, daß man das Schöne an ihnen nicht mehr würdigen kann. JA ist kein guter Spruch für alles.
»Ich will leben«, betete ich. »Ich will reisen und mit Männern schlafen.«
Da bist du heute falsch hier, Baby Sitter, dein Sitten führt nicht grad dorthin.

Sondern in das Leben eines sehr ausgelieferten kleinen Wesens.
Karina stand vor einem Spiegel in ihrem Zimmer und betrachtete die Unterseite ihrer Zunge.

»Daß man so was Ekliges im Mund hat!« lachte sie. »Soll ich dir mal meine Sammlung zeigen?«
In einer Schachtel waren ihre ausgefallenen Milchzähne. Eine andere enthielt dicke, graue Staubflocken, die sie unter den Betten aufgelesen hatte.
»Früher habe ich auch losgegangene Stücke vom Zahnfleisch aufgehoben«, lächelte sie. »Aber die sind jetzt zerbröselt.«
Sie zeigte mir die Zeitungsausschnitte, die sie in ein Album geklebt hatte. Auf einem sah man die Hölle von Hieronymus Bosch. Und daneben eine grimmige, schwarz gekleidete Zorro-Ente.
»Kennst du den?« fragte sie. »Das ist Darkwing! Darkwing Duck!« flüsterte sie ehrfürchtig und sah ihn lange an.
Wer immer in die Sonne guckt, wird blind. Auch Kinder finden Schatten anziehend, obwohl sie sich vor ihnen fürchten. Schatten sind mächtig, und wenn sie schon mal da sind, möchten die Kinder sie wenigstens auf ihrer Seite haben.
In was für Umstände ein Kind hineingeboren wird. Und es kommt nicht mal erwachsen an, sondern ganz klein und hilflos; es müßte eigentlich fix und fertig sein, wenn es seine Kindheit überstanden hätte. Aber dann kommt auch noch das Erwachsensein, das Altsein und der Tod. Es müßte etwas geben, um sich von alldem zu erholen. Es gibt den Schlaf. Aber die Träume sind schon wieder anstrengend. Ach, alles ist das, alles.
Armes Kind. Jetzt strahle ich schon wieder Negatives auf dich aus.
»Was haben deine Eltern denn für ein Geschäft?« riß

ich mich rum. Ihre Eltern hatten erwähnt, sie hätten ein Geschäft. Aber da hatte ich was gesagt! Karina sah mich erschrocken an und schlug sich die Hand vor den Mund.

»Huh!« machte sie, »das darf ich doch nicht sagen! Meine Eltern sagen, das geht keinen etwas an!«

Sie blickte ratlos und panisch. Die riskante Situation, vor der sie immer gewarnt worden war, war eingetreten. Und keine Eltern da, um ihr zu helfen. Dabei glaube ich nicht, daß ihre Eltern mit was Schlimmem handelten. Sie hatten ihr wahrscheinlich nur gesagt, sie solle nicht immer allen Leuten gleich alles erzählen. Karina sah in allem zu viel Unheimlichkeit, das kenn ich auch von mir.

Als ich klein war, hat mich meine Mutter mal zu meiner Tante geschickt, Abtreib-Pillen holen. Tante Sabine gab sie mir ohne weiteres und trug mir viele Grüße an Mama dazu auf.

»Nimmt Tante Sabine diese Pille öfter?« fragte ich meine Mutter später beklommen.

»Wenn's nötig ist«, sagte Mama unbefangen. »Zu oft darf man sie nicht nehmen, sonst wird man krank.«

»Und du nimmst sie jetzt auch?«

»Ja, gleich.«

»Bitte, Mama, nimm sie nicht. Es ist doch nicht so schlimm, wenn wir noch ein Baby kriegen.«

Mama prustete los.

»Nicht Ab*treib*-Pillen, du Tuppes!« lachte sie gerührt. »Ab*führ*-Pillen! Damit man besser AA machen kann!«

Ich wagte zuerst nicht, ihr zu glauben, aber es stimmte wohl, so dunkel war die Welt nun doch nicht überall.

Und doch ist sie an manchen Stellen dunkel wie die Hölle. Aber man wühlt da besser wohl nicht immer rum.
Wir gingen rüber ins Wohnzimmer.
Diese schaurigen Möbel, und aus dem Fenster sieht man immer noch mehr Wohnblocks im Grünen und Sandkästen. Mit dem Park haben sie sich überhaupt keine Mühe gegeben. Sie haben alles nur platt- und dichtgemacht. Das Fernsehn ist das einzige wirklich erlösende Loch in diesem Gefüge. Aber das darf man nicht anschalten, verlangt meine Agentur. Wir sind Pädagogen. Wir müssen mit den Kindern spielen.
»Was sollen wir denn spielen?« fragte ich Karina lustlos.
»Mau-Mau«, schlug sie vor. »Und du tust dabei, als wärst du eine doofe, eingebildete Erzieherin, damit ich sagen kann: ›Sie garstige alte Schnepfe, Sie!‹«
Ich kriegte die Rolle gut hin; sie liegt mir wohl, dachte ich selbstquälerisch.
Karina war noch ein bißchen krank und konnte in ihrem kläglichen Zustand nicht gezwungen werden, die ganze Zeit mit mir zu spielen. Wir kuschelten uns unter eine Decke und guckten »Tiere suchen ein Heim« im Fernsehn. Karina fand sie alle süß und verging fast vor Gefühl. Sie streichelte meine Schulter.
»Gestern durfte ich länger aufbleiben und einen Film für Erwachsene gucken«, erzählte sie. »Der war so schön, daß ich manchmal nicht mehr hinsehen konnte. Ich hab mir die Decke über den Kopf gezogen.«
»Was war denn in dem Film so schön?« fragte ich.
Sie wurde verlegen und sagte leise: »Wenn sie Sex gemacht haben.«

Karina glaubt, daß kleine Tiere in der Nacht über die Rauhfaser krabbeln und sich unsichtbar machen, wenn man das Licht anschaltet. Wenn es brennt, dann kann man fliehen, doch was wird aus den Katzen?
Sie sagte: »Ich fühle mich auf einmal ganz komisch« und fing an, bitterlich zu weinen. »Am liebsten wäre mir, meine Mama wäre jetzt hier«, sagte sie.
»Aber als ich kam, wolltest du sogar, daß deine Mama endlich geht, damit wir spielen und uns unterhalten können«, erinnerte ich sie. Sie stimmte betröppelt zu.
»Da wußte ich noch nicht, wie ich mich dann fühlen würde«, sagte sie. »Aber es ist fast schon wieder vorbei.« Ihr Gesicht hellte sich zaghaft auf. »Es ist jetzt vielleicht nur noch die Hälfte.«

✗

Früher war ich oft in Finkenrath bei meiner Oma. Sie wohnte in einem Haus nahe der Grenze nach Holland, die zugleich eine Bahnlinie war.
Hier war einmal ein Dorf gewesen, aber die Braunkohle war gekommen und hatte alles weggebaggert bis auf zwei, drei Häuser. Eins war eine Schmugglerkneipe, und darüber wohnte Oma. Man konnte aus dem Fenster oben bis zur Zeche in Holland sehen; die Gebäude sahen chinesisch aus mit ihren geschwungenen Dächern. Ich fand sie gespenstisch. Ich traute dem Oma-Braten da unten eh nicht. Oma war zu schwach. Sie würde mir nicht gegen die Gespenster helfen können, und Mama und Papa waren weit weg, sie waren für ein Wochenende nach Legoland verreist.

Oma konnte wirklich nicht gut Gespenster vertreiben. Es blieben immer welche übrig und hingen in der Luft und lachten hämisch oder machten Buh, und Oma löste sich dann auf und ging weit weg. Sie ging verloren in den Einrichtungen, verschwand bewußtlos in den Wänden, verschwamm im Schrank, verlor sich im Strickzeug und dem Löffeln der Suppe. Wenn sie wieder in ihren Körper zurückkam, seufzte sie: »Ja, ja, so ist das.«

Aber sie wußte gar nicht, wie es ist. Sie hätte nicht erzählen können, was mit ihr geschah auf diesen Reisen. Sie wurde weggezogen und vergaß alles. Meine Oma Finkenrath verschmergelte wie eine Motte an einer Lampe, die nur einen kleinen Kreis hell machte. Wie alle Erwachsenen spielte auch sie vor uns Kindern ihre Angst herunter. Aber sie arbeitete daran, uns zu unserem Schutz selbst so eine Angst zu machen wie ihre.

Eines Nachts standen alle erwachsenen Bewohner dieser Räuberwirtschaft vor dem Berg am Haus und riefen »Peter! Peter!« hinauf. Aber Peter kam nicht wieder. Er war den Berg hinaufgelaufen und war weggeschluckt worden.

Tante Mimi war auch dabei, aber jetzt ist sie schon lange tot, als hätte sie niemals gelebt. Sie und die kleinen weißen Sternblüten auf dem Hof, im Dreck zwischen den Steinplatten.

Damals verschwand bodenlos viel, nicht nur Menschen wie Tante Mimi und Katzen wie Peter, auch andere Sachen. Alles war eines Tages da und eines anderen Tages nicht mehr da und nie mehr. Es war gesunken auf den Grund der Dunkelheit, überall hinter uns und unter uns. In Stockwerke, Keller hinab, vor denen wir Angst hatten.

An Finkenrath vorbei rauschte die Nachtbahn mit Leuten, die nachts geweckt worden waren und wie unter Hypnose ihre Butterbrote in die Arbeits-Aktentaschen gepackt hatten. Sie fuhren in die Fabrik, entlang der Grenze, hinter der die Welt abrutschte und ins Dunkel fiel. Von wo es dumpf grollte, tutete, rasselte von Manövern. Der ganze Wald war voller Waffen, man sah sie nicht, sie waren versteckt. Auch die Leute sah man nicht, nur die glimmenden Zigaretten zwischen ihren Lippen wie Glühwürmchen. Sie waren überall. Hinter jedem Halm duckten sich zehn. Die Landschaft bog sich von ihnen. In der Stromschneise spielten sie ein Spiel wie Schach, aber sie selbst waren die Figuren, riesenhafte Puppen, es war ein aufgeregtes Spiel, das Räuberschach. Sie schossen aufeinander. Von allen Seiten fraß sich das Dunkle voran, bis das letzte Licht verschluckt sein würde.
Die Eisenbahn heulte wild. Ich flog wie ein Motte gegen das Fenster der alten chinesischen Fabrik im Wald und fiel hinein.
Ich sah die Menschen darin, die niemals schliefen. Sie arbeiteten ewig, bei bösem, schlechtem, wahnsinnig machendem Licht und riesengroßem Lärm, wie Maschinen. Sie bewegten Eisenblöcke, schlugen Funken, schmolzen Metall. Sie riefen »Vorsicht!« und »Bahn frei!«, aber unaufhaltsame Karren rollten krachend über Menschen,

trennten Arme und Beine ab. Kräne gerieten aus Verankerungen und taumelten und fielen auf Leute. Niemand konnte darauf achten, weil immer und vor allem ungerührt weitergearbeitet werden mußte. Ich drehte mein Baby weg von diesen Sachen, schaute über seinen Kopf hin und preßte es gegen meinen Bauch durch die Haut zurück in mich hinein und wachte auf.

✗

Am Morgen Nummer sechs war ich zermürbt. Ich hatte den Hörer in der Hand. Ich atmete wie unter einer schweren Last. Ich tippte eine Nummer nach der andern in den Apparat, und jede war wie ein Schritt weiter im Gebirge, obwohl man Angst hat abzustürzen.
Niemand war da. Ich wurde so keck, es zwanzigmal bei Mustafa klingeln zu lassen. Na also, ich konnte es! Ich konnte sogar schmerzlich bedauern, daß niemand an den Apparat ging.

Dann mußte ich los zu einem kleinen Jungen, Abdul.
Abdul war als Prinz verkleidet für ein Fest im Kindergarten. Er trug einen aufgemalten Bart und ein Gummischwert, er war wie eine hübsche kleine Parodie auf einen Macho. »Hallo!« sagte er, und als ich mich daraufhin nach ihm umdrehte, küßte er mich auf den Mund. Dann zwickte er in meine Nase, biß mir zärtlich in die Wange und gab mir einen Klaps auf den Po. Diese Tändeleien hatte er von seinen Eltern und Verwandten gelernt, und er hatte eine nette Art, sie an alle weiterzugeben, die er mochte.

Abdul waren Vergänglichkeit und Veränderlichkeit schmerzlich bewußt. Er war beunruhigt davon, daß die Erscheinungen kamen und verschwanden, denn er mochte sehr, was er bei seinen Entdeckungen vorfand, und wollte alles gern behalten. Als ich mit ihm spazierenging, mußten wir an jedem dicken Baum stehenbleiben, weil er ihn angucken, anfassen und draufklettern mußte und sich dann nicht mehr von ihm trennen konnte. Jedem Flugzeug, das vorbeiflog, sah er lange nach.

»Wieder?« fragte er zweifelnd und besorgt.

»Klar«, behauptete ich, »solche Dinge laufen dir nicht weg. Bäume, Flugzeuge, Müllautos, die wirst du dein ganzes Leben lang so regelmäßig wiedersehen, daß sie dir am Ende aus den Ohren rauskommen.«

Und wenn er stirbt mit vier?

Aus seinem furchtsamen Abschiedsschmerz heraus war Abdul zu allem, das ihm begegnete, leidenschaftlich zärtlich.

Wenn er einen Kinderwagen sah, lief er darauf zu und küßte das erschrockene Baby darin wild. Er hockte sich vor den kleinsten Hund der Welt, der laut Frauchen schon drei Niedlichkeitspokale gewonnen hatte. Das Hündchen streckte ihm die Zunge raus. Abdul machte das nach und kriegte dafür von dem Zwerghund einen Zungenkuß, über den er sich tierisch beömmelte. Es machte ihm auch großen Spaß, dem Hund seine Stoffrobbe zum Ficken unterzuschieben.

Zu Hause tobten wir ein bißchen rum, und Abdul biß sich dabei vor Vergnügen auf die Lippen. Blut lief aus seinem Mund, und seine Schwester rannte herbei, um

mir beim Trösten zu helfen. Sie machte sich ihren Ärmel rot an seinem Blut.
»Oh!« sagte sie, »da muß ich mich gleich umziehen!«
Abdul staunte. »Wenn ich blute, müssen sich die Mädchen umziehen«, murmelte er verwundert vor sich hin. Er glaubte, einem mysteriösen Ritual auf die Spur gekommen zu sein.
Zum Abschied spielte ich mit seinen Waschlappen für ihn Puppentheater, und er himmelte mich dafür an wie eine große Dramaturgin. »Wieder?« fragte er. Aber wir würden uns wahrscheinlich nicht mehr wiedersehen. Ich war nur zur Vertretung gekommen für seine kranke Kinderfrau.

Ich sehe es seltsam gern, wenn Blut zutage tritt wie bei Abdul; das zeigt, er lebt, da ist was drin in ihm, auch wenn man erst davor erschrickt. Die schöne Farbe, die hervorquillt, ist das Leben und heißt Tod, wenn sie zu lange rausfließt aus dem Körper. Wie fühlt man sich, wenn man diese Bindung aufgibt? Was ist man ohne Atem, ohne Blut?

✗

»Frau Sobierajski, wir müssen mal wieder die Abrechnung machen. Wann haben Sie denn mal Zeit? Rufen Sie mich doch mal zurück. Bis bald.«
Da müssen wir wohl. Madame von der Babysitter-Agentur wollte ihre Vermittlungsgebühren. Es tut weh, jede Woche ihren Anteil an der kassierten Knete wieder abzudrücken.
Madame, sie heißt Frau Malangré, ist selber Tagesmut-

ter, und als ich zu ihr kam, war grad ein kleines Mädchen bei ihr.
Frau Malangré hatte eine große Puppe über ihre Hand gezogen und ließ die Puppe zu dem kleinen Mädchen reden.
»Na? Willst du der Frau Sobierajski nicht guten Tag sagen?« krächzte die Puppe. »Kriegt sie keine schöne Hand von dir?«
Eine kleine, mäßig schöne Hand wurde mir plötzlich entschlossen entgegengestreckt. Ich legte keinen Wert darauf, aber es war halt eine Übung für die Leute, die das anders sahen.
Frau Malangré bat mich in das Spielzimmer, und wir setzten uns mit unseren Unterlagen an den Kindertisch. Die Sonne schien herein auf den strapazierfähigen Teppichboden, die lustige Lampe, die stabilen Bauklötze, die knuddeligen bunten Stofftiere.
»Frau Sobierajski, ich möchte Sie bitten, den Familien, die Sie besuchen, diese Kasperlefiguren anzubieten, zu einem Sonderpreis für treue Kunden. Hier sind sie. Die sind doch toll, oder?«
Ich wollte sagen, daß ich sie ganz schrecklich fand.
»Ganz nett«, sagte ich feige.
Frau Malangré lächelte.
»Das macht doch SPASS, die Arbeit mit den Kindern, oder? Wie war es denn bei Frau O.? Sie ist ja eine neue Kundin unsrer Agentur. War das Kind denn brav?«
»Ja«, sagte ich zweideutig. »Das war sehr lieb. Ja, das hat großen Spaß gemacht.«
Ich versuchte, mir die Last von meinem Herzen runterzuatmen, aber es ging nicht.

»Bei Frau M. fand ich es sehr schwierig«, fuhr ich fort. »Eines der Kinder konnte mich nicht leiden, es wollte lieber die andre Kinderfrau wiederhaben. Mit Karina Reinkens hab ich mich gut verstanden. Wo war ich noch? Bei Max, das war okay, und Abdul ist süß, aber der hat ja schon eine feste Kinderfrau.«
»Das ist ja schön, daß die Arbeit Ihnen gefällt. Da habe ich bestimmt bald noch mehr Aufträge für Sie. Ich guck mal, ja? Da war noch was.«
Madame wühlte in ihren Zetteln. Ich sah die vielen bunten Sachen in dem Zimmer an. No colours anymore, I want them to turn black …
»Ach, da hab ich ja den Zettel!« sagte Frau Malangré. »Ja, da hat eine Familie angerufen, die suchen einen Babysitter, aber schon für heute nachmittag, können sie denn so kurzfristig? Ja? Schön. Die Leute kenne ich noch nicht. Es scheinen Ausländer zu sein. Sie hatten nach Ihnen gefragt. Vielleicht hat jemand Sie empfohlen. Ich geb ihnen mal die Telefonnummer, dann können Sie das mit den Leuten abmachen, die freuen sich bestimmt, wenn das noch klappt.«

✗

Zu Hause nahm ich mir die Nummer vor und tippte sie in den Apparat, bei jeder Zahl ein andrer doofer Ton.
Der Mann am andren Ende sagte seinen Namen nicht, nur: »Ja?«
Meine Mutter hat mir immer gesagt, das wären keine guten Manieren. Aber sie hat es halt nur mir und nicht allen sagen können.

»Guten Tag. Sobierajski vom Babysitter-Service«, sagte ich. »Sie suchen jemanden, der Ihr Kind betreut?«
»Ja«, sagte der Mann verlegen. »Meinen kleinen Jungen, er hat Angst allein. Ich bin alleinerziehend ... ich dachte, Sie kommen vielleicht schon um zwei, wenn es geht, dann können Sie ein bißchen mit ihm spielen, bis er schläft.«
»Wie alt ist er denn?«
»Er ist eigentlich gar nicht so klein. Aber er ist ein bißchen krank. Er ist ziemlich schnell gewachsen in letzter Zeit.«
»Was hat er denn für eine Krankheit? Nicht, daß es ansteckend ist.«
»Oh, ich weiß nicht, ich nehme an, es ist eine Allergie. Er tropft ziemlich.«
»Er tropft?«
»Entschuldigung, ich kann nicht so gut Deutsch. Ich meine, seine Nase läuft. Und seine Haut ist rötlich und geschwollen. Ja, vielleicht ist es ansteckend. Ich hoffe es wenigstens.«
»Wie bitte?«
Die Person am anderen Ende lachte.
»Hej, Agnes. Ich bin's, Mustafa. Weißt du noch? Ich hatte deine Telefonnummer nicht, aber du hattest mir ja gesagt, daß du für diesen Service arbeitest. Hat deine Chefin irgendwas gesagt? Sie hat nichts gemerkt, oder? Wie geht's dir denn? Was machst du grade? Hast du Lust, zu mir zu kommen?«
Er tat so oberflächlich und so leicht; die vielen üblichen Sätze standen in verwirrendem Widerspruch zu der träumerischen und ernsthaften Ausstrahlung des Jun-

gen, mit dem ich geschlafen hatte und an den ich seit einer Woche immer denken mußte und nach dem ich Sehnsucht hatte.
»Zu dir kommen?« fragte ich. »Und deine Eltern ...?«
»Ich wohne nicht bei meinen Eltern. Ich wohne auch nicht da, wo wir letztens ... Das waren nur Bekannte, ich hab nicht die Wahrheit gesagt. Ich wohne in der Humboldtstraße, Nummer 13. Allein. Ehrlich. Also mit einem Typ zusammen, aber der ist fast nie da. – Du sagst nichts? Willst du mich nicht sehen?«
»Doch, aber ...«
»Wann kommst du denn?«
Ich fühlte mich nicht wohl mit seiner belanglosen Art zu reden, aber es war auch Unsinn, nein zu sagen, das hätte mir bald wieder leid getan.
»In einer Stunde?« schlug ich vor.
»Ja, gut, in einer Stunde.«

Oh, je. Muß ich dann mit ihm schlafen? Ja, will ich das denn nicht?
Ich war mir nicht mehr sicher. Aber hübsche Unterwäsche. Wein mitnehmen? Wein mitnehmen, aber nicht gleich zeigen. Erst mal warten, ob ich ihn noch mag.
»I don't care what consequence it brings / I have been a fool for lesser things«, sang ich unter der Dusche zu meinem Befremden. Ich hab Billy Joel doch nie besonders leiden können. Und mich immer sehr geschert um Konsequenzen.

✗

Niemand sah mir an, zu welchem Ziel und Zweck ich unterwegs war.
Ich den andern auch nicht. Manche fuhren vielleicht wie ich zu ihrer Art Hinrichtung.
Das Haus, in dem Mustafa wohnte, stand bei einer Bahnstrecke, wie Omas Haus damals in Finkenrath. Ich war schon oft an diesem rußigen, verdrossen und verschlossen wirkenden Gebäude vorbeigekommen.
Jetzt öffnete es sich.
Auf der Treppe lag ein zerschlissener Läufer, unten an der Wand war mayonnaisefarbener Lack gestrichen, darüber hing eine uralte Nachkriegstapete.
Ich fühlte mich nicht richtig. Ich wünschte dringend, ich hätte einen Beschützer neben mir gehabt, einen Engel, den ich spürte, der mich führte. Aber ich fühlte mich allein.
Ich schellte und hoffte, er wäre doch nicht da.
Aber da machte er schon die Tür auf.
Er hatte eine dicke Nase, einen dünnen Körper, ein kluges Gesicht, er war genau derselbe Junge wie bei Frau O. Er gefiel mir.
Aber es war Zeit vergangen seit uns damals, und wir waren uns nicht mehr nah, er war wieder ein völlig Fremder. Und was ich im Begriffe war zu tun, war fremd.
Warum hinderte mich niemand daran, bei ihm einzutreten? Warum war ich nicht zu Haus, in Sicherheit geblieben? Ich muß doch nichts erleben, das so fremd ist.
Er lächelte freundlich. Er gab mir keinen Kuß und faßte mich nicht an. Das war mir lieb in dem Moment.

Seine Wohnung war verbaut und eng wie ein Versteck. Es war bestimmt sehr günstig. Man fiel fast auf das ehrwürdige, alte Ehebett, über dem eine stilechte rosa Nylon-Tagesdecke ausgebreitet lag.
Kinder spielten Krieg im Hinterhof.
Eines der Häuser über dem Hof sah schwarz aus wie ein fauler Zahn, es war vor kurzem halbwegs explodiert, ich hatte das gelesen.
»Das war mal ein Hotel hier, wo ich wohne«, erzählte der Junge. »Jetzt wohnen hier viele Ausländer, weil es billiger ist als anderswo ... Hast du es gut gefunden?«
Ich nickte.
»Gemütlich, nicht?« folgte Mustafa meinen Blicken. »Die Wände sind butterweich. Wenn du die Tapeten abziehst, bröseln sie dir entgegen und fallen dir in die Hände, das ganze Haus wird kapitulieren und sich ergeben. Du brauchst nur deine Fingerspitzen in die Wand zu bohren, um zu deinen Nachbarn durchzubrechen. Aber es hat Flair, oder? Ich finde es okay. Es hat sowieso keinen Zweck mehr, sich etwas anders zu wünschen, als es ist.«
Ich vermied es, ihn anzusehen. Vielleicht würde ich gleich wieder gehen.
»Und wie geht es dir?« fragte er. »Was hast du gemacht in der Woche, seit wir uns gesehen haben?«
»Babysitting«, sagte ich.
»Babysitting ... Paßt du gern auf Kinder auf? Ich kann mir das gar nicht vorstellen bei dir.«
»Es gefällt mir gut«, sagte ich. »Es gibt nicht vieles, für das ich mich eigne.«
Wir schwiegen.

Ich starrte auf die milchig graue, mit toten Insekten beklebte Neonröhre über seiner dunkelgelb bespritzten Kochplatte.

Der Fernseher auf dem Schränkchen knisterte noch, aber seine Scheibe war jetzt dunkelgrau, wahrscheinlich schon fast kalt.

Tauben flogen an den Winzbalkon. Fett und krank sahen sie aus, wie Penner. »Penner ist kein schönes Wort«, hat Jürgen, eines meiner Lieblingskinder, aufrichtig schmerzvoll und von mir enttäuscht, gesagt, als ich das Wort einmal benutzte. Ihm taten Obdachlose leid. Ich schämte mich, ich hatte nicht auf meine Worte geachtet.

Bücher waren neben Mustafas Bett gestapelt; ich versuchte, die Titel und Autorennamen zu lesen. Er kickte sie unters Bett.

»Was ich lese, sagt nichts über mich aus«, sagte er. »Ich finde nicht alles gut, was in diesen Büchern steht. Ich will nur mein Gehirn trainieren, weil ich so dumm geworden bin. Ich werde dieses unwirkliche Gefühl nicht mehr los, das mir den Kopf vernebelt.«

»Ich fühle mich auch fremd im Moment«, sagte ich und schwieg gleich wieder.

Er setzte sich neben mich und nahm meine Hände. Ich schämte mich, daß sie so feucht und klebrig waren.

»Ich fühl mich eigentlich immer fremd«, sagte er. »Fremdsein ist normal für mich. Auf eine Art gefällt es mir, daß ich ein Niemand bin. Es ist, als könnte ich durch Wände gehen. Ich hinterlasse keine Spuren. Es ist schon beinah kriminell, daß es mich gibt ...« Er unterbrach sich.

»Das klingt, als wollte ich mich interessant machen. Ich mag Leute nicht, die so reden. Willst du was trinken? Aber ich hab nichts da. Doch, Tee, da sind noch ein paar Beutel. Willst du Musik hören? Aber es ist nur Mist auf meinen Kassetten. Ich muß mal neue machen.«

»Ich guck mal, ja?« sagte ich und wühlte in dem Schuhkarton mit schmutzigen Kassetten voll mehrfach übermalter Beschriftungen.

»Hej, laß das! Das gibt es gar nicht!« rief er. »Eine neugierige Frau ist eigentlich das letzte, was ich brauchen kann!«

Er sprang mich an, tapsig und leicht wie eine junge Katze, und warf mich um, weg von den Tapes.

»Danke, daß du gekommen bist«, sagte er und küßte mich.

Seine warme Zunge, ich kannte sie wieder, ich hatte sie gern.

Auf einmal waren wir uns so nah wie in der Wohnung von Frau O., und unsere Küsse waren voll lange unterdrückter Gefühle. Nicht füreinander unbedingt.

Er preßte sich an mich und streichelte mich. Er faßte unter meinen Rock.

»Du bist naß«, stellte er fest. »Warum? Wegen mir?«

»Hast du mich vermißt?« fragte er unter Geknutsche.

»Ich dich nicht«, behauptete er und lachte über seine Frechheit. Er legte meine Hand auf seinen Reißverschluß. Sein lebendiger Schwanz lag darunter eingepackt, vergraben wie ein geheimnisvolles Monument, ein hartes, dickes, einsames Gefühl. Geister stiegen auf und verwirrten das Muster.

Ich möchte sterben, dachte ich ganz kurz. Ich denke das wohl hundertmal am Tag, ich wünschte, ich wär nie geboren, das ist für mich normal, das wie ein Mantra vor mich hin zu denken.
Ich möchte tasten, träumen, diesen Jungen kennenlernen, seinen Schwanz, der sich mir hirnlos anvertraute, fremd wie ein Mutant, ein blinder Gott, ein Ausweg und eine Gefahr.
»Letztes Mal ...«, sagte ich bedrückt, »wir waren leichtsinnig bei Frau O., ohne Kondom ...«
»Wir machen's mit Kondom, gut?«
Ich war erleichtert, daß ich darum nicht kämpfen mußte.
Er öffnete seinen Reißverschluß. Wie nackt und heiß sein steifes Glied war.
»Daß du das mit einem Fremden machst«, sagte er. »Man braucht dich nicht zu überreden. Bist du eine Schlampe, Agnes?«
Aber er hatte mir schon wieder seine Zunge in den Mund gesteckt, und ich konnte nicht antworten. So würde er es nie erfahren.
Mein Kopf mit dieser fremden Zunge drin, verzerrt, entstellt wie eine dieser steinernen Fratzen an alten Kirchen.
Er paßte nicht gut auf mich auf beim Küssen. Er hätte mich töten können während dieser rücksichtslosen Küsse, ohne daß es mir bewußt geworden wär. Mein Mund riß ein, er war heiß und geschwollen.
Mustafa zog mein Gesicht an seinen Schwanz. Er sah phantastisch groß aus aus der Nähe, stolz und böse.

»Nimm ihn«, sagte er. »Nimm ihn in den Mund, ja?«
Er wollte ihn gegen meine Lippen drücken, aber er traf meine Wange, weil ich den Kopf wegdrehte.
»Warum willst du nicht?« fragte er benommen.
»In der Flüssigkeit, die vorher rauskommt, können auch schon Viren sein«, sagte ich.
Ich spürte sein Sekret auf meiner Wange und meiner Nase wie kleine, feuchte Küsse von einem blinden, sturen Kind.
»Du hast dich aber wirklich informiert«, sagte er.
Ja, wirklich. Die Warnung stand zwar auf einem andren Blatt als ich, aber ich hatte mir fest vorgenommen, Vernünftigsein stur durchzusetzen gegen alles.

Wir ließen einen Moment voneinander ab.
Er saß gegen das Kopfende des ernsten Ehebettes gelehnt, sein glühendes Gesicht über der heruntergelassenen Hose und dem steilen Penis, der nicht runtergehen wollte und ihm in dieser Pose fast bis an den Bauchnabel reichte. Er sah aus wie was von Egon Schiele, kunstvoll inszeniert und sehr, sehr anziehend. Wie aus einem Bilderbuch für Schwule mit unschuldigen Jungen und sexuellen Männern aus aller Welt.
»Was soll ich mit dir machen?« sagte er hilflos. »Ich würde dich ja vergewaltigen, wenn ich nicht so ein Würstchen wäre.«
Ich konnte nicht so tun, als wär er Gift. Ich hatte Sehnsucht nach ihm. Warum? Hier war er doch.

Ich legte mich wieder zu ihm und knabberte an seinem Schwanz entlang und leckte vorsichtig um das kleine

Loch herum, aus dem üppig die vielleicht vergiftete Substanz hervortrat.

»Bitte fester«, bat Mustafa. »Richtig, ja?«

Er nahm mein Gesicht in die Hände und versuchte wieder, sich mir in den Mund zu zwingen. Ich drehte meinen Kopf weg, das ging so einige Male. Ich hatte ein ganz heißes Gesicht und zitternde Nerven von diesen stummen Kämpfen gegen ihn und meine Sehnsucht, die Vorsicht zu vergessen. Mir war schwindlig. Alles drehte sich, um seine hitzige, verrückte Hartnäckigkeit und um meine Angst und meine Sehnsucht.

Er zog mir den Slip runter und drückte seinen Penis gegen meine Schamlippen.

»Aber nicht einfach reinstecken, Mustafa«, flüsterte ich.

Er hörte nur halb hin. Nun gut, ein bißchen, nur ganz vorn, da ist doch noch kein Blut im Spiel, wo soll denn da das Blut herkommen? Aber dann schloß er die Augen und zog mein Becken an sich und steckte sich tief in mich rein, und es war betörend, aber ich wand ihn wieder raus aus mir, und wenn es über meine Leiche war.

»Mustafa!« sagte ich. »Du hast es doch versprochen!«

»Was hab ich versprochen? Ich erinnre mich nicht mehr.«

Er grinste flüchtig und verlegen. Wieso gehorchte er mir nicht? Genauso wie die kleinen Kinder.

Ich war verzweifelt und verstört. Das war kein Spiel. Ich durfte mich doch nicht zum Spaß besiegen lassen.

»Okay«, sagte er. »Pause. Der Tee müßte fertig sein.« Er lächelte. »Eine halbe Stunde Ziehen sollte reichen.«

Er holte unsere Tassen und setzte sich wieder neben mich.
»Bäh. Kalt und bitter. Du mußt ihn nicht trinken, wenn du nicht willst.«
Er nahm angewidert noch einen Schluck und streichelte kurz mein Gesicht.
»Ich bin dir zu rücksichtslos, nicht wahr?« sagte er sanft. »Aber bei mir gibt es keine halben Sachen. Nur ganz oder gar nicht.«
»Dann muß ich sagen, gar nicht«, sagte ich traurig.
»Na schön«, sagte er und straffte sich. Er griff nach meinen Kleidern und reichte sie mir. »Du hast bestimmt noch etwas vor.«
Er tat mir weh. Er lenkte ein.
»Du hättest nicht gedacht, daß ich so bin, nicht wahr?« sagte er und versuchte, mich wieder zum Mitlächeln zu bringen. »Ich weiß, die meisten glauben, daß ich nett bin, daß man mir vertrauen kann. Ich hab wohl so eine Ausstrahlung, aber das täuscht. In Wirklichkeit bin ich ein Schwein.«
Ich sah ihn prüfend an.
»Ich glaube nicht, daß du ein Schwein bist«, sagte ich.
»Das ist dein Pech«, sagte er und drückte meine Schultern auf das Bett und rollte sich ganz nah an mich heran. »Aber du möchtest Pech. Du möchtest, daß ich bös bin, hab ich recht? Du willst mit einem bösen Mann schlafen. Die guten traun sich nicht an dich heran. Oder sie sind dir zu langweilig.«
Er biß sehr fest in meine Wange.
»Ich hasse dich«, sagte er. »Haßt du mich auch?«

Er machte seinen Finger in seinem Mund naß und führte ihn in meinen Po.
»Magst du das?« fragte er leise. Er drehte ihn und dehnte Platz für mehr. »Entspanne dich. Du kannst mir ausnahmsweise vertrauen. Ich mache nur noch, was du auch möchtest.«
Er schob seinen seidigen, harten Penis zwischen meine Beine und brachte seinen Mund nah an mein Ohr, damit ich seinen Atem spürte und hörte.

»Na schön«, sagte er und griff unter sein Kopfkissen. »Obwohl er meistens ohnmächtig wird, sobald er ein Kondom sieht.«
Er hatte also welche da. Ich hatte gedacht, er hätte keine und würde sich deshalb so stur stellen.
»Schlafmütze!« sagte er an sich herunter. »Mach ihn wieder ganz, Agnes. Gut. Und wie jetzt weiter? Vorne oder hinten rein?«
Was für eine Frage. Er erwartete darauf wohl keine Antwort.

Es war wie was, das böse Männer mit Kindern machen. Ein stechender Schmerz, durch den er ohne innezuhalten ging, dann ließ der Schmerz nach.
Die Erregung war ungewohnt scharf, urtümlich, tierisch. Ich kann verstehen, wenn das jemand nicht schön findet. Man muß es erst deuten, dann kommen die Gefühle mit Gefolge und Geschenken.
Es war wie die Akrobatik auf indischen Miniaturen. Mein Liebhaber war so gewichtslos und bot so wenig Widerstand wie ein Traum.

»Ja«, sagte er. »Mach das, was du willst. Er gehört dir.«
Ich war mir wie ein Tier, ein Parasit, an einen fremden Körper angewachsen, und pumpte wie ein Herz, als wär ich wirklich eine Schlampe, und er lachte leise und hielt mir meinen Mund zu, damit die Nachbarn es nicht hörten. Es kam mir mit ihm, fast unangenehm intensiv, ich war idiotisch stolz und dankbar, wir waren schon zwei Helden, wir hatten was gemacht, was richtig Gutes, Böses, Zweifelhaftes.

Ich war zärtlich und glücklich, daß es Sommer war und daß ich lebte und er auch.
»Was zu essen? Was zu trinken?« fragte er aufgedreht und tanzte nackt wie ein Wurm durch sein Gehäuse und brachte alles hin zu seinem Bett. Wie hübsch er war. Nicht furchtbar kraftvoll, eher wendig und gelenkig und in jeder Pose so anmutig, daß ich ihn gern gezeichnet hätte.
Ich war platt, daß das Leben das erlaubte. Es war gar kein Geschenk, nicht wahr? Es würde sicher bald die Rechnung geben. Man muß sich seinen Tod verdienen, hat Jean Rhys gesagt.
Ich lächelte ihn an.
»Du bist doch nicht verliebt in mich?« fragte er besorgt. »Es lohnt sich nicht. Ich bin sehr launisch. Kann sein, ich hab auf einmal keinen Bock mehr und bin weg. Aber du kannst mich trotzdem wieder anrufen, wenn du willst.«

Er brachte mich zur Tür und hielt mich doch noch fest.

»Ich könnte schon wieder«, sagte er stolz, etwas verlegen, in mein Ohr. »Aber du mußt jetzt gehen ... oder? Kannst du noch bleiben? Gut, dann bleib. Wir gehn in die Verlängerung.«
Er schob mich mit seinem Unterleib auf sein Bett zurück und ließ sich ironisch plump auf mich fallen.
Ich war müde, aber maßlos, ich wollte an ihm klebenbleiben wie eine Schnecke, die sich langsam, zischend, restlos auflöst.
»Massier mich bitte«, sagte er und legte sich auf seinen Bauch.
Ich knetete und küßte ihn und kuschelte mein Gesicht in seinen Po. Es hatte noch nie ein Po so lieblich ausgesehen und so sehr an mich appelliert. Er drehte sich um.
»Guck mal«, sagte er. »Er ist wieder da. Gefällt er dir immer noch? Ja? Nimmst du ihn jetzt auch in den Mund?«
Ich schüttelte den Kopf. Er wußte doch, warum ich das nicht wollte.
»Soll ich denn vielleicht etwas für dich drauftun?« stellte er sich dumm. »Ich habe alles da. Joghurt, Honig, LEBERWURST ...« Er lachte. »Was bin ich nur für eine Nervensäge! Ich will unbedingt meinen Willen durchsetzen. Dabei bedeutet es mir gar nichts mehr«, phantasierte er verwegen. »Du lernst mich gerade in meiner Endphase als Liebhaber kennen. Du hättest mich mal früher erleben sollen! Mit Sex ist es jetzt bald vorbei für mich. Du bist vielleicht die letzte, also genieße es! Bald müßt ihr euch alle einen andern suchen. Dann werde ich keusch leben und nur noch meditieren. Ich werde ein Mönch werden, ein Heiliger. Wußtest du überhaupt,

daß ich vom Propheten abstamme? Das tun viele, klar, diese Familie hat sich vermehrt wie die Kaninchen. Aber mein Opa könnte dir den Stammbaum zeigen, es ist wirklich wahr! Da staunst du, was? Ja, es ist eine Ehre, daß du mit mir schlafen darfst! Hör auf zu lachen, jetzt wird's ernst. Entscheide dich: Joghurt, Sahne oder Honig? Nicht mehr kichern, hörst du endlich! Du zerstörst die Atmosphäre.«

Ich war zu verlegen, um mich zu entscheiden; er entschied an meiner Stelle für Honig. Er glasierte seinen Schwanz damit und stellte sich vor mich.

»So, das ist für dich. Du darfst«, sagte er.

Ich begann, zaghaft und sanft. Ich könnte das viel schöner, dachte ich, wenn Aids nicht wär, er würde sich wundern.

Bei Frau O. hatte ich mich auch nicht drum gekümmert, vielleicht war ich ja schon längst verseucht.

Wir hatten unsere Zeit angehalten und uns in dieser Zelle eingeschlossen wie in Abrahams Schoß, nur er und ich ganz eng zusammen, da war kein Platz mehr für Gefahr.

»Ja«, sagte er. Die erste Silbe vom geheimen Namen Gottes, dann kam sein warmer, sahniger Samen dick in meinen Mund.

Mustafa blieb noch eine schöne, lange Weile zwischen meinen Lippen, bis alles ganz kleingeschrumpft war. Dann sackte er auf sein Bett zurück und kuschelte sich in seine Kissen.

»Das war's. Du kannst jetzt gehen«, sagte er.

Das gab mir einen Stich, aber ich sagte »Gut« und suchte schweren Herzens meine Sachen.

»Agnes!« sagte er. »Du Schaf! Das sollte nur ein Witz sein.«
Er lächelte, nicht völlig überzeugend, fand ich. »Du bist so naiv«, sagte er. »Verstehst du denn Humor nicht?«
Er zog mich auf das Bett zurück und legte seinen Kopf in meinen Schoß und schlief ein.

X

Wie hatte sich die Stadt verändert, als ich wieder auf die Straße trat! Ich war entzückt, sie so verzaubert vorzufinden. Es war eine Ehre, sie zu betreten und durch sie zu gehen.
Aber mir war nicht wohl mit meiner Euphorie.
»Das kann nicht gutgehen«, dachte ich. »Das kann nicht lange gutgehen.«
Diese düstere Prophezeiung wirkte sich jedoch nicht auf meine Stimmung aus.
»Ich will mir keine Sorgen machen, ich will leben«, erzog ich mich zum Optimismus. »Ich habe keine Angst, sondern bin mutig.«
Ich hatte mir vorgenommen, jeden negativen Gedanken auf seine positive Seite umzudrehen.
»Ich bin nicht schwach, ich bin stark«, betete ich weiter. »Und die Welt ist wirklich sehr, sehr … schön. Ich werde das bald wieder vergessen. Aber ich will das doch an diesem Punkt hier festgehalten haben.«
Ich hatte seinen harzigen Geruch in meiner Nase, meinem Mund, an meinen Fingern, auf meinem ganzen Gesicht. Mein Körper war heiß von ihm, als hätte ich Fieber oder eine Nacht lang getrunken, und ich war

leicht wie ein trockenes Blatt, mit dem die Luft spielte. Das Leben war ein ungewisses, federleichtes Ding.
Viel mehr Männer sahen mir nach als sonst, wie immer, wenn man verliebt ist. Ich phantasierte, wie es wäre, mit ihnen auch noch etwas anzufangen, weil es grad so gut mit einem Mann geklappt hatte.
Mustafa hatte bestimmt schon viele Freundinnen gehabt. Er war so offen für Sex. Er nahm sich das, als wäre es sein Recht. Er ließ nichts anbrennen, sondern aß, wenn es grad gut war. Das ist nicht sehr hoch angesehen. Aber ich fand keinen Makel daran. Ich wollte selber auch so leben. Ich hatte mich nur nie getraut.
Ich setzte mich in mein Stammcafé, um den Tag feierlich verglühen zu lassen.

Türkische, spanische, arabische und französische Zeitungen hatte das Café, und Menschen aus vielen Ländern saßen dort mit Blättern vor den Köpfen und entnahmen ihnen, daß es immer feindseliger für sie wurde, weil niemand fremde Menschen wollte, sondern lieber Geld.
»Sie sind nicht besser als die Deutschen«, dachte ich, um mich zu erziehen, politische Harteier nicht pauschal abzukanzeln, auch ihre Gedanken auszuprobieren. Aber man soll doch wenigstens freundlich zu den Leuten sein.
Es mußte darin ja nicht jeder so weit gehen wie ich. Ich lächelte und hatte Spaß an mir und Mustafa.
Ein Mann schnappte mein Lächeln auf und warf es mir zurück. Ich hatte ihn schon oft in dem Café gesehen. Er legte immer viel Sehnsucht und Bewunderung in seine

großen Augen, sie strömten zu mir hin, und ich begann, mit ihm in seinem Blick zu schwimmen, war ich ein Flittchen?
Meine Tante Melanie, die starb, bevor ich auf die Welt kam, war ein »Flittchen«. Sie hat sich Männer von der Straße raufgeholt. Das wird bis heute erzählt, sie hat sie einfach raufgeholt.
Sie lebt und spukt auch heute noch in meinem Blut, sie hat ein kleines Schloß in meinem Schoß. Und wenn es sein muß, klettert sie herauf und schaut aus meinen Augen wie Rapunzel aus dem Turm. Sie möchte etwas in sich reinziehn, denn sie hat nicht lang genug gelebt, um satt zu werden. Ich muß ihr manchmal etwas gönnen, sonst klettert sie in meinen Kopf und macht mich wahnsinnig. Sie macht das nicht aus Bosheit. Sie ist nur ein armes, heißes Gespenst. Aber jetzt ist eine andre Zeit als damals, als sie auf der Welt war, jetzt gibt es Aids, und lieber tot als schwanger darf man doch nicht sagen. Es war sehr schön, daß es die Pille gab, doch nun – es ist, als meinte irgendwas es gar nicht gut mit uns, Tante Melanie.
Ich vertiefte mich in meine Zeitung und erwiderte keine Blicke mehr.
Am Tisch neben mir saß ein Junge mit einem Mädchen.
Meine Ohren wurden metaphysisch groß.
»Mein Vater ist ja auch Ausländer«, versuchte der Junge, etwas zu erklären. »Und meine Mutter möchte nicht, daß ich dieselben unglücklichen Erfahrungen machen muß wie sie, wegen der unterschiedlichen Mentalität, weißt du, Selda? Sie meint es gut, und ich verstehe sie, aber …«

Er sagte nichts mehr und sah das orientalische Mädchen nur an. Seine Lippen zuckten, sein Gesicht war voller Sehnsucht. Sie küßten sich, über den Tisch hinweg.

Mein Verehrer suchte wieder meine Augen.
Er hatte eine faszinierende Art zu gucken. Er ähnelte dem Sohn von Ghadaffi. Seinen älteren Bruder töteten amerikanische Soldaten, habe ich im Kopf. Ich hab mal ein Foto von ihm aus einer Zeitung geschnitten, obwohl er eher was für andre Frauen wäre als für mich. Sähe er verlebter und böser aus, so würde er John Lurie ähneln, dessen Foto in meiner Sammlung ich nicht sehen kann, ohne mich zu schämen. Er sieht so arrogant und heikel aus.

Der Mann stand mit mir auf.
Er holte mich auf der Straße ein. Er fragte, ob er mich ein Stück begleiten könne.
Ich bin eine dunkle Person und bin mir selbst ein Rätsel, hat Steffi Graf einmal gesagt.
Wir gingen stumm.
In meinen Träumen gibt es in dieser Stadt ein Viertel, das ich immer wieder begeistert entdecke, als hätte ich es seit tausend Jahren nicht mehr gesehen. Es liegt auf einem kleinen Hügel, unten ist ein See. Da ist eine Kirche, ein Museum, Park, Häuser, Künstlerläden, es soll wohl eine Art Montmartre für mich sein. Es herrscht da eine wunderbare Atmosphäre. Ich fühl mich nirgendwo so wohl wie dort.
Da wäre ich jetzt gerne hingegangen, aber es gibt das Viertel nicht in Wirklichkeit.

Es gibt nur diese Stadt, durch die ich schon so oft gelaufen bin. Sie kann sehr vieles sein. Aber nie ist sie die Heimat meiner Seele.
Es war schon dunkel, und wir gingen eine leere Straße lang.
Auf einem Platz blieben wir stehen, und wir küßten uns.
Er küßte nicht so rücksichtslos wie Mustafa, sondern manierlich, wie man eben küßt, ein Standardkuß. Wir blieben noch einige Male stehen und küßten uns auf diese Weise, die mir fast enttäuschend harmlos schien.
Wir kamen an ein Grundstück, wo sie dabei waren, ein Haus abzureißen, aber jetzt war Feierabend. Wir stellten uns an eine Mauer, und wieder küßten wir uns, länger und eingehender. Wie konnte ich nur, aber ich war so heißgelaufen, alles ging von selbst, und es ergab sich, und es begab sich so.
Ich sagte, ich müßte aber jetzt gleich gehen. Aber er umfaßte meine Hüften und zog sie sanft an seine. Ich war so naß von unsrer Unverfrorenheit, wie niemand es wissen dürfte, der mich kennt, nasser, als ich mich kennen will, naß wie eine andre Frau. Mein Slip war wie eine Schleimhaut. Der Mann ließ sein Gesicht in meines fließen. Ich trank seinen Speichel, was ich sonst eklig fände, aber diese Ekelübertretung erregte mich jetzt gerade.
Er drückte seinen Schenkel zwischen meine Beine.
Ich mußte unbedingt gleich gehen. Aber ich ging nicht. Was er auch von mir denken mochte, ich wollte diesen Anschluß an das Maßlose, Unendliche, es war ganz nah

an diesem Abend. Ich rieb mich langsam an ihm, dann schneller.
Er machte seine Hose auf. Wieder ein nackter, steifer Schwanz, so seltsam zu sehen und zu berühren. Erschreckend, wie eine Entstellung, eine Krankheit, an der man sich ansteckt, von der man blind wird. Der Mann verstärkte meinen Druck mit seiner Hand. Ich legte mein Gesicht an die warme, fleischerne Stange.
Wir gingen von der Straße weg auf dieses Grundstück. Wir fanden einen Platz, auf dem man liegen konnte.
Er zog sich ein Kondom an. Es war die Nacht der dicken, langen Schwänze und der Liebeskünstler, oder es war vielleicht die Nacht, in der ich alles groß und gut fand. Das Eindringen war wie Geschnittenwerden und Verbluten, wie weinen über einen Schmerz, bis es gut ist.
Er hatte einen langsamen Rhythmus, der nicht gut war für uns beide. Wir konnten so nicht kommen und nicht aufhören. Es war eine Qual, von der man nicht lassen kann; man gerät nur immer weiter außer sich und in was hinein, es führt zu nichts. Wie tief ein Mensch ist, so viel tiefer als sein Körper. Es ist eigentlich nur etwas für Götter, die so was ertragen können. Wir Menschen machen uns doch nur verrückt damit.
Er zog ihn raus. Er setzte sich auf mich und begann, mich zu ohrfeigen. Keine schlimmen Schläge, ich verstand schon, was er meinte. Sein Schwanz so steil, schrecklich und schön, wie ein Medusenhaupt, wie ein schwarzes Horrorbild, das man sich auf sein Mäppchen klebt. Er zog ein Messer raus. Tausend tote Tanten schrien auf in meinem Innern: Haben wir dich nicht gewarnt! Die haben Messer, und sie sind verrückt, die ken-

nen keine Gnade, das hast du von deiner Vorurteilsfreiheit. Er schnitt vorsichtig in das Kondom und riß es von sich ab.
»Nicht ohne«, sagte ich schwach, er schüttelte beruhigend den Kopf.
Er küßte meine Schamlippen, vorsichtig, nur außen. Er schob einen Finger in meine Scheide oder die ganze Hand vielleicht. Ich hatte seine glatten, warmen Hoden auf meinen Lippen und lutschte langsam daran. Ich war so froh, daß niemand mich hier kannte! Er legte seine andre Hand an seinen Schwanz und wichste sich, und ich spürte, wie sein Samen in dicken, warmen Tropfen auf mich regnete.

Ich war froh, daß er mir nichts getan hatte. Ich hatte ihm was getan und er mir auch, aber nichts, das tödlich enden konnte.
Er brachte mich zum Bus.
»Sehen wir uns wieder?« fragte er. »Oder bist du jetzt verschreckt? Ich hätte nicht gedacht, daß es sich so entwickeln würde.«
»Ich auch nicht«, sagte ich. »Es war sehr … schön.« Ich wußte, daß das Wort es nicht traf, aber mir fiel kein bessres ein. »Ich kann trotzdem nicht mehr weitermachen. Ich hab einen Freund …«
Was würde Mustafa wohl sagen, daß ich ihn so nannte.

Am liebsten wär ich noch mal zu ihm hingefahren. Ich hätte die ganze Nacht so weitermachen mögen.

Ich schlief befremdet, aber wunderbar. Ich hing in der Luft, und unter mir, da war vielleicht das Unglück, aber das hieß nicht, daß ich herunterfallen mußte.
Ich träumte, Salvador Dalí führte eine Karawane durch das Weltall an, sie tanzten auf Seilen durch die Luft, und Dalí rief mir im Vorüberfliegen über die Schulter zu: »Sie müssen sich ungeheuer anstrengen und ungeheuer mutig sein!«
»Er hat recht«, dachte ich im Halbschlaf. »Man muß sich was herausnehmen. Man muß es als sein eignes Leben behaupten und sich selber auch, als großen Bluff. Wie ein marokkanischer Taxifahrer es mal zu meinem Onkel gesagt hat: ›Leben ist korrekt! Man muß es nur organisieren.‹«
Meinem Onkel, der die Frauen liebt, gefiel, daß »organisieren« in der Gaunersprache »klauen« heißt.

✗

Herr Kasimierz warf mich aus meinem Bett an diesem frühen Sonntagmorgen. Er brachte mir meinen schwarz reparierten Fernseher zurück.
»Der war unfreundlich!« seufzte er und grinste stolz, weil er ihn doch noch zur Räson gebracht hatte. »Der war beinah tot. Sie hätten Gerät kaufen sollen wie Ihre Mutter. Das ist Zucker, das ist heilig.«
Herrn Kasimierz' Frau verwechselt immer glauben und hoffen.
»Ist Ihr Mann da?« hatte ich sie am Telefon gefragt, und sie darauf: »Ich hoffe nicht.«
Es war noch zu früh, um Mustafa mit einem Anruf

zu wecken. Trotzdem gut, daß ich schon wach war. Madame hatte mir eine Menge Jobs für heute aufgebrummt, damit ich nicht übermütig würde … zu spät, Madame, zu spät.

Mia und Jürgen Robiniek erwarteten mich in ihrem überbordenden Besitz von Plastiksachen, Puppen, Kuscheltieren.
»Was sagst du zu dem schönen Wetter?« fragte Mia. »Hab ich das nicht gut gemacht?«
Mia ist fünf Jahre alt, aber schon praktizierende Esoterikerin. Sie sagt, daß sie das gute Wetter machen kann.
»Und wer macht das schlechte?« fragte ich.
»Der Wetterbericht!« antwortete sie. »Ich mache das mit meinem Zauberbuch! Hast du auch ein Zauberbuch?«
»Nein«, gab ich zu. »Aber ein Zauberschiff. Es liegt in einem See im Innern der Erde. Man kann mit ihm ins Weltall fliegen. Ich habe es in einem Traum gesehen.«
Mia grinste ungläubig und angetan; sie hatte so eine Geschichte nicht von mir erwartet.
Ich räumte ihr Geschirr vom Frühstück in die Spülmaschine, ich hatte eine unrealistisch gute Laune.
»Chim-chimney, chim-chimney, chim-chim-cherie, der Mann auf dem Schornstein, der hat was für Sie. Chim-chimney, chim-chimney, chim-chim-cheroo, er bringt Ihnen Glück und die Liebe dazu. Er ist der Mann, den wohl jeder mal braucht, wenn auf dem Dache der Schornstein nicht raucht …«, sang ich und mußte lachen, als ich merkte, was ich da sang und warum wohl.
»Was ist das für ein Lied?« fragte Mia.

»Aus einem Musical«, sagte ich. »Mary Poppins. Sie war eine Kinderfrau wie ich und konnte zaubern. Sie konnte mit einem Regenschirm bis in den Himmel fliegen, und ihr Freund war Schornsteinfeger und hieß Mustafa.«

Mia wußte nicht, ob sie das glauben sollte. Man sah, sie fand, daß ich heut seltsam drauf war.

»Wo sind eure Eltern denn heute hin?« fragte ich, um wieder zu einem normalen Gespräch zu kommen.

»Bei Onkel Peter«, sagte Mia. »Er hatte letzte Woche einen Herzinfarkt.« Das Wort war ihr noch neu und rätselhaft. »Ist man dann tot, wenn man einen Herzinfarkt hatte?«

»Quatsch«, versetzte Jürgen, schon eine Ecke länger auf der Welt. »Onkel Peter lebt doch noch.«

»Das gibt es aber, daß man kurz tot ist und von den Ärzten wiederbelebt wird«, sagte ich. »Das muß dann aber sehr schnell gehen, sonst sterben Zellen im Gehirn, und wenn man dann wieder zu sich kommt, ist man behindert.«

»Was ist denn das, ›behindert‹?« fragte Mia. Es klang verächtlich. Was konnte das schon sein, wenn sie es nicht kannte.

»Das weißt du doch«, informierte Jürgen. »Der Junge bei dem Kirchenfest, Mia, der war behindert. Wenn ich behindert wäre, würde ich Selbstmord machen.«

»Wie macht man denn Selbstmord, Frau Sobierajski?« wollte Mia wissen.

»Oh, verschieden. Man kann sich zum Beispiel erschießen oder vergiften. Oder man stürzt sich von einem hohen Haus runter.«

»Wie kommt man denn da hoch?«
»Na, man geht zum Beispiel in ein Hotelhochhaus und sagt, man will das oberste Zimmer wegen der schönen Aussicht. Dann macht man das Fenster auf und springt.«
Mia: »Aber wie geht das denn mit dem Rollstuhl? Dann sind die Beine noch im Stuhl und die Arme draußen, da kommt man doch gar nicht raus!«
»Ach so. Nein, wenn man im Rollstuhl sitzt, geht das natürlich nicht. Aber ich meinte mit behindert auch nicht gelähmt, ich meinte geistig behindert. Das ist ... man starrt vor sich hin, sagt nichts mehr, und der Speichel läuft einem aus dem Mund.«
»Was ist Speichel?«
Jürgen half mir genervt: »Spucke, Mia!«

»Agnes ...«, überlegte er, »wenn man stirbt, dann ist das doch so etwas Ähnliches wie Halbzeit. Und danach wird man wiedergeboren als Baby. Und bei der Wiederauferstehung wird man wieder, wie man war, als man gestorben war? Und wenn man jetzt ein alter Mann war, als man starb, kriegt man nach seiner Auferstehung dann doch weiter seine Rente ausgezahlt?«
Ich nehme an, die Auferstehung wird deshalb von der Regierung unterbunden.

Ich spielte Brettspiele mit Mia und las aus einem Kinderbuch vor, aber es machte mir heute nichts aus. Ich sagte Mia zwar, daß ich das hasse, was sie gut findet, aber dann las ich ihr doch sorgfältig die dumme Geschichte vor, wie die Farben in die Welt kamen und sich stritten, wer die schönste und die richtigste sei, und wie sie dann alle grau wurden, und wie häßlich sie das selber fanden, und der liebe Gott machte sie wieder bunt, und sie vertrugen sich bis ans Ende aller Zeiten, eine Geschichte wie aus einem kranken Hirn.

Ich wollte grade anfangen mit dem Essenkochen, da rief mich Mia zum Po-Abputzen. Das hat sie sich so angewöhnt, daß ich das immer tun muß, und sie macht dabei nicht den Eindruck von Hilflosigkeit, sondern von Herrschaft.

»Langsam solltest du das aber mal selber können«, murrte ich.

Es war krümelig und klebte und stank wie übergelaufenes Klo. »Du willst doch immer so groß sein! Also schau! So putzt man seinen Popo ab. Und so benutzt man eine Klobürste. So schrubbt man damit AA ab, und dann drückt man auf die Wasserspülung und schickt es durch die dunklen Kanäle unter der Stadt.«

Mia grinste ungläubig. »Das arme AA!« sagte sie.

»Dein AA ist tot«, sagte ich. »Das merkt nichts mehr.«

»Wo kommt mein AA denn dann hin?« fragte Mia, die sich nicht trennen konnte von etwas, das ihr mal gehört.

»Dein AA fährt so lange durch die Erde, bis es in einem Filter in der Kläranlage hängenbleibt, und dann holen es die bösen Bauern und tun es illegal auf ihre Felder gegen Geld!«

»Das dürfen sie doch gar nicht!« sagte Mia geizig. »Es ist doch mein AA!«

»Klar«, sagte ich cool. »Aber würdest du es denn wirklich lieber behalten? Wo würdest du es denn dann hintun? Abkaufen tut es dir keiner.«

Mia kicherte.
»Als ich klein war, hab ich mir vorgestellt, im Klo säße ein Geist, der sich von AA und Pipi ernährt«, sagte ich. »Mein Bruder und ich mußten ihn zufriedenstellen, ihm eine Wurst und Knubbel wie Kartoffeln machen und Pipi dazu als Limo. Serviette hinterher und runter damit in den Speiseabzug und schnell weg, sonst zieht er dich mit in die Hölle!«
Mia lächelte mich verliebt an; sie hat es gern, wenn ich erzähle, wie ich selbst ein Kind war.
Mit Mia wäre unser Klomann damals übrigens sehr zufrieden gewesen! Mia machte sehr viel AA, denn Mia aß den ganzen Tag.
»Kann ich dasselbe haben wie Jürgen, Agnes? Aber etwas mehr von allem, nein, warte, besser viel, viel mehr?« sagte sie aufgeregt, als ich ihr Essen auf den Teller tat.
»Weißt du was!« sagte sie zappelnd und mampfend. »Wenn ich groß bin, will ich einen Bauernhof mit allen Tieren, die es gibt!«
Ich verdrehte innerlich die Augen.
Ich weiß, ich sollte nicht so sein. Das ist ein Phase, durch die viele Kinder gehen, Größenwahnphantasien.
»Mit allen Tieren, die es gibt?« muß man dann sagen. »So große, dicke Elefanten auch? Und Pandabären und Giraffen? Darf ich dich dann auch besuchen? Darf ich auch auf deinem rosa Schimmel reiten?«
»Sei vorsichtig, was du dir wünschst!« sagte ich statt dessen. »Ein Bauernhof ist viel, viel Arbeit! Das schaffst du gar nicht alles.«
»Das schaff ich DOCH!« sprach Fräulein Gernegroß.

»Man schafft nämlich alles, was man sich vorgenommen hat. Man kriegt alles, wenn man es nur richtig will!«
»Da hat dir aber jemand etwas ziemlich Falsches erzählt«, sagte ich. »Ganz so funktioniert das nicht.«
»Doch! Genauso ist es!« verteidigte Mia ihr Weltbild. »Wenn man groß ist, kann man alles machen, was man will!«
»So ein Quatsch!« sagte ich. »Sieh mich an. Kann ich machen, was ich will? Meinst du, dann würde ich noch arbeiten?«
Aber Mia ließ sich nicht beirren. Sie war jetzt in Fahrt wie eine kleine, egozentrische Supernova.
»Wenn ich sterbe«, fuhr sie fort, »dann stirbt auch alles andere auf der Welt. Dann gibt es überhaupt nichts mehr, auch dich nicht, Frau Sobierajski!«
»Du bist ja blöd!« sagte ich. Ich laß mir doch nicht von so einem Nüßchen meine Existenz streitig machen! »Das ist seit ewigen Zeiten bewiesen, daß es so nicht abläuft, Mia! Gar nichts nimmst du mit, und keiner stirbt, wenn du stirbst, außer dir. Der Rest der Welt lebt munter weiter.«
Aber Mia hörte mir schon nicht mehr zu. Sie schüttete gerade ihrem Bruder Sprudel über die Kartoffeln. Er kriegte einen Anfall und trat sie in den Bauch. Ich schimpfte, er entschuldigte sich bei ihr, sie trat ihn gegens Bein. Er lief ins Kinderzimmer, sie hinterher. Heulen und Geschrei.
Ich räumte ihre Essensreste weg. Das Radio erzählte, daß auch USA und Irak sich stritten. Eine wilde Welt. Und die Sonne schien. Eine schöne Welt.
»Warst du schon mal verliebt, Frau Sobierajski?« krähte

Mia vorlaut aus dem Kinderzimmer. »Hast du auch schon mal gefickt? Hast du den Pimmel in die Scheide getan?«

Ich hörte sie mit Jürgen tuscheln, der ihr einflüsterte, was sie mich noch alles fragen sollte.

»Hast du deinem Verliebten schon mal in die Hoden gegriffen?« prustete sie. »Wie oft habt ihr schon gepoppt?«

Sie lachten sich gleich tot.

»Findest du jemanden netter als dich selbst?« fragte Mia.

»Ja«, sagte ich.

»Ich nicht! Ich finde mich am nettesten von allen!«

»Fünf DM«, las Jürgen aus seinen Mathe-Hausaufgaben vor. »Was heißt DM, Agnes? Dominikanischer Meditator?«

Ich hatte ihm von Meditation und Mönchen erzählt.

»Und Pf? Was heißt Pf?« fragte er. »Pimmelficker?«

Er schaute unschuldig.

»Sag doch, was ist Ficken, Agnes?«

»Na hör mal, das weißt du doch, nach allem, was ich grad von euch gehört habe.«

»Nein«, sagte Jürgen. »Nicht so richtig. Wir kennen nur die Ausdrücke, aber wir wissen nicht, was sie bedeuten.«

»Nun ja«, sagte ich. »Ficken ist ein andres Wort für Sex machen. Was Sex ist, weißt du ja.«

»Nein. Was ist Sex?«

»Jürgen, das weißt du doch! Was Mann und Frau tun. Wodurch man Kinder kriegt.«

Jürgen runzelte verständnislos die Stirn.

»Was ist denn Mann und Frau?« fragte er.
Ich guckte erstaunt, und Jürgen lachte. Er hatte mich nur verarscht.

Sie sind nicht immer so drauf, aber Jürgen sagt, was er sich von der Schule am meisten wünsche, sei, daß sie endlich Sexualkundeunterricht kriegten. Sein Freund Valentin und er haben mich mal als Nackte gemalt und die einzelnen Körperteile beschriftet. Als ich mich gelassen zeigte, beflügelte sie das, immer gewagtere Porträts von mir zu malen. Mir wurde bang, aber es ging vorüber, und Computer und Fußball lösten mich ab.

✗

Ich fühlte mich noch immer angenehm wacklig und glühend, schwanger von meinen Erlebnissen des vorigen Tages, als ich durch die sonntäglich leeren Straßen zu meinem nächsten Job ging. In diesem Dalí-Traum, letzte Nacht, hatte ich auch eine Eule mit ihren großen Flügeln am Himmel fliegen sehen und laut gerufen, da ist ja mein Geliebter! Aber am Tag ging ich so scheinheilig und unerkannt von Kind zu Kind wie Batman durchs Büro.

Ich stellte mich in eine Telefonzelle und wählte mit Herzklopfen seine Nummer. Noch immer wünschte eine merkwürdige Nervosität in mir, er wäre nicht zu Hause. Man braucht verdammt viel Mut zum Leben. Und es ist ungeheuer anstrengend ...
Mustafa wirkte verschlafen und erfreut.
»Agnes, na, wie geht's?«

Beim Klang seiner Stimme erinnerte sich mein Körper, und ich wollte gleich mein Babysitterkostüm abstreifen und nackt zu ihm fliegen.
»Ich hab unheimlich schlecht geschlafen«, sagte er. »Als du gestern weg warst, in der Nacht, ich hab gedacht, ich sterbe, ich kriegte keine Luft mehr. Was machst du heute? Hast du Zeit? Komm doch vorbei. Das Leben ist so kurz. Wer weiß, wie lange alles geht. Wir wollen es ausnutzen, ja? Ich bin scharf auf dich, weißt du.« Er lachte. »Hej, das ist selten! Es ist etwas Besonderes. Ich mach dich richtig fertig, ja?«
»Ich muß noch babysitten heute nachmittag«, sagte ich. »Ich weiß nicht genau, wann die Eltern da zurückkommen, aber ... vielleicht heut abend, so um sieben?«

Jenny hatte weiche, weißblonde Haare und würde vielleicht später einmal aussehen wie diese Fernsehschauspielerin, auf deren Namen ich nicht komme – doch! Diana Körner.
Jenny nennt mich immer »Sobierajski« und duzt mich. Sie ist drei.
Sie hielt mich zuerst wegen meines Namens für die Fleischwerdung ihres Kuschelpüppchens, eines Seepferdchens, das sie »Seebititi« nennt. Deshalb mochte sie mich von Anfang an.
Wir setzten uns auf den Teppich und spielten Büro.
»Ich muß ins Büro«, fing Jenny an. »Büro. Arbeiten, arbeiten. Etwas essen. Wieder arbeiten. Wieder essen. Wieder arbeiten. Immer essen. Immer arbeiten.«
»Was hast du denn alles in deinem Büro, Jenny? Faxgerät, Telefon, Computer?«

»Alles«, sagte Jenny heiser und großartig. »Fax, Puter, alles. Nur eine Sache fehlt: ein Heiabettchen.«
»Das wäre aber auch sehr ungewöhnlich! Im Büro soll man doch arbeiten und nicht schlafen.«
»Nein! Ich will immer schlafen.«
»Das würde dein Chef aber niemals erlauben.«
»Dann will ich keinen Chef. Dann will ich gar nicht ins Büro.«
»Das mußt du ja auch nicht. Erst mal kommst du ja in den Kindergarten und dann in die Schule.«
»Will nicht in die Schule.«
»Aber, Jenny! Du willst doch schreiben und lesen und rechnen lernen, oder nicht?«
»Kann schon rechnen.«
»Aber nein. Du kannst doch gar nicht rechnen, Jenny. Du kannst zählen, aber auch erst bis 10.«
»11, 12, 13, 14«, sagte Jenny trotzig und trocken; da war ich wohl nicht auf dem neusten Stand.
Später wollte Jenny Doktor spielen. Alle Puppen mußten Spritzen kriegen und operiert werden. Ich stopfte ihr eine Puppe unter den Pullover und tat, als würde ich sie wie bei einer Entbindung mühevoll hervorziehen. Jenny hatte Spaß. Sie brachte immer mehr Dinge an, die sie zur Welt bringen wollte, Puppen, Stofftiere, Autos …
»Frau Lehmann«, schimpfte ich, »jetzt muß ich Ihnen als Ärztin aber mal ins Gewissen reden. Sie sind ja schon wieder schwanger!«
Jenny kicherte.
»Wie kann das denn immer passieren, Frau Lehmann? Wie wollen Sie denn Ihre vielen Kinder jetzt ernähren? Was haben Sie denn heute wieder im Bauch? Oh, einen

Ferrari! Naja, nicht schlecht, da haben Sie wenigstens was, worin sie Ihre Brut durch die Gegend fahren können.«
Jenny nickte belustigt. In ihrer Phantasie lud sie ihre Kinder in ihren Ferrari und brachte sie zu mir.
»Meine Kinder sind alle krank, Frau Doktor. Sie müssen für immer bei dir im Krankenhaus bleiben.«
»Für immer? Aber Sie kommen sie doch wohl wenigstens manchmal besuchen, Frau Lehmann!?«
»Ja, vielleicht. Aber jetzt muß ich in Urlaub fahren. Tschüüß!«
Wir spielten lange so lustig und unmoralisch, aber dann wurde Jenny still. Sie schüttelte nur den Kopf zu dem, was ich vorschlug. Nicht trotzig, eher geistesabwesend. Dann kamen die Tränen.
»Wo ist meine Mama denn?« fragte sie. »Wann kommt sie denn endlich wieder?«
»Das dauert noch ein bißchen«, sagte ich. »Du weißt doch, sie muß heute viele Sachen in der Stadt erledigen.«
Jenny schluchzte. Ich nahm sie in den Arm. Ich bot an: Willst du dies? Oder soll ich das machen? Aber zu allem schüttelte Jenny untröstlich den Kopf und hörte nicht auf, bitterlich zu weinen und mit erstickter Stimme ihre Mutter herbeizuflehen.
»Ich will in die Heia, Sobierajski«, kapitulierte sie schließlich vor ihrem Schmerz, und ich lege sie ins Bettchen, obwohl es erst Nachmittag war, ließ die Rollos runter und machte die Spieluhr mit dem Einschlaflied an …

✗

Nur vereinzelt waren Autos unterwegs, auf meinem Weg zu ihm am frühen Abend. Vollkommen geschlossen sahen sie aus, als wäre niemand drin. Kein Blitz schlägt in ein Auto ein.

Ich war müde. Ich hatte wieder Angst.

Die Sonne schien auf das reglose Blech der Wagen und die starren, warmen Häuserfassaden. In jedem steinernen Behälter saß etwas Lebendiges, weich wie ein Wurm, mit Anschluß an die Satelliten und die reichen Leute, die das Fernsehn machten. In jedem Leben stand ein Fernsehn. Im Leben vieler Leute wurde grad ein Fußball hin und her geschossen. Und ich? Ja, ich ging einen Mann anzapfen, mal gucken, wie es heut sein würde mit ihm.

Frauen und alte Leute seufzten hinter den Gardinen.

Gegenüber vom Hotel lungerten dunkle junge Männer vor einer Wirtschaft. Ich war mir sicher, daß sie mich beim Vorbeigehn kommentieren würden, aber sie achteten nicht auf mich.

»Was sollen wir spielen?« fragte ein Kind ein anderes vor mir auf der Straße.

»Weiß nicht.«

»Manno! Immer sagst du weiß nicht!«

Sie gingen in das Hotel und ließen die Türe für mich auf.

Ein Gang, die Treppe rauf, die Mauern lang, bis ganz nach oben; unterm Dach, da haust ein Mann, den ich neuerdings besuchen darf. Das geht doch nicht mit rechten Dingen zu, jedoch: Ich stell mich ignorant. Ich tu, als wär's normal und ganz natürlich.

Die Kinder zankten sich im Treppenhaus. Ihre Stimmen mit Hall klangen seelenlos. Als wäre alles nur aus Staub.

Sein Fernsehn lief, so wie millionenfach grad überall, wer hätte das jemals gedacht.
Seine Tür stand offen.
Er lag im Morgenmantel auf dem Bett und öffnete ihn, um mich hineinzunehmen.
»Ich bin krank«, sagte er und führte meine Hand zu seiner Krankheit.
Sein exquisiter, schlanker Körper mit der schmalen Taille und den kunstvoll verteilten dunklen Körperhaaren, glatt und lang, das Atmen unter seinem dünnen Bauch. Ich war ungläubig und ehrfürchtig wie ein Kind, das Fury sehen, Fury streicheln, Fury sogar reiten darf!
Es gibt Banausen, die glauben, alles wäre Dreck. Sie haben solchen Jungen etwas angetan. Sie haben sie auf einen großen Haufen geworfen. Sie wollten nicht einsehen, was sie kaputtmachten.
Sie haben Fury gequält und geschlachtet. Niemand darf das je mit diesem Jungen machen.
Er machte mir ein Zeichen, die Tür hinter mir abzuschließen.
»Zieh dich aus«, sagte er.
Ich tat das, bis auf die Dessous, so seh ich besser aus als nackt.
Er streichelte sich.

Man sieht, wie ein Gefühl entsteht, zeitlos schön und mysteriös wie eine Sphinx. Ich glaube, es ist Gott. Ich mein das anders, keine Angst. Da kommt die Flüssigkeit heraus, sublim und salzig. Ich tu ihn in ein nasses Futter. Darin ist immer Nacht. Darin sind Hexen, sie tanzen um den Besenstiel. Sie saugen mit ihren Lippen wie Näpfe an den Wunden, und die glitschige Milch schwemmt alle Spukgestalten wieder weg.

Ich will durch alles gehen wie durch Türen. Ich streich mich durch, mit einem harten Bleistift, der Papier zerreißt, wir hauen durch die Risse ab. Wir machen nur ein kurzes Leben draus, so lange wie wir brauchen, um uns zum andren Ende durchzubohren. Ich mag nicht immer diese Tage, die zusammen dann mein Leben sind, das ich kenn und weitermachen muß, als wär es ein Beruf. Ich will in was versinken, entschuldigt fehlen ... Aber »Ich will leben« wollte ich doch sagen! »JA« und »DANKE«! Ja und amen.

»Du Wixer!« krakeelte eine Frauenstimme im Treppenhaus.
»Oh, wie ist dat schön!« antwortete provozierend fröhlich eine sonore, prollige Männerstimme und knallte die Türe hinter sich zu. Man hörte ihn sich rasch entfernen auf der Straße.
Wir lagen auf dem Bett und warteten, bis wir uns wieder zusammensetzten.
»Ich fühle wirklich nicht mehr so viel wie früher«, sagte er. »Aber es macht die Sorgen weg für den Moment. Jetzt kommen sie schon wieder.«
Er hielt meine Finger in seiner kühlen, kraftlosen Hand.
»Ich möchte wieder klein sein. Ich sitze mit meinem Bruder in der Sonne auf dem Hof. Ich winke meiner

Mutter zu. Ich liege im Feld. Ich betrachte meine Spielkarten. Ich kann gar nicht sagen, wie sehr ich die angeguckt hab.«
Wir dösten in dem öligen, salzig-süßen, satten Orange des Sonnenuntergangs. Autos zogen Fetzen von Musik hinter sich her.
Er tastete nach der Fernbedienung und knipste das Fernsehn an. Er blätterte durch die Bilder und blieb bei einer Quizshow hängen.
Wir hätten alle Antworten gewußt.

Er stand auf und goß seine Pflanzen.
»Ich weiß noch gar nicht, wo du eigentlich herkommst«, sagte ich, gemütlich vom Bett her. »Was hast du früher gemacht? Was ist mit deiner Familie?«
»Es ist nicht gut, daß du so neugierig bist«, sagte er. »Aber ich kann dir Fotos zeigen, interessiert dich das? Na gut.«
Er holte ein Album aus einem alten braunen Koffer, der mit einer Paketkordel verschnürt war. Bilder einer bürgerlichen Familie im Süden in Zimmern mit Teppichen und dunklen Möbeln.
»Das war meine Familie vor dem Krieg. Wir waren wie die Leute hier in Deutschland. Wir hatten ein Recht, zu sein, wo wir waren, und wir waren wohlhabend. Ich möchte nicht, daß man mich für einen Angeber hält, aber es ist wahr ... gewesen. Ich hätte es nicht mal nötig gehabt, arbeiten zu gehen. Jetzt ist vieles kaputt, das Geld ist nichts mehr wert, und unsre Fluchtaktion hat mehr gekostet, als wir hatten.«
Er schlug die Seite um.

»Das ist mein Vater. Er ist durch den Streß todkrank geworden und fast wahnsinnig, er hört manchmal nicht auf zu schreien, nachts. – Das hier bin ich als Kind.«
»Süß«, sagte ich. »Unschuldig sahst du aus.«
Er zuckte die Schultern.
»Was heißt unschuldig? Es kann nicht heißen, daß man gut ist, ohne Bosheit, ohne Fehler. Ein Mensch kann das nicht sein.«
»Es heißt vielleicht, arglos man selbst zu sein«, sagte ich.
»Das war ich«, lächelte er. »Ich war immer sehr egozentrisch. Ich wäre noch ein großer Ignorant geworden, ein Riesenarschloch, wenn alles so sorglos und sicher weitergegangen wäre.
Aber dann, die Wirrnisse, die Flucht ... es war eine Katastrophe für uns, und trotzdem ist es nichts Besonderes, Millionen geht es so.
Wie sehr man um sein Leben kämpft! Wie um eine Kostbarkeit, die man erhalten muß. Dabei könnte man morgen schon weg sein, nicht nur ich als Flüchtling, es ist der Status jedes Menschen ...
Naja, ich hatte das Glück, daß ich Sorgen immer gut verdrängen konnte, aber für meine Eltern war es eine Katastrophe. Alles, was sie sich in ihrem Leben aufgebaut hatten ... Sie waren nicht die Typen für Flucht, für Abenteuer, für Neuanfänge. Das sind solide, ängstliche Leute, wie die meisten älteren Erwachsenen in Deutschland. Und jetzt sind sie Niemands, die keiner will.
Nein, sie leben nicht hier in der Stadt. Wo? Anderswo. Und Schluß. Ich hab dir schon zuviel erzählt.«

»Hast du Zeit? Dann bleib heut nacht bei mir, ja?«
Es klang wie in Finkenrath, wenn die Bahn auf der Brücke an seinem Haus vorbeirauschte. Die Autos brummten unten in der Straßenschlucht. Der große Mond.
Ich fühlte mich unbeschreiblich wohl. Es war so schön, die Luft der Erde zu atmen. Ich war wie in zarte Fasern zerteilt, und leichte Stückchen von mir schwebten um mein Bett. Meine Finger unterhielten sich wie zehn fremde Wesen. Ich konnte die kleinen Träume knapp unter meiner Oberfläche spielen sehen, fließende Dinge, die starr wurden, Stränge, die auf einmal ganz weit auseinanderliefen, alles machte sich ohne mich, nach eigenen, sicheren Gesetzen. Ich schmiegte mich an mein Stück Federbett wie an ein höheres Wesen. Ich legte meine Hand auf meine Bauchdecke: eine weiche, dicke Lage Haut und Fleisch über einer Kiste voller Eingeweide.
Ich dachte an ein Lied, »Yellow Light«, obwohl das Licht, das langsam anfing, kühl und grau war in dem Zimmer.
Yellow Light. Eine Frau sieht, daß es Morgen wird, sie liebt den Mann, der neben ihr liegt, sie ist bedrückt von Gefühl und Gerührtheit, sie hat Angst, daß es nicht gutgeht, sie betet, sie weiß nicht, was sie sich noch wünschen soll, am liebsten wäre ihr, der Morgen käme nicht.
Sie singt: »I lie in this dirty bed, I'm blind till the light forces its way on to every little thing. You're so easy to blame and still so beautiful. Tell me why we hide our love, tell me what we're frightened of.«
Hannah Marcus hat das gesungen. Nicht Hannah Arendt,

doch, sie hat das auch gesungen. Laura Nyro auch. Christina von Braun vielleicht sogar.
Das graue Licht wurde heller, die Vögel fingen an. Von da und dort schepperte es mit Hall, das waren die ersten Bauarbeiter. Die Geräusche machten die Atmosphäre elektrisierend, wie in dem Lied »Paris s'éveille«, il est cinq heures ...
Ich war nicht in Paris, aber doch in einem Land, von dem auch viele Menschen träumten. Sehr viele wollen hierhin, plündern ihre Konten und ruinieren ihre Familien, um es nach hier zu schaffen. Sie pfeifen im Dunkeln auf den Baustellen.

Mustafa wurde wach. Er schmiegte sich an mich. Er tat seine Haut so nah an meine, wie es ging. Wie konnte es sein, daß er mich, eine Fremde, gern genug hatte, um all das mit mir zu tun.
Ich hörte ihn das Kondom hinter meinem Rücken auspacken, und wir fingen wieder an, uns miteinander zu bewegen. Süßer, fremder Junge mit dem großen, harten, eigensinnigen Schwanz, den flüssigen und überflüssigen Geheimnissen, den Tricks, der Spannung wie ein Tier mit einem Gift, den träumerischen Bissen, den kleinen Schlägen, dem grausamen Saugen.
Wie sanft und wie beharrlich. Was ihm einfällt, worauf er verfällt. Wie ist er nur darauf gekommen, das im Sex zu sehen, es so anzugehen? Es ist, wie wenn jemand so schön singt, daß man denkt, wenn ich jetzt atme, bringe ich ihn raus. Wie was, für das man einen unheimlich hohen Eintritt zahlen müßte. Und ich krieg es umsonst, in einer glanzvollen Privatvorstellung.

Wir lagen zufrieden ineinander, nachher.
»Willst du nicht dein Kondom ausziehen?« räusperte ich mich und streichelte ihn.
»Welches Kondom?« scherzte er.
»Mustafa!« sagte ich. »Man soll das nicht so lange drauf lassen, sonst sickert der Samen raus, und man kann sich doch noch infizieren, und ...«
»Ja«, sagte er. »Aber das wird nicht passieren. Ich hab ja gar keins angezogen. Guck!«
Er zog seinen harmlos geschrumpften, hübschen Schwanz heraus, zimtig braun, feucht und ohne jegliche Verpackung.

Ich konnte ihm nicht böse sein. Ich war nur schockiert und traurig. Konnte er sich sicher sein, nichts zu haben? Vielleicht verhütete er wirklich immer bei den andern? Aber wieso dann nicht bei mir?
Ich wußte, ich würde trotzdem nicht Schluß machen, ich würde mich immer weiter der Gefahr aussetzen, die er darstellte.
Ich spürte meine Zuneigung zu ihm wie einen Schmerz, den ich nicht mehr loswerden konnte. Es war, als wäre er ich. Was sollte man da machen? Darf man sein Schicksal denn in Gottes Hände legen? Darf man denn so leichtsinnig sein?
Ich nahm ihn in die Arme.
»Ich kann so nicht mehr weitermachen«, sagte ich. »Ich muß Schluß machen, wenn du so was machst.«
»Aber ich empfinde nichts, wenn ich was drüber habe. Das ist okay, die ersten Male. Aber auf die Dauer ...«

»Manche Männer sagen, es wär kaum ein Unterschied«, sagte ich.
»Ich weiß nicht, warum die das sagen«, sagte er. »Bei mir ist das ein großer Unterschied.«
Log er? Aber warum sollte er das tun?
»Komm, Agnes, mach dir keine Sorgen. Ich hab bestimmt nichts. Ich schlaf doch nicht mit Schlampen.«
»Aber es müssen keine Schlampen gewesen sein«, sagte ich, »sie haben vielleicht nur einmal mit einer männlichen Schlampe geschlafen, es kann überhaupt einfach nur Pech sein.«
Ich kam mir komisch vor, wie in einer Kondomwerbung.
»Mach doch einen Test«, bettelte ich trotzdem weiter. »Und ich auch, ja? Und von da an nehmen wir immer Kondome, wenn wir was mit andern machen, ja?«
»Okay«, sagte er, in undefinierbarem Ton.
»Wenn ich dir doch nur vertrauen könnte, Mustafa«, sagte ich.
»Aber ich muß dir doch auch vertrauen«, sagte er.
Ja, das stimmt. Aber mir *kann* man auch vertrauen.
Oder? Ich überlegte. Mir fiel ein, daß ich selbst mal was ohne Kondom gemacht hatte; das war, als Aids noch nicht so im Bewußtsein war.
Mir wurde eng zumute, als ich mir vorstellte, nicht er, sondern ich wäre hier die Leichtsinnige und könnte ihn angesteckt haben mit diesem Virus, das seit Jahren in mir schlummerte.
Ich könnte Aids nicht als Schicksal gelten lassen. Ich würde es als mein persönliches Verschulden werten,

meinen Leichtsinn als Sünde, das wäre für mich ein größeres Problem als der Tod.
Aber ohne eine gewisse Sorglosigkeit wird man doch verrückt.
Man könnte dauernd wegen irgend etwas sterben, und doch schaffen viele es bis siebzig, achtzig ...
Ich muß ein Artist werden.
Ich muß ein Leben trainieren, und da ist niemand, der mich dabei festhält. Ich muß mir bei allen gefährlichen Übungen vorstellen, ich ruhte in Gottes Hand, und er hätte mich wirklich lieb und überhaupt nicht vor, mich abzuschütteln oder zu zerquetschen.
»Warum nimmst du alles so schwer, Agnes? Du bist so besorgt um dein Leben. Hast du nicht gesagt, du lebst nicht gern? Guck doch nicht so ernst. Mach dir keine Sorgen. Du wirst sehn, wir haben nichts«, sagte Mustafa.
Er hatte recht, die Sorgen waren zu nichts gut.

»Sie foltern ihre Abtrünnigen und bringen sie um ...«, irgendwo im Ausland machte eine Widerstandsgruppe das, sagte das Frühstücksradio.
»Ja, das Gerücht hält sich«, sagte Mustafa. »Hast du schon jemandem von uns erzählt, Agnes? Erzähl es niemandem.«
»Kann ich machen«, sagte ich. »Aber warum?«
»Es geht keinen etwas an«, sagte er. »Es betrifft nur dich und mich.«
»Hm«, machte ich bejahend, ohne ihn recht zu verstehen.
»Wie foltern sie die Leute eigentlich?« fragte ich.

»Sie geben ihnen Scheiße zu essen. Sie lassen ihre Verwandten verschwinden. Die Sache mit den Wassertropfen auch, hast du bestimmt schon von gehört.«
Ich hatte es gehört, in Büchern und in Filmen. Es kam mir vor, als könnten diese Dinge nur Leuten passieren, die völlig anders und in einem völlig andren Schicksal waren als ich.
»Was ist Schicksal, Mustafa?« sagte ich. »Glaubst du, es ist, wie die fernöstlichen Philosophien und Religionen es sehen?«
»Du meinst, daß man es sich selbst erwirbt, durch sein Verhalten? Vielleicht. Andrerseits kann ich nicht glauben, daß Glück immer verdient ist und man an seinem Unglück immer selbst schuld ist. Und du?«
Ich versuchte nachzudenken, aber mein Gehirn war nebelig darüber.
»Zerbrich dir nicht den Kopf«, sagte Mustafa. »Du nimmst auch das Denken zu ernst. Du kommst doch nicht dahinter.«
»Aber ich will dahinter!« sagte ich ironisch klagend. Er lächelte.
»Ein kleines Mädchen, das ich manchmal betreue, Mia«, sagte ich, »sie hat so einen Misereor-Kalender, darin war ein Foto von einem Rikschafahrer aus Bangladesh ...

›Der sieht aber blöd aus‹, sagte Mia. ›Der ist häßlich, viel zu dünn. Ich hab gar keinen Appetit mehr, wenn ich mir den anseh.‹
›Der ist sehr arm, der Mann‹, sagte ich. ›Vielleicht muß er bald verhungern.‹

›Sein Pech‹, sagte sie spitz.
Ich tat, als hätte sie ihre blöde Bemerkung sachlich gemeint.
›Pech, ja‹, sagte ich. ›Manche Leute haben seltsamerweise verdammt viel Pech in ihrem Leben.‹
›Selber schuld‹, mußte sie noch einen draufsetzen.«

»Das Arschloch!« sagte Mustafa. »Wo wohnt sie? Ich schlag sie zusammen.«
»Vertu dich nicht, sie ist sehr stark«, warnte ich. »Sie sagt, sie könne Pferde stemmen.«
Mustafa lachte.
»Dann tschö«, sagte er zum Abschied. »Und mach dir keine Sorgen, ja?«

✗

Mustafas Gesicht sieht aus, als wär man zu nah dran. Oder es wäre eine Glasscheibe zwischen ihm und der Welt, gegen die er sich leicht preßte. Ich kann sein Gesicht nicht mit Abstand sehen. »Kußnähe« nennt man diese Perspektive bei Picasso.
Da wirft der warme Wind das Fahrrad um, vor dem Café, in dem ich sitze zwischen meinen Einsätzen, es ist einhüllend schummrig, ich fühle mich versteckt und sicher. In diesem Café kann ich mir vormachen, ich könnte spielen wie die Kinder und die kleinen Tiere, während jemand sie beschützt. Sie tun zum Spaß, als wär es ernst, als wären sie Erwachsene in anspruchsvollen, gefährlichen Situationen. Aber Mustafa und ich, sind wir nicht Erwachsene in solchen Situationen?

Im Gesundheitsamt, wo ich heute war, wollten sie wissen, wie es zum Risiko der Ansteckung kommen konnte. Ich fand es peinlich, den gediegenen Damen zu erzählen, was Mustafa und ich so tun in unsrem Niemandsland. Aber sie bezahlen den Test, also dürfen sie auch Fragen stellen.
Ich bin vogelfrei, sagt Mustafa. Er fühlt sich wie nicht existent, das macht ihn unverantwortlich und für mich gefährlich. Ich habe Angst vor mir, weil ich mich trotzdem mit ihm einlasse. Warum beschütze ich mich nur so wenig? Er liebt mich nicht und sagt doch selbst, er sei ein Schwein. Ich sollte mein Leben nicht so jemandem zur Verfügung stellen.
Aber es ist viel verlangt, geliebt zu werden. Ich bin auf eine Art sehr glücklich, mir das mit ihm trotzdem zu gönnen. Ich bin so traurig sonst in Wirklichkeit. Das ist keine Entschuldigung. Es gibt keine Entschuldigung für diesen Leichtsinn.

»Es geht nicht nur ums Leben! Es geht um etwas Wichtigeres.«
Männ Lauscher sagte das, ein alter Bekannter von mir. Er sagte, er sei sicher, ich sei von einem andren Stern und habe eine wichtige Mission zu erfüllen in dem Zusammenwirken von Licht und Dunkel. Auch das Dunkle sei wichtig, doch ich gehörte zur Familie des Lichts, das spüre er.
Ich hab ihm nicht gesagt, wie sehr ich daran zweifeln muß. Wenn ich meine Lippen auf die Haut eines Mannes hefte wie eine Schnecke auf das Glas eines Aquariums, ist es nicht Helligkeit, die da entsteht. Es ist in-

stinktiv, voll blinder Sehnsucht, wie diese alienhaften Babys, die ich manchmal betreue, nach ihrem Fläschchen dürsten und den Kopf in den Nacken werfen, die Lippen gehen auf von selbst! Es ist ja so erleichternd, nachzugeben, einzuknicken, wegzuströmen. Man drückt sich aneinander, bis die Körper voneinander merken, daß sie leben, was für eine Überraschung! Man läuft an Tausenden vorbei, doch spürt man nie mit seinem Körper, daß sie leben.

Aber wenn ich nach dem Küssen und dem Sex mit Mustafa nach Hause gehe, fühle ich, wie lebendig alles ist. Ich bin ihm sehr dankbar für diesen Zustand. Niemand hat ihn bezahlt oder gezwungen, mich zu küssen und mit mir zu schlafen, er tut es nur für sich und mich. Exklusiv. Ein verschenktes Original. Eine große Geste.

✗

Mia und ich gingen Layla zum Spielen abholen. Laylas Mutter bat uns in die Wohnung. Am Küchentisch hingen Laylas kleine Brüder in ihrer Art Jogginganzügen über ihren Tellern und stopften sich Fritten rein. Einer wollte dem andern was wegnehmen und kriegte Haue von ihm, heulte empört auf und blickte anklagend und Beistand verlangend zu seiner Mutter hin, während er versuchte, seinen Bruder unter dem Tisch zu treten.

Laylas Mutter konnte nur wenig Deutsch. »Komm!« sagte sie heiser, um uns ins Wohnzimmer zu bitten. Im Fernsehen lief »Arielle«, und Layla hatte ihre ganze saugfähige Oberfläche der Bildergeschichte zugewandt.

Ihr kleinster Bruder stellte sich dicht vor den Bildschirm, um sich zu fühlen wie mitten im Film.
Laylas Mutter sammelte Schwäne. Überall hingen oder standen sie wie Heiligenfiguren, sie waren aus Kristall, aus opalisierend beschichtetem Porzellan, mit Zucker gestärkter Häkelspitze. Zwischen den Schwänen und den Fotos der Familie hingen die Landkarten und Flaggen ihres Landes, und immer wieder das düstere und barsche, schwarzbärtige Gesicht des Politikers, der seinem Volk vielleicht ein besseres Leben erkämpfen wollte.
Ich kriegte Tee in diesen kleinen Gläsern, die ich schön finde.
Laylas Mutter packte uns Proviant ein für den Nachmittag, kalte Pizza, Brot mit Fleisch, und wir zogen los, nach Haus zu Mia. Die Mädchen gingen Barbie spielen in Mias Kinderzimmer.
Wieder ein Tag auf der Erde, unauslotbar tief, ich lebte ihn, so gut ich konnte, aber es gelang mir nicht, die Zeit anzuhalten, um ihn genau zu sehen.
»Das Wesentliche kriegst du nicht raus«, sagt Mustafa. »Leb so, daß es dir Spaß macht.«
Aber es macht mir keinen Spaß ohne das Wesentliche.
»Was ist Spaß?« fragte ich Mia. Sie sah von ihrer Barbiepuppe auf.
»Klingelmäuschen spielen!« sagte sie. »Es macht Spaß, wenn man sich vorstellt, daß eine alte Oma dann extra aufstehen muß, weil sie denkt, jemand kommt sie besuchen, und dann ist keiner an der Tür!«
Sie stieß Layla an und kringelte sich vor Vergnügen bei dem Gedanken.
Spaß bleibt eine rätselhafte Sache.

»Frau Sobierajski! Spielst du mit uns?« bettelte Mia.
Ich hatte mich hinter ihrem Haus in den Liegestuhl gelegt und dachte über wichtige Dinge nach. Ich löse gerne manchmal Rätsel, doch Spielen tue ich nicht gern.
»Ich bin erwachsen, Mia«, sagte ich. »Spielen ist für Kinder.«
»Meine Mama spielt aber auch immer mit mir!«
»Was heißt hier ›auch‹?« sagte ich gemein und spitzfindig.
»Daß du auch jetzt mit uns spielen sollst«, parierte Mia.
»Ich kann nicht«, sagte ich. »Ich kann mich nicht bewegen. Ich bin zu faul!«
Mia grinste mich schief an und überlegte angestrengt.
»Bitte, Frau Sobierajski! Du kannst auch in dem Liegestuhl liegenbleiben! Ich weiß was ganz Schönes. Das macht dir bestimmt Spaß!«
»Ich will keinen Spaß!« sagte ich. »Ich will was Ernstes, Richtiges.«
»Das ist auch richtig, was wir spielen! Wir spielen Café. Du bestellst Sachen bei uns, und wir bringen sie dir.«
Na ja, okay, das klang ja wirklich nicht so schlimm.
Mia und Layla buken im Sandkasten Torten in Schildkröten- und Bärenform, verzierten sie mit Stöckchen, Blättern und Holunderblüten und brachten sie mir dar. Mia gab mir sogar das Portemonnaie, aus dem ich sie bezahlen sollte.
»Bitte, Fräulein«, sagte ich. »Fünfzig Pfennig. Und hier sind zwanzig Pfennig für Sie, als Trinkgeld!«
»Was ist Trinkgeld?« fragte Layla.

»Das bekommt die Kellnerin, wenn man mit der Bedienung zufrieden war. Das braucht sie ihrem Chef nicht abzugeben, das darf sie sich behalten.«
Mia gab mir die fünfzig Pfennig zurück.
»Ich will nur das Trinkgeld«, sagte sie.

✗

Wird es gutgehen? Und wie lange?
»It's too soon to know«, summte ich auf meinem Weg zu ihm, »too soon to know«, der Spruch fürs ganze Leben.

Ich kann es nicht glauben, während es geschieht, es ist zu unbegreiflich und natürlich. Ich hab Angst, es durch meine Anwesenheit zu vermasseln, und bin deshalb bei ihm so passiv wie sonst nie.
Ich verstehe nicht, daß er mit mir schlafen will, mich nicht mal danach wegschickt, sondern mit mir redet, ißt und fernsehguckt; ich strenge mich an, mich dieser unverdienten Sache würdig zu erweisen.

Wir hatten einmal einen Siamkater. Ich hatte alle unsre Katzen gern, aber diese Katze habe ich verehrt. Ich schrieb über sie in meinem Tagebuch, ich malte sie, ich fand sie unglaublich schön und lieb. Sie war nervös und übermütig. Sie war meinem Bruder und mir zu Weihnachten angekündigt worden mit den Worten:
»Wir kriegen dieses Jahr Besuch von einem Ausländer. Ihr werdet ihn gern haben, ihr könnt schön mit ihm spielen.«
Ich war verzweifelt über meine Eltern, die mit ihrer un-

erbittlich sozialen Ader unser Weihnachtsfest kaputtmachen würden …
Ich war unheimlich glücklich, daß der kleine Kater bei uns war, und freute mich jeden Tag nach der Schule auf ihn. Eines Tages war er weg. Ich rannte überall rum und rief ihn. Er kam zurück. Nach ein paar Tagen verschwand er wieder. Und kam nie mehr zurück.

Mustafas Zimmer ist ein geschützter Raum, in dem wir Dinge ohne Folgen tun können, weil sie nicht richtig wahr, nicht auf der Welt sind. Es ist wie, was sich Zukunftfans von virtueller Realität im Cyber-Space versprechen.
Ich achte gehorsam darauf, daß es mir nichts ausmachen würde, wenn es vorbei wäre. Er erzählt nicht viel von sich, »damit keine Bindung entsteht«. Wer das Leben kennt, der lacht darüber.
Wenn er schläft, betrachte ich stolz sein Gesicht.
Es ist nicht ganz der Stolz des Jägers, der ein Wild erlegt hat, es ist auch der Stolz des dressierten Tieres auf sein feuriges Herrchen.
Ich wollte immer einen Jungen, der so wild und fremd und rassig aussieht. Ich wäre gerne er.
»Guten Morgen, eh … Angelika«, murmelte Mustafa gemein. »Nein, wie heißt du noch mal? Agnes, stimmt! Ich krieg auch schon Alzheimer. Agnes! Eine Agnes hatte ich noch nicht.«
»Es ist ein Oma-Name«, sagte ich. »Beide Omas von mir hießen so.«
Mustafa räusperte sich einen Schleim von der Lunge und stürzte zum Waschbecken.

Dann kam er wieder unter die Decke und schmiegte sich an mich.

»Als ich ein kleiner Junge war«, erzählte er, »dachte ich, wenn man verheiratet wäre, müßte man jede Nacht auf seiner Frau schlafen. Ich hatte das falsch verstanden mit den beiden Bedeutungen von ›schlafen‹ und hatte einen großen Horror vor dieser Unbequemlichkeit. – Massierst du mich noch mal ein bißchen? Ich bin ein alter, kranker, verarmter Millionär. Mach schneller, Schwester, ich hab nicht mehr viel Zeit, ich muß zur Arbeit gehn, äh, sterben.«

»Was arbeitest du denn, Mustafa?«

»Frag nicht! Vertreib meine Erinnerungen. Ich hatte einmal viele Frauen. Jetzt sind nur Sie mir noch geblieben, Schwester, und das Geschwulst an meinem Unterleib. Seien Sie kein Frosch. Setzen Sie sich auf meinen Schoß.«

»Aber Sie müssen ihr Kondom anziehn, solang uns keine Diagnose vorliegt, Mister Bond!«

»Ja, ich bin ein Geheimagent ...«, sagte Mustafa ernst und stolz, »irgendwie schon. Ich hoffe, nicht jeder kriegt das so schnell raus.«

Ich kann mir nie vorstellen, wie die Magie sich wieder einstellen wird. Aber das braucht nur ein paar kleine Griffe und Kniffe, und es entsteht diese weggetretene Konzentration.

Ich merke erst am nächsten Tag, wie anstrengend das war, wenn mir ist, als hätte ich die ganze Nacht getrunken oder würde krank.

Ausgepumpt legte sich Mustafa auf meinen Rücken. »Glaubst du an Vorgefühle?« fragte er zögernd. »Ich bin eigentlich nicht abergläubisch. Aber vor ein paar Wochen war dieses Fest, alle aus der Familie, die in Deutschland sind, haben sich getroffen. Ich wurde nachts wach und konnte nicht mehr schlafen. Ich ging durch die Wohnung, in der die Leute schliefen, die zum Fest angereist waren. Ich ging in dieses Zimmer, rauchte, ging ins nächste Zimmer. Ich hatte kein gutes Gefühl. Was will ich hier, dachte ich, ich will nach Hause. Es ist verrückt, aber dieses Hotelzimmer ist jetzt mehr mein Zuhause als meine Familie und das Land, in dem ich geboren wurde. Meinst du, das gibt es, daß man verflucht ist? Seit einiger Zeit passieren mir so viele Katastrophen ... Und jetzt auch noch das mit dir ... Nein, nein, das war ein Witz«, er tätschelte beruhigend meine Hand. »Was für Katastrophen? Ich müßte zu weit ausholen, um dir das zu erklären, aber sie sind einfach verrückt, meine Leute. Ihre Nerven liegen bloß, und dann die hitzköpfige Mentalität ... Sie haben nichts zu tun, sie haben keine Interessen außer Tratsch und Intrigen und der sie betreffenden Politik. Die Frauen drehen sich um die Kinder, die Männer um das Streben, Geld zu machen oder irgendwas und wen zu rächen, ihre ›Würde‹ zu verteidigen ... Ich fand das stets zu primitiv für mich. Aber es sind Sachen passiert, durch die ich doch in ihre Angelegenheiten hineingezogen werde. – Mir wird mittlerweile schlecht von der übertriebenen Emotionalität meiner Landsleute. Es gibt viele Situationen, da hören sie einfach auf zu denken. Die Sache mit der ›Ehre‹ immer wieder ... es ist für sie so ungeheuer wichtig, was

die andern über einen sagen. Man tötet, und man stirbt dafür. Das ist doch verrückt.«
Mustafa räumte seinen Tisch auf.
»Hier«, sagte er und reichte mir ein Heft. »Du kannst mir helfen. Wenn wir dieses Kreuzworträtsel gewinnen, bekommen wir ein elektrisches Küchenmesser, um uns zu verteidigen!«
Er lachte nicht überzeugend.
»Bist du irgendwie in Gefahr, Mustafa?« fragte ich. »Das ist so vage, was du sagst, und ...«
»Nein«, wiegelte er ab. »Unsinn. Mach dir keine Sorgen. Das sind alles Angeber. Ich glaube nicht, daß sie was machen.«
»Aber wenn ich dir helfen kann, sagst du es mir?«
»Ja, ja.«
Er legte seinen Kopf kurz auf meine Schulter, dann schaffte er sich in das Rätsel, aber er legte das Heft bald wieder weg. »Da siehst du, wie tief ich schon gesunken bin: Preisrätsel lösen! Schau, hier!« Er schlug eine Seite auf. »Die Fotos der Gewinner vom letzten Heft: so eine Sammlung trauriger Gestalten! Und ich bin bald wie sie. Dann ende ich in einer Fabrik, wie die anderen Ausländer. ›Bist du dir zu schade dafür?‹ hat ein Verwandter mich gefragt. Ich hab gesagt, nein, aber ... ich hab vom Leben sehr geträumt als Kind. Ich freute mich darauf. Ich wollte Arzt werden, Künstler, Naturforscher ... Ich wußte nicht, wie schwer das ist. Wenn jemand mich zu etwas zwingen will, werde ich krank. Im Grunde will ich ein Attest: ›Dieser Mann darf nicht belastet werden. Doktor X. übernimmt seine Verpflichtungen und gibt ihm Mittel gegen schlechtes Gewissen.‹ – Darum be-

neide ich die Hunde. Sie brauchen sich um nichts zu kümmern, sie haben ja ihr Frauchen. Sag, kennst du nicht ein reiches Frauchen für mich, Agnes?«
Er richtete sich amüsiert auf und malte seinen Wunschtraum aus.
»Kannst du nicht irgendwie reich werden, Agnes? Vergiß die Babys, du mußt handeln ... sagen wir: mit Drogen! Dein Freund, der mit dem Esoterik-Tick, hat doch bestimmt Verbindungen. Bitte! Ich würd es selber tun, aber ich darf doch das Gastrecht nicht mißbrauchen!«
Mustafa mimte ehrliche Verzweiflung und Zerknirschung.
»Dann führen wir eine deutsche Ehe, ja? Ich schlag dich nur, wenn ich betrunken bin und du's dir fragst. Du brauchst nicht hinter mir zu gehen! Du zahlst, ich fahr dein Auto, und wenn deine Freunde uns besuchen, untersuche ich ihre Manteltaschen, während du sie ablenkst. Ich werd dich ›Mutti‹ nennen. Komm zu Vati, Mutti«, hauchte er und drückte meinen Kopf in seinen Schoß wie unter Wasser.
»Wieviel Zeit haben wir denn noch?« fragte ich.
»Wer weiß«, sagte er.
»Nein, ich meine, weil du sagtest, du müßtest heut noch arbeiten gehen ...«
»Was ist das, ›arbeiten‹, ›ich muß‹? Ich kann nicht so viel Deutsch. – Nein, komm, ich geh schon hin, ich hab noch etwas Zeit.«
Mustafa überspielte den Ekel, der in ihm aufkam, mit Witzen, aber er sah aufrichtig unglücklich aus.
»Agnes, schau dir meine Hände an: sensibel, oder? Künstlerhände! Ich werd' sie abhacken, um der Verskla-

vung zu entgehen. – Mist, es gibt ein technisches Problem: Man kann sich ja nur eine Hand abhacken! Wie wird man die zweite los? Sie fest auf eine Klinge hauen? Den ganzen Tag auf der Baustelle denke ich an Gewalt. Mein Chef weiß nicht, wie gefährlich er neben mir lebt. Er ist richtig neidisch, weil er mich so gut bezahlt! Ich hab ja selbst gedacht, ich würde froh sein, für meinen Lebensunterhalt arbeiten zu können. Aber leider erleichtert das meine Seele viel weniger, als ich dachte.«
»Du bist eben ein Mensch«, sagte ich. »Da sieht man's wieder.«

✗

Ich mußte zu einem Kinderfest am nächsten Tag auf dem Markt, mit Björn, drei, und Silke, fünf. Ich hatte überhaupt keine Lust.
Was für ein Paar Taugenichtse, Mustafa und ich.
Ich hielt Ausschau nach jemandem, der mich wenigstens an ihn erinnerte, damit ich mich wohl und lebendig fühlen konnte.
Irgendwie südländisch sollte er aussehen, oder orientalisch, dunkle Bartschatten sollte er haben, überhaupt viel dunkle Schatten überall, über den Augen und darunter, in den Nasenlöchern, in den Ohren, dunkle Haare auf dem Kopf und auf den Armen und Beinen, und zwischen den Beinen und den Pobacken. Er sollte eine dicke, krumme Nase haben und aussehen, als hätte er Sex sehr nötig und würde die ganze Zeit nur daran denken. Verzweifelt lebendig und asylsuchend sollte er sein, und mit »Junge« meinte ich eine altersmäßig sehr weitgefaßte Gruppe von vierzehn bis egal.

Genug. Es war ja niemand da.
Björn war noch nicht sauber, sollte aber, weil er bald in den Kindergarten kommen würde, dazu gebracht werden. Aus diesem pädagogischen Grunde durfte er keine Pampers mehr tragen, und ich hatte die ganze Zeit Angst.
Ein Bündel Luftballons mit Gas schwebte festgebunden über dem Gelände. Ein Transparent mit einem Regenbogen hing über der Bühne. Ich konnte das alles nicht sehen, ohne daß Ekel mich würgte. Luftballons und Regenbögen, Pingus, Clowns, Delphine, Walfische, der Elefant Benjamin Blümchen, die Sonne und die Sonnenblumen, bitte, bitte, tut die weg. Aber auf mich nahm keiner Rücksicht.
Eine Kinderband hatte sich auf der Bühne aufgestellt.
Ein Lehrer sagte sie an, mit trotz Mikro erhobener und kaputter Stimme:
»Die Band ›The Rainbow Fighters‹ möchte jetzt für uns ein paar heiße Rocksongs spielen. Sie haben dafür ganz toll viel geübt, und ich fände es superklasse von euch, wenn ihr jetzt ganz, ganz feste in die Hände klatschen würdet für: die ›Rainbow Fighters‹! Vielen Dank!«
»Ein bunter Regenbogen!« fingen die »Rainbow Fighters« an, »ist unsre schöne Welt. Es gibt nur eine Sonne, die unsren Tag erhellt. Es gibt nur eine Erde, da ist für jeden Platz, egal, in welcher Farbe der Herr dich angestrichen hat. Egal ob du Karl-Heinz heißt, ob Abdul oder Klaus, ob Aicha oder Lieschen, du bist bei uns zu Haus!«
»Applaus! Applaus für die ›Rainbow Fighters‹! Und wie heißt euer nächstes Stück?«
»Rettet die Erde!« piepste ein verkapptes Kind in weiten Hosen, langem Hemd, dicken Schuhen.

»Und dieses Stück, das ist ein Rap, nicht wahr? Nun mußt du aber den Erwachsenen, die das noch nicht kennen, mal erklären, was das ist, ein Rap, die sind nämlich schon so alt, die wissen das gar nicht.«
Williges Kinderkichern im Publikum.
»– – –«
»Willst du nicht erklären? Kannst du nicht? Einen Rap kann man nicht erklären, den muß man hören? Also bitte schön! Einen ganz dicken Applaus noch mal für Kevin und seinen Rap!«
»Warum verbrennt ihr Wälder, warum macht ihr so'n Schmutz. Vergiftet alle Meere, verpestet unsre Luft. Wir wollen doch noch leben, wenn ihr gestorben seid. Wir können Geld nicht essen. Hej, es ist höchste Zeit! Rettet die Welt! Leute! Rettet die Welt! Denn sie ist doch nur geliehen. Rettet die Welt! Erwachsene! Rette die Welt! Es ist schon 5 vor 12. Doch es ist noch nicht zu spät.«
Nachdem Kevin und die »Rainbow Fighters« endlich aufgehört hatten, ging der Run auf die Luftballons los. Jedes Kind sollte einen kriegen und ihn auf Kommando gleichzeitig mit allen andern fliegen lassen.
Die friedlichen, idealistischen kleinen Kerle, die die bösen, gierigen Erwachsenen so überhaupt gar nicht verstehen können, schubsten und drängelten gnadenlos zu den überforderten Ballonverteilerinnen hin und traten einander auf die Füße und kreischten nach den Dingern. Björn fiel um, und sie wären fast auf ihn draufgetreten, aber wenn er größer gewesen wäre, hätte er's mit ihnen ganz genauso gemacht.
Als fast jedes Kind einen Ballon hatte, oder manche sogar zwei oder drei, und dafür andre eben keinen, da lie-

ßen die ersten ihre Ballons auch schon wieder los, weil sie die ersten sein wollten, die ihren Ballon losließen, oder weil sie es nicht erwarten konnten zu sehen, wie der fliegt. Dann heulten sie, weil er weg war und Mama ihn nicht mehr zurückholen wollte.
Silke weinte, weil sie ihren nicht loslassen wollte.
»Mußt du auch nicht, wenn du nicht willst«, sagte ich. »Ich halt sowieso nichts von dem Quatsch.«
Björn stank.
Die Aufregung war zuviel für ihn gewesen.

Ich machte ihn sauber und setzte mich mit ihm hinten in den Garten mit ein paar Klötzen und Autos.
Björn spielte lange und ruhig Autoabsturz von der Tischklippe.
Ich zählte die Wunden, die dieser Tag in mich gerissen hatte.
Die Sonne und meine Untätigkeit beruhigten und trösteten mich.
»Was ist schön?« fragte ich Björn träumerisch. »Wenn ich die Haare zusammengesteckt hab« – so trug ich sie grade – »oder wenn ich sie offen lasse?« Ich öffnete meine Spange.
Björn verzog sofort sein Gesicht zum Weinen, als er meine langen Haare sah. Er hatte plötzlich Angst vor mir, weil ich mich so schnell verwandeln konnte und dann so völlig fremd und wild aussah.
»Das war deutlich«, sagte ich. »Na gut, dann steck ich sie wieder zusammen. Wieder besser?«
Björn nickte, halb getröstet und vom Schrecken noch gezeichnet.

Mein Bruder hat als Kind immer geschrien, wenn der Rock meiner Mutter hochrutschte und ihr nacktes Knie zum Vorschein kam, und er versuchte entsetzt, den Stoff wieder über die grausige Ausbeulung zu zerren, damit seine Mutter wieder intakt war.

Ich fuhr mit meinem grausamen Psycho-Test fort.

»Welche Mohnblüte ist schöner, Björn? Die offene, die halboffene oder die Knospe?«

Björn fand die Knospe uninteressant und die halboffene ekelhaft. Die offene war schön und ließ sich schön in einer kleinen Faust zerquetschen.

»Guck mal, Björn«, sagte ich. »Wenn man die Knospe aufmacht, ist die fertige Blüte schon drin.«

Björn verfolgte interessiert die Prozedur, aber als die Blüte hervorkam, kriegte er einen Schrecken, packte sie und schleuderte sie voller Abscheu von sich.

»Noch mal«, sagte er dann, als er sich erholt hatte. Von Blüte zu Blüte kriegte er mehr Spaß an der immer wiederholbaren Verwandlung. Wahrscheinlich hätte ich jetzt auch noch meine Haare aufmachen können. Er war versessen darauf, die rote Blüte immer wieder hervorquellen zu sehen, sie zu nehmen und wegzuwerfen. Was würde er mal für ein Mann werden? Würde er Frauen so behandeln wie die Blumen? Unser hitziges naturforscherisches Spiel kam mir vor wie eine frühe Form von Sex.

Selbst in diesem Haus, auf dieser Uhr wurde es irgendwann acht, der Vater kam, ich kriegte Geld von ihm und durfte gehn.

»Sie war ein ungewöhnlicher Mensch, voll von jener

Unerschrockenheit und Freude, die andere inspiriert«, las ich im Bus in einem Buch, über eine andere Frau.

✗

Es war schon ziemlich spät, als ich bei Mustafa ankam. Von der Straße rauf sah ich in seinem Fenster flackerndes, blaues Licht, von Bildern, schnell geschnitten wie in Angst.

»Schon wieder Action-Filme?«

»Es ist nichts andres drin.«

Ich blickte skeptisch.

»Ich kann vielleicht was davon lernen«, erläuterte er. »Komm, setz dich. Dieser Typ da in dem Film ist zu emotional. Er macht zu viele Fehler, weil er ein schlechtes Gewissen hat.«

Ich unterdrückte meine Belustigung über Mustafas Ernst.

»Was immer auch passiert, Agnes, merk dir, man sollte nie ein schlechtes Gewissen haben. Vielleicht hat man etwas gemacht, das nicht so gut war. Dann kann man sagen, das war nicht so gut. Aber ein schlechtes Gewissen frißt dich auf. Dieser Mann da liefert sich nur selbst ans Messer.«

Er schüttelte den Kopf über den Mann.

»Die andern sind nicht besser als er. Es gibt keinen Grund, sich zu ihrem Opfer zu machen. Alle sind schuldig. Okay, die einen mehr, die andern weniger.«

Er nagte und saugte an der Haut in seiner Backe.

»Er hat einen Fehler gemacht, und der hat Kinder gekriegt«, sagte er. »Er ist schuld an dem Fehler, aber doch

nicht an dessen Kindern! Wie bei der Affäre mit dem Präsidenten und der Frau. Was war das schon? Und was wurde draus gemacht!«
Der Film wurde plötzlich unterbrochen. Nackte Frauen kneteten ihre eignen Brüste und stammelten erregt Zahlen.
Ich fragte Mustafa, was er zeigen würde, wenn er einen Film drehen dürfte. Er überlegte.
»Erst die Kindheit: Unschuld, heile Welt und Träume. Die Pubertät: Abenteuer, Schwierigkeiten, Entdeckung der Sexualität. Dann Mann und Frau: Männliche und weibliche Psychologie. Dann kommt das Geld ins Spiel, Politik, Macht: Der Charakter ändert sich und wird verdorben. Am Ende: Selbstzerstörung. Man macht Fehler, versaut sein eignes Leben. Man sitzt in einem Raum und wartet auf den Tod ... Guck mal, da geht es weiter mit dem Film. Da weint der Mann. Er hat sich selber seine Freiheit genommen. Jetzt ist sein Leben eng und dunkel. Er betet um Geld. Aber es hilft nicht mal, wenn einer um sein Leben betet ...«
Der Film war zu Ende. Mustafa ging zur Toilette. Sein frisch erworbenes Faxgerät (»dafür haben sie Geld«) sprang an und knatterte eine Nachricht hervor. Auf englisch, ich versuchte, mit verdrehtem Kopf zu lesen, da sprang mich etwas an und warf mich um – ein Mann, ich spürte das sehr deutlich und sehr gern.
»Was wirst du machen, wenn du alles weißt?« fragte er mich, unter kleinen Küssen. »Wie willst du dann noch weiterleben? Bleib, wo du beschützt bist, in deiner kleinen Blase Sicherheit, mit deinen Sachen, deinen Menschen.«

»Und wenn sie zerstört wird?«
»In der Gefahr bist du doch nicht. Sei froh darüber. Begib dich niemals ohne Zwang hinein.«

✗

Und die Gefahr, die du bedeutest, Mustafa?
Am nächsten Tag war mein Aids-Testergebnis da. Ich öffnete mit einem unbeschreiblichen Gefühl den Umschlag und las: Ich hatte nichts. Ich hatte nichts, war das nicht schön? Ich versuchte, Glücklichkeit daraus zu schlagen, aber es kam nichts. Mustafas Test stand ja noch aus, oder ich war einfach chronisch nervös.
Ich kaufte trotzdem eine kleine Flasche Sekt, das tun die Leute doch, wenn sie ein bißchen was zu feiern haben.
»Das ist mal eine gute Nachricht«, sagte Mustafa am Telefon. »Mein Testergebnis müßte auch bald kommen. Ich rufe dich dann an.«
Ich wäre gern zu ihm gegangen, aber er sagte nichts davon, und ich hatte den Eindruck, er wollte das in dem Moment auch nicht. Als ich an seinem Haus vorbeikam, kämpfte ich den inneren Zwang nieder, trotzdem bei ihm zu schellen. Ich wollte nicht wie ein gassigeiles Hündchen mit der Leine im Mund bei ihm erscheinen.
»Du mußt sie zappeln lassen«, wie Papa immer gesagt hatte.
Doch wer da zappelte, war ich.
Es war ein schwüler Tag. Auf den meisten Bänken saßen Obdachlose und tranken was. Ich setzte mich auf eine freie Bank und machte mir auch meinen Sekt auf.

Ich dachte, ein bißchen Feiern täte mir gut, aber ich wurde bald so maßlos depressiv vom Trinken, ich hätte jede Mauer dieser Stadt anheulen, anpissen und zerstören können.
Ich fürchtete, die Probleme würden nicht aufhörn, und ich hatte keine, keine Lust auf sie.
Ich trollte mich nach Haus.
Im Fernsehen warfen Männer Fernseher aus den Fenstern. Sie sahen wild und unsympathisch aus. Sie hätten sich rasieren sollen.

Ich träumte, ich hatte etwas in der Scheide, das Mustafa herausnahm und vergrub. »Vielleicht wird das ein Kind«, meinte er. Als wir später nachsahen, war in der Tat ein Embryo daraus gewachsen. Aber er war tot, er hatte unter der Erde ja nicht atmen können. Ich war froh darüber, ich wollte mich ja nicht um ein Kind kümmern, aber ich hatte auch ein schlechtes Gewissen, ich hatte Mustafa nie richtig geglaubt, daß das Baby unter der Erde wachsen könnte. Ich hatte ihn nur gewähren lassen, weil es bequemer für mich war.
»Wollt ihr euch wirklich aneinanderketten?« fragte der Pastor. Einen Augenblick lang sah ich das Bild eines Bisonmännchens und Bisonweibchens, die sich paarten.
Dann wurde uns blaues Blut aus den Adern gezapft und dem andern injiziert, so wurden wir verheiratet. »Und wenn das Blut vergiftet war?« – »Dann stirbst du eben«, sagte Mustafa.

✗

»Den Tod gibt es nicht wirklich«, sagte Männ Lauscher. »Du entschwindest nur ins Jenseits der sinnlichen Wahrnehmung.«
Männ kam mir am Morgen über den Weg, vor unseren Häusern. Wir wohnen in derselben Straße, und er lief extra noch mal zu sich rauf und holte mir das Buch, das er mir leihen wollte. Es war die Veröffentlichung über »Channeln« und außerirdische Intelligenz, von der er mir erzählt hatte. Man wird darin als Mitglied einer »Lichtfamilie« angesprochen, das äußerst wichtige, emotional anspruchsvolle Dinge auf diesem Planeten zu tun hat und in geheimem Kontakt zu andren Welten steht.
»Du solltest dieses Buch lesen«, sagte Männ. »Ich habe dich mit Licht arbeiten sehen, als ich an deinem Fenster vorbeiging.«
Das muß gewesen sein, als ich versuchte, mein schwarzes Ölbild anzuleuchten, mit Kerzen und Christbaumlichtern, weil ich dachte, Punktstrahler seien zu teuer.
»Ich arbeite in letzter Zeit viel mit Drogen«, erzählte Männ. »Und ich orgastiere häufig. Tantramäßig, weißt du. Aber in letzter Zeit kommt nur wenig dabei raus. Ich mache mir deshalb Sorgen. Manche Leute behaupten, es müsse alles raus, sonst vergifte man seinen Körper.«
Männ sah an mir vorbei.
»Ich denke nicht, daß immer alles raus muß«, sagte ich. »Es gibt solche und solche Phasen.«
Ich sehe die Komik, aber ich mache mich nicht lustig über Männ und Esoterik. Ich glaube auch, daß es andere Dimensionen gibt und das Dasein mehr ist, als man glaubt.

Und ich hatte Respekt vor Männs sorgloser Art, mir diese Dinge vor allen aufgerissenen Ohren zu erzählen. Wir standen ja mitten auf der verkehrsberuhigten Straße, und alle Fenster um uns waren weit geöffnet, weil die Trommler-und-Pfeifenkapelle da gleich zum Marktplatz durch mußte.
»Du verstehst mich nicht falsch«, bat Männ. »Ich erzähle dir diese Dinge nicht, um dich anzumachen. Hast du einen Freund oder einen Geliebten? Dann sag ich dir jetzt was. Du gewinnst das powervollste Elixier, wenn du sein Sperma mit deinem Monatsblut vermischst! Vergrab ein Tampon von dir in seinem Garten. Ich mach das schon lange so mit meinem Sperma bei meinem Gemüse, man erzielt damit unglaubliche Ergebnisse.«
Man kann wirklich schlecht ernst bleiben beim Thema Esoterik, das ist eine der vielen guten Sachen daran.

»Edelsteine sind gegen viele Schmerzen gut«, erzählte meine Schwägerin auf der Beerdigung meines Vaters. »Es hilft schon, wenn man sie sich einfach nur um den Hals hängt.« (Liz Taylor schwörte auch darauf.)
»Kommt drauf an«, sagte mein Onkel. »Manche Steine können auch Schmerzen verursachen! Ich krieg zum Beispiel immer Rückenschmerzen, wenn ich mir einen Mühlstein um den Hals hänge.«

✗

Mein Vater glaubte, er würde von allen mit Haß verfolgt, und warf uns das bitter vor.
»So ein Haß!« flüsterte mein Vater theatralisch, voller

Abscheu und Erschütterung. »Was seid ihr nur für Menschen! Ich hätte nie gedacht, daß es mal so würde mit euch. WARUM HASST IHR MICH!?«
Er bebte vor Angst und Empörung.
Ich untersuchte meine Gefühle, aber Haß war nicht dabei, es stimmte nicht, was Papa sah. Warum sah er es dann nur? Vielleicht verzerrte ihm die Angst das Bild.
Ich kam nicht mehr zu meinem Vater durch, ich hatte fast immer nur mit dem Dämon zu tun.
»Ich will nach Hause!« sagte Papa.
»Aber du bist doch hier zu Hause!« sagte ich. Und er: »Das ist nicht mein Zuhause.«
Er fühlte sich wie ein Flüchtling, den niemand wollte.
Aber einmal, in einem plötzlichen lichten Moment, umarmte er mich und zitterte und sagte mit entsetzter Stimme: »Bitte verzeih mir.«
Aber wir waren doch mehr als quitt.

Am Abend, als mein Vater starb, lag mit ihm im Krankenhaus ein alter Mann aus Polen, der Herr Porada. Alle fanden ihn lustig und süß. Er sagte zu den Schwestern »Schwesterchen«, schenkte ihnen Schokolade aus seinem Catering und versuchte, nach hoffnungslos überlebter Gewohnheit, ihnen ihre Telefonnummern zu entlocken und sie zum Kaffee einzuladen.
Als Papa aufgehört hatte zu atmen und seine Adern nicht mehr pochten, wurde sein Bett aus dem Zimmer gefahren. Herr Porada schrak aus dem Schlaf und wollte wissen, was war.
»Mein Vater ist gestorben«, sagte ich.

»Jessesmariajosef!« sagte er. Er war entsetzt und weinte fast. Er nahm meine Hand in seine Hände und sagte: »Mein herzliches Beifall.«
Er stockte. »Ich kann manche Wörter nicht deutsch sagen«, entschuldigte er sich. »Wie sagt man?«
»Beileid«, sagte ich. »Herzliches Beileid.«
»Herzliche Beilage«, sagte er erschüttert.

»Sterben hat seine eigene Anmut«, sagte mein Bruder, als wir Papa und bald auch Oma Finkenrath sterben sahen. Das Hin und Her, aus dem sich Leben macht, war vorüber. Es war mit sich eins geworden und verpufft.

✗

Ich wollte in der Bahnhofskneipe eine Flasche Likör für Tante Sabines Geburtstag kaufen.
In der Bahnhofskneipe ist alles preiswert. Man kann auch Zeitschriften kaufen oder sich ein Butterbrot schmieren lassen.
Die Leute hier sehen aus wie am letzten Tag von Karneval. Sie verdrehen sich den Kopf nach einem, wenn man reinkommt, und fordern einen mit versoffener Stimme auf, sich zu ihnen zu setzen.
Auf vielen lastet ihr schweres Schicksal. Ein Schuldenberg, eine Sucht, eine schwere Krankheit. Sie stecken in einer persönlichen Katastrophe und suchen den Schuldigen, um bei ihm Glück einzuklagen, und kommen immer wieder auf sich selbst.
Ein Junge mit einem flaumigen, unentschlossenen Schnurrbart in seinem leeren Milchgesicht lehnte an

der Theke. Er war ganz in Bayern-München-Fanklamotten gehüllt und starrte traurig vor sich hin. Bayern München hatte gerade die deutsche Meisterschaft an Kaiserslautern verloren.
Die junge Frau neben ihm erzählte dem Wirt exzessiv von einem Abend in der Disco.
»Da hatten wir Spaß!« sagte sie. »Wir haben uns totgelacht. ›Ich wußte gar nicht, daß man solchen Spaß mit dir kriegen kann‹, hat meine Kollegin gesagt. ›So kenne ich dich ja gar nicht!‹ – ›Ja‹, sag ich, ›das ist das Problem der meisten Leute, daß sie mich nicht kennen!‹ – Nee, Udo, wenn du dabeigewesen wärst! Du hättest dich bekringelt! Nee, haben wir gelacht! Ich habe mich bepißt vor Lachen.«
Männ Lauscher stand am Tresen. Er streckte seine Arme nach mir aus. Ich sah, daß er fast weinte.
»Gib mir Kraft«, sagte er.
Ich wußte nicht, was er hatte.
»Dieses Bild, das du gemalt hast, das bei meinem Freund hängt«, er sah mir in die Augen und schüttelte den Kopf.
Er hat zuviel Respekt vor mir.
Er erzählte mir von den Pyramiden, die er zu berechnen versucht, um ihr Geheimnis herauszufinden. Er ist schon mal in eine eingebrochen. Er hat Visionen in seinem spinnenden, hellen Geist, aber es ist schwer, das, was man sieht, nicht falsch zu deuten.
Er arbeite auch mit Spiegeln, sagte er, er habe welche in sein Fenster gestellt, in speziellen Winkeln, und möchte dadurch etwas herausfinden oder erzielen.
Drei alte Frauen tranken Tee an einem der Tische.

»Sie ist die große Liebe seines Lebens«, sagte die eine zu ihren beiden Freundinnen. »Er hat gesagt, mit dieser Frau will er auch noch mal ein Kind.«
»Mein Eiermann hat sehr, sehr große Eier«, prahlte Nr. 2. »Ein sehr, sehr netter Mann!«
»Das nehmen uns die Grünen alles von der Rente weg«, hörte ich die dritte sich beschweren.
Ein Mann wurde auf seinem Handy angerufen und nahm stolz das Gespräch entgegen. »Kein Problem!« behauptete er laut.
»Mein Bruder ist heute mittag gestorben«, sagte Männ. »Er war erst Mitte Vierzig. Es war was mit dem Magen, eine Spätfolge der Drogen vielleicht.« Männ fing an zu weinen.
Er roch nach altem Alkohol. Männs Leben war damit durchtränkt wie ein Ätherlappen.

✗

Bei Tante Sabine waren sie schon mit dem Essen fertig. Die Männer saßen im Wohnzimmer vor dem Fernseher, rauchten, tranken Bier und guckten Sport, redeten brummig, rauh und bellend. Die Frauen saßen im Eßzimmer, tranken Wein, Sekt und Likör und schnatterten.
»Ich glaube nicht, daß nach dem Tod noch etwas kommt«, sagte Tante Carmen. »Es wird so sein wie in Narkose. Man träumt nicht, da ist einfach nichts.«
»Na und!« sagte Tante Sabine. »Dann ist der Tod halt nichts, genauso wie das Leben, alles ist nur Kampf und Krampf! Ach, hätte ich doch früher mehr gemacht!

Denn jetzt ... ist es zu spät. Die jungen Frauen sollen gucken, daß sie leben! – Agnes, du liest doch gern, kennst du das Buch ›Die Kurtisane Amber‹? Die war ein heißes Stück, die Amber! Mit allen hat sie geschlafen, aber geliebt hat sie nur ihren Herzog, und wenn der bei ihr war, waren alle anderen abgeschrieben. Sie hat alle Kinder abgetrieben, nur nicht seine.«
»Eine Beziehung, die nur auf Sex basiert, kann aber auf die Dauer nicht gutgehen«, sagte Tante Carmen kiebisch. »Oder hat noch einer was gehört von Mariannes Kameltreiber?«
»Was hast du gegen ihn?« sagte ich. »Er ist doch nett.«
»Ja, am Anfang!« sagte Tante Carmen. »Um sie rumzukriegen! Aber später ist man nur noch zum Putzen und Kochen gut. Das ist eine andere Mentalität. Die USA haben einen drei Meter hohen Zaun an ihrer Grenze gebaut, damit die Mexikaner nicht rüberkommen. Warum macht man das nicht hier? Die Leute sollen doch in ihren Ländern bleiben. Wir mußten auch im Krieg in unsrem bleiben. Nein, mir tun die Flüchtlinge nicht leid. Hast du das nicht im Fernsehn gesehen? Wie sie die Fernseher aus den Fenstern geworfen haben?«
»Doch«, sagte ich. »Und es täte mir schon sehr weh, wenn mein Fernseher kaputtginge. Aber ich würde niemanden deshalb foltern lassen.«
»Das sind sie doch selber schuld!« sagte Carmen. »Das hätten sie sich vorher überlegen sollen.«
Ich überlegte, was ich dazu sagen wollte, aber meine Gedanken gingen unter in Tante Sabines ablenkend eingeworfener Erzählung von ihrer marokkanischen Kollegin ...: »Sie ist stolz auf ihren deutschen Schwie-

gersohn. Er fährt einen Porsche für dreihundertfünfzigtausend Mark, und er hat eine Armbanduhr von fünfunddreißigtausend ...«

Mir wurde schwindlig von den hohen Zahlen und unseren mit Likör erhitzten Gemütern. »Ich will nicht mehr«, dachte ich.

Mir war, als müßte ich die Welt tragen, und es kam niemand, dem ich sagen konnte, halt mal kurz, ich muß mal weg.

Als ich nach Hause ging, machte ein Mann »ts-ts« nach mir.

»Vergiß es!« zischte ich ihn an; ich staunte, daß ich das so rüberbringen konnte wie ein Girlie. Dabei war das Zirpen ja nicht bös gemeint. Aber ich hatte Angst, und ich war traurig.

✗

Alles war komplexer und geheimnisvoller, als ich gedacht hatte.

Man konnte ohne weiteres über die Grenze gehen. Es begann ganz einfach, wie die Zahl 4, wie C-Dur. Man ging hinüber, ohne sich zu verändern, doch dann begann es.

Es war ein unheimlich einsames Gebiet in einer seltsamen Himmelsrichtung, das Land 4.

Da waren grüne Berge, geformt wie umgedrehte Wannen, aus Magnet.

Alles war doppelt, vierfach oder geteilt, alles symmetrisch. Wenn eine Hälfte etwas tat, dann mußte es ihr die andre Hälfte gleichtun, um dieses zwanghafte und

beklemmende Gleichgewicht wiederherzustellen. Es begann eine Geschichte, die schrecklich endete.
Da wohnten zwei Jungen und zwei Mädchen, die einen rot, die andern weiß. Gegenüber auf zwei Hügeln, in zwei Häusern, bei den Gleisen. Sie warteten auf einen Zug, der selten kam. Sie wollten auf ihn springen. Doch das eine Mädchen sprang zu spät. Die Räder des Zuges fuhren durch blutigen Schmier auf dem Gleis.

Vielleicht waren sie tot und wußten es noch nicht. Es stand nicht fest, daß es sie gab. Sie waren ebensogut da wie nicht da. Sie bekamen große Angst, als sie das entdeckten. Ihnen wurde übel und schwindlig vor Entsetzen. Dann dachten sie nichts und fühlten nichts, und wo sie sein sollten, war nichts. Manchmal rief einer einen, und der konnte sich nicht finden, und der andre sah ihn auch nicht, das war schrecklich für sie. Sie strengten sich alle sehr an, einander zu sehen und füreinander sichtbar zu werden. Aber das geschah innerhalb der unheimlichen Erfahrung, daß sie sich erst machten, daß sie auch das Sehen machten, weil es von selber gar nicht existierte.

Beim Fluß standen Häuser wie Zähne in einer Reihe, glatt wie Eiweiß und hintereinandergesteckt wie Kunststoffmodelle einer chemischen Formel.
Wie seltsam glitzerten die Häuser in der Nacht.
Es standen zwei Mondsicheln am Himmel, vielleicht weil es in den Tropen war.
Ein Reif aus wurzeldurchzogener, gepreßter Erde schwebte über dem Boden.

Alle Dinge wirkten wie ein Fingerzeig, ein Zeichen für Unbekannt, ein unverständliches Symbol, das ins Auge und in den Kopf schwebte; es war da und nicht da, man konnte es nicht fassen. Es war zuviel fürs Auge, es war mehr, als man sah. Jedes Bild war unendlich, und das Feste bodenlos.
Hier gab es Meerestiere, die sahen aus wie biegsame weiße Schalen. Das Männchen krampfte sich zusammen und schleuderte seinen Samen in die Schale des Weibchens.

Die Nacht lag wie ein weiches, fließendes Tuch über dem Land. Alles flüsterte und lauschte verschworen. Die Zeit war gerafft. Aus einem Korn wuchsen zwei Keime. Eine Frau spaltete sich. Sie nahmen verschiedene Wege. Dann wurden sie wieder eins.
Sie schlief mit einem Mann in einer Falte des Tuchs wie in einem Etui.

✗

Es war nach Mitternacht, als ich vom Rufen meines Telefons wach wurde.
»Agnes, gute Nachricht. Ich bin grade erst nach Haus gekommen und hab den Brief von meinem Arzt im Briefkasten gefunden: Mein Test war auch in Ordnung! Hast du nicht Lust vorbeizukommen? Wir müssen das doch feiern.«
Ein Wort von ihm, und ich steh auf der Matte. Das soll nicht gut sein, sagt man. Ich finde es auch immer falsch, wenn ich das andre tun seh.
Der Busfahrer wollte sich mit mir unterhalten, und ich

ging darauf ein, um ihn nicht vor den Kopf zu stoßen. Er gab mir ein Klümchen.
So aus dem Traum gerissen, war ich nur halb vorhanden, wie zu früh geboren.
Mustafa machte mir die Tür auf und ging dann wieder zu seinem offenen Fenster, an dem er ein Teleskop aufgebaut hatte.
Das sah romantisch aus, und ich wünschte mir, das Leben wäre nur ein Film, wie ich mir früher wünschte, Filme wären Wirklichkeit.
»Das war superbillig, das Teleskop, bei Aldi. Kannst du dir das vorstellen, wie ich mit einer Riesen-Alditüte durch die Stadt gehe ...? Wenn das Teleskop was ist, schenk ich es meinem Bruder.«
Er hatte sich ein Jackett übergeworfen, das ich an ihm noch nie gesehen hatte. Es sah auf surrealistische Weise elegant aus.
»Nicht wahr? Ich trage diese Kleidung mit vollkommener Grazie und Natürlichkeit. So lief ich früher öfter rum. Wir wiegten uns in Wohlstand und in Sicherheit, und wir schliefen ein, und dann ...«
Er sah durch das Fernrohr.
Man konnte einen Kometen sehn in diesem Jahr. Obwohl ich gedacht hatte, das würde mir egal sein, sah ich ihn doch immer gern, ohne zu wissen, warum.
Mustafa kniff sein Gesicht zusammen, um etwas besser erkennen zu können.
»Mein Vater ist gestorben«, sagte er, wie nebenbei. »Gehirn, fast wie deiner.«
»Das tut mir leid«, sagte ich. Er zuckte die Schultern und schwieg.

»Und nun – ändert sich deine Situation?« fragte ich nach einigem Kämpfen bang. »Ich meine, fährst du zurück nach Hause, um eine Erbschaft anzutreten oder so?«
»Nein, nein. Die Häuser sind nichts wert im Augenblick. Niemand will in dieser Situation in meiner Heimat wohnen. – Durch dieses Teleskop sieht man irgendwie gar nichts«, sagte er enttäuscht. »Entweder ich hab es falsch zusammengebaut, oder es ist Kacke.«
Er stellte das Gerät zur Seite und machte das Fenster zu.
»Keine Chance, sich von der Erde zu entfernen. Dann will ich eine Höhle! Es ist kalt. Das war's wohl mit dem Sommer«, sagte er und hüpfte in sein Bett. Er warf seine Kleider von sich und zog sich die Decke über den Kopf.
»Ach, kannst du mir vielleicht meinen Bademantel aus dem Kleiderschrank geben? Ich bin zu faul, um noch mal aufzustehen.«
Der Kleiderschrank glich dem von Oma Finkenrath. Gräulich braunes Holz, der Schrank erschlägt dich psychisch.
»Guck mal, den hier, Mustafa?«
»Wen? Nein, den möchte ich nicht anziehn, sonst fängt er an, nach *mir* zu riechen.«
Ich sah ihn fragend an.
»Er ist von meinem Vater«, erklärte er. »Ich hab ihn als Andenken aufgehoben, weil er nach ihm duftet. Riech mal dran.«
Er duftete nach Krankenhaus, nach Einreibmitteln und Arznei, so wie mein Vater.
Seltsam, daß sie tot warn, unsre Väter. Ich versuchte,

gründlicher darüber nachzudenken, aber es gelang mir nicht.

Mir tat nur Mustafa leid wegen seines dunklen, immer vermurkster werdenden Schicksals. Selber schuld, mag sein. Aber ich war froh, daß er noch einen Überlebenstrieb hatte, eine Kraft, um sich immerhin zu helfen zu versuchen.

Ich fand seinen Mantel. Der nackte Mann kuschelte sich hinein. Sein Schwanz war wieder prachtvoll dick. Der gute, alte Schwanz. Wie er schmeckte, wie er sich in meinen Mund gab, wir warn schon richtige Profis miteinander.

»Als ich grad vom Bus zu dir ging, ist mir ein Mann nachgegangen, bis zu deinem Haus«, erzählte ich, das stimmte wirklich.

»Wie sah er aus?«

»Schön!« flachste ich. »Genau mein Typ. Groß, sportlich, muskulös … blond, braungebrannt und blauäugig …«

»Nein, im Ernst, wie sah er aus? So eine dunkelbraune Lederjacke? So, wie nennt man die Dinger, Koteletts, Koteletten? So ein Asi-Typ?«

»Nein. Sehr gepflegt. Schöner Anzug. Guter Haarschnitt.«

»Gut. Es war auch nur ein Verdacht. Aber sei bitte vorsichtig.«

»Warum? Mich wird niemand auf der Straße vergewaltigen.«

»Trotzdem. Es gibt so viele Idioten.«

Wir kuschelten uns aneinander und neckten uns mit unseren Zehen, ich konnte ihm nicht richtig glauben,

daß er an diesen langweiligen, verstockten deutschen Gesellen etwas fand.
Dummes Sobierajski, sagte ich zu mir. Wenn dich andere nicht diskriminieren, mußt du es dann unbedingt selber machen?
Ich streichelte seinen Rücken mit der feinen, feinen Haut.
Ich küßte seinen Popo wie im Traum.
Mustafa tat gleichgültig, oder er war es. Nie wußte ich das genau.
Er drehte sich zu mir um.
»Gestern kam was Interessantes im Fernsehn«, plauderte er. »Stell dir vor, Wissenschaftler haben herausgefunden, daß auch Gefühle eine Schwerkraft besitzen! Sie dehnen sich aus, sie sind sogar unendlich und gekrümmt, wie der Raum!«
Ich war für einen Augenblick verblüfft.
Mustafa lachte und klopfte mir auf die Schulter.
»Agnes! Du Schaf! Sei doch nicht immer so naiv. Du darfst mir doch nicht alles glauben. Gefühle mit Schwerkraft und gekrümmt!«
Er schüttelte den Kopf.
»Du bist viel zu vertrauensselig. Man braucht das Wort ›Gefühl‹ nur zu erwähnen, gleich wirst du aufmerksam und gläubig. Du mußt vorsichtig sein, daß das keiner bei dir ausnutzt.«
Er hatte recht. Männer bewirken manchmal eine gutgläubige Ergebenheit in mir, die einer Doofheit ziemlich nahe kommt. Sie ist aber nicht ganz echt. Ich weiß nicht, warum ich das so mache.
»Ich habe keine Angst, ›ausgenutzt‹ zu werden«, sagte

ich. »Das Wort hat für mich irgendwie gar keine Bedeutung.«
»Das könnte ja noch kommen«, sagte er.
Er kniff in meinen Arm.
»Soll ich dich ein bißchen ausnutzen?«
Er biß in mein Ohr.
»Ausnutzen, ausnutzen … Mir fällt bestimmt ein, wie. Du magst mich, und ich tu dir leid, das ist schon mal sehr gut als Grundvoraussetzung … Sex macht dir Spaß … ich hab's! Du schläfst für mich mit andren Männern. Ich tu dann auch etwas für dich: Ich lieg den ganzen Tag im Bett und zähl dein Geld und mach vielleicht ein paar Anrufe in der Sache. Komm, wir rechnen nach, wie lang es dauern würde, bis meine Schulden abgestottert wären.«
»Du hast Schulden, Mustafa?«
»Ruhig! Ich muß rechnen. Bei fünf Schwänzen am Tag – Ist das realistisch? Schaffst du das? – Moment, ich hol mal einen Zettel … Was ist, du willst nicht?« Er schlug mir scherzhaft ins Gesicht. »Schade. Na gut. Dann mach ich uns etwas zu essen, ja? Etwas aus meiner Heimat. Ich verrate nicht, was drin ist, du mußt raten.«
Mustafa sprang auf und stellte sich in seinem Bademantel an die Kochplatten und rührte in einer Pfanne.
»Musik!« fiel ihm ein, und er schaltete das Radio an. »Sie sprechen Persisch«, horchte er. »Ich glaube, das ist Persisch. Sie lesen irgendwelche Gedichte vor. Ah, da kommt Musik. Kennst du diese Tänze? Wo sie sich so im Kreise drehen?« Mustafa hüpfte wie über Säbel und drehte sich im Kreis in seinem Mantel mit dem wehenden Gürtel. »Hast du schon mal versucht, so in Trance

zu kommen? Alle Kinder versuchen das.« Er neigte seinen Kopf anmutig und träumerisch zur Seite und drehte sich wie ein Derwisch. »Es geht nicht«, sagte er dann traurig. »Aber ich war nah dran. – Noch ein Ei in die Pfanne! Wir wollen doch nicht geizig sein. Wir leben doch nur einmal! Was wolln wir mit den Eiern, wenn wir tot sind!«

Wir aßen die Nudeln im Bett, tranken Wein, guckten Fernsehn ...

Ich könnte keinem begreiflich machen, warum mir dieses Zusammensein mit ihm so viel wert war. Nudeln, Wein, Fernsehn, könnte ich mit jedem haben, weiß ich ja. Aber ich hätte es mit niemandem so gern gehabt.

Es war, als würden wir Erwachsensein nur spielen. Das war doch keine echte Wohnung, diese Nudeln waren auch nur das, was Kinder kochen würden, wenn die Eltern weg wärn und sie so viel Fernsehn gucken dürften, wie sie wollten. Es war wie bei Huckleberry Finn oder Pippi Langstrumpf. Pippi hatte sich ein Teleskop gekauft. Ihr Vater würde nie mehr kommen. Sie hatte ihr ganzes Leben für sich. Niemand wußte, wer sie wirklich war, und wenn sie eines Tages weg sein würde ... oh, je, dann würde ihre Freundin sehr, sehr traurig sein.

»So, jetzt Nachspeise«, sagte Mustafa. »Was ist dir lieber? Banane oder Schokolade?«

Ich mußte wieder gegen diese verlegene Befangenheit kämpfen, die in mir aufkam und die ich nicht mehr abschütteln konnte, wenn sie einmal da war. Ich kam mir vor wie ein temperamentloser Stoffel gegen ihn und schämte mich dafür.

»Komm essen, Agnes!«

Er legte sich auf den Bauch und schnitt ein Stück Banane ab, das er zwischen seine Pobacken zwängte.

»Langsam«, sagte er. »Alles schön einspeicheln. Sonst kriegst du Geschwüre.«

Er drückte sich ein Stückchen Schokolade in den Po.

»Das gibt eine unheimliche Schweinerei mit der Schokolade auf der schönen rosa Bettdecke«, sagte ich. »Wir lassen das mal lieber.«

»Nein! Du mußt nur aufpassen! – Guck mich mal an. Dein Gesicht ist ganz verschmiert!« lachte er belustigt und schmiegte seine Lippen auf die Schokoladenspuren. Sein Schwanz war wieder groß und steif.

Seltsames Ding. Wächst, wenn man es berührt und wenn man davon kostet ... worauf man da verfällt, wo man da hineingerät, das kannst du niemandem erzählen. So wilde Erde, feucht und tief und bebend und pulsierend ... Was zwingt einen nur immer wieder zurück von dort in etwas, das viel schlechter ist?

Es ist so abstrakt und braucht so wenig Mittel. Es ist so einfach und so raffiniert wie die vergessenen Tricks der Naturvölker, die noch zaubern und sich in Trance versetzen konnten und dabei den Bumerang erfanden. Und das ist, was ich will, so etwas wie den Bumerang erfinden.

Wichtigtuerisch und träumerisch spielte Mustafa mit mir; drückte kurz da, biß dort hinein, streichelte mich für eine Sekunde, dann war ich hypnotisiert und offen wie ein Adventskalender am 24., mit allen Lichtern an dahinter.

»Du bist eine Hexe«, sagte Mustafa. »Man müßte dich verbrennen.«
Das sagen Männer manchmal, Schmeichelei oder Drohung, nie weiß ich das genau. Und was ist er?
Das Zimmer war wie voller schwarzer Farbe.
Ich liebe ihn, dachte ich, und das wird nicht mehr aufhören, und das ist nicht gut. Das Leben steht doch auf Vergänglichkeit. Wenn Tante Sabine ihren Sohn nicht so starr geliebt hätte, müßte sie nicht Jahrzehnte nach seinem Tod noch Sehnsucht nach ihm haben.
»Nicht anklammern«, dachte ich. »Die Dinge wollen frei sein. Du darfst keine Angst um sie haben. Du mußt dich anstrengen und sehr, sehr mutig sein.«
Dann konnte ich wieder lächeln.
Mustafa lehnte sich an mich, und wir guckten Fernsehn.
Ein großes Glücksrad drehte sich in Tante Sabines Lieblingsshow.
»Wenn ich sehe, wie dieses Rad sich dreht, dann bin ich völlig fasziniert«, hat sie gesagt. »Und wenn es dann auf einer Zahl stehenbleibt, und jemand hat seine 8000 Mark verloren, die er grad noch hatte ...«
»Ich kann die Zahlen voraussagen«, sagte Mustafa. »Wenn es um nichts geht. Aber sobald ich etwas einsetze, werde ich nervös, und es geht nicht mehr.«
»Was für eine nutzlose Gabe«, sagte ich.
»Ich hab nur solche Gaben«, sagte er ernst. »Warum glaubst du nur an mich, Agnes? Du machst da einen großen Fehler.«

»Als mein Vater tot war, wuschen wir ihn. Er rutschte uns weg und fiel. Obwohl er schon tot war, blutete er noch. Ich kann das nicht vergessen. – Ich hör jetzt lieber auf, dir davon zu erzählen. Das sind ja Geschichten wie von Verbrechern für ihre Bewährungshelfer, um Mitgefühl zu schinden.«
Er schämte sich.
Wir schliefen ein.

✗

Ich wachte langsam auf durch seine Stimme; froh und dankbar, daß er bei mir war.
Er telefonierte. Er machte ein ernstes Gesicht und redete in seiner fremden Sprache. Dann legte er auf.
»Mist, das war meine Freundin«, sagte er. »Sie kommt gleich vorbei. Da mußt du weg sein.«
»Was ist das?« sagte ich. »Also hast du doch eine Freundin? Aber warum hast du mir gesagt, du hättest keine?«
»Bist du jetzt glücklicher, weil du es weißt? Komm, du mußt dich beeilen.«
Er sammelte meine Kleider zusammen und gab sie mir.
»Geh endlich!« sagte er. Er hatte nur noch im Sinn, mich loszuwerden.
»Arschloch«, sagte ich, verletzt und erstaunt über mich.
»Wie nennst du mich?« tat er empört. »Hast du ein Glück, daß ich heut gute Laune habe!«
»Aber wir telefonieren wieder?«
»Ja. Ja. Jetzt geh.«

Ich ging aus dem Haus. Ich sah noch keine Frau auf der Straße, die irgendwie in Frage kam. Nur ein alter Mann schlurfte in sein Haus.
Ich konnte so nicht weggehen.
Ich ging eine halbe Stunde hin und her auf dieser Straße vor seinem Haus, dann fand ich das zu auffällig, und ich setzte mich in die Wirtschaft gegenüber.
Ich ließ sein Haus nicht aus den Augen. Nach einer Viertelstunde sah ich den Mann, der mir heute nachgegangen war, als ich unterwegs zu Mustafa war. Er schellte an Mustafas Haus und wurde hereingelassen. Ich konnte nicht erkennen, ob es Mustafas Klingel war, die er gedrückt hatte.
Aber ich blieb noch beinah eine Stunde in der Wirtschaft und trank einen Kaffee und aß ein Brötchen, ohne eine Frau an seinem Haus zu sehen.

✗

Verwahrlosung und armer Trash sind in der Stadt, um den Bushof und die Ramschläden-Passage »Trend 2000«, durch die ich ging auf meinem Weg zur »Lebenswelt«. All dieses krampft sich um die Seele und macht sie klein wie beinah nichts.
In der »Lebenswelt« gab es eine kirchliche Begegnungsstätte, die absichtlich bescheiden »Hütte« hieß und in der Mia und Jürgen mit ihrem Kinderchor probten. Hier wurde eine natürliche Schlichtheit kultiviert, ein heiles Umfeld, in dem Wohlstand, Anstand, Ordnung herrschten, aber man hatte die Atmosphäre totgemacht dabei.
Ich wartete in der leeren Cafeteria auf das Ende der Probe.

Sie hatten schwarze Kartonvögel auf die Fensterscheiben geklebt.
Es macht eine Stimmung, in der ich mich schlecht fühle. Ich weiß nicht, warum; ich bin dem Übel höchstens auf der Spur, ich habe es noch nicht gefaßt und festgenommen.
Aber die Vögel sollen nicht sterben, das ist schon richtig.
Eine Blockflöte spielte betulich und fromm »Ein bunter Regenbogen«, den Kinderhit des Jahres, und Regen fiel auf Kiefern draußen.
Welches Potential an Bosheit ich in mir habe, dachte ich. Ich könnte vieles hassen. Aber ich denk, ich bin das selber schuld, wie ich mich fühle. Alles leuchtet doch im Grunde, alles ist lebendig. Das Leben ist keine Lappalie!
»Mit meinem Zauberstab schließe ich das Ozonloch und mache, daß die Pandabären glücklich sind!« schrien die Kinder jetzt.
Ich fand diese Liedertexte sehr, sehr ... ein Wort wie »Scheiße« drückte doch am besten aus, wie ich sie fand. Die Sache Scheiße nicht; sie war natürlich.
Ich suchte in den Räumen nach Ablenkung, aber sie nahmen nichts von mir auf, warfen alles zurück. Sie waren wohl so konzipiert, daß man sich immer wieder selbst begegnete.
Den Pflanzen ging es auch nicht gut.
Manche waren überfürsorglich ersäuft worden und ließen gelb die Blätter hängen. Ich hob eine mit ihrem Plastikeinsatz aus dem Übertopf: Alles brackes Wasser unter ihr, und ihre Wurzeln waren durch den Plastik gebrochen und faul. Sie verlor ihre Blätter. Platsch. Schon wieder eins.

»Wir tanzen mit, wir singen mit!« sangen die Kindergärtnerinnen animierend. Ein kleines Kind gab das ganze Lied lang keine Ruhe.
»Wer ist denn ›wir‹? Frau Steffens, wer ist denn eigentlich ›wir‹?
Frau Steffens! Wer ist ›wir‹?«
Es kriegte keine Antwort.

Mia und Jürgen kamen aufgedreht aus dem Chorraum, im Bus ging gleich das Streiten wieder los.
»Warum kann ich nicht eine kleine Katze haben statt einen Bruder?« beschwerte sich Mia. »Wenn ich könnte, würde ich den Jürgen gegen eine kleine Katze eintauschen.«
»Und Jürgen?« fragte ich mürrisch. »Hast du ihn schon mal gefragt, gegen welches Tier er *dich* eintauschen würde?«
»Ja!« sagte Mia kläglich. »Er hat gesagt, gegen eine Schildkröte.«
Jürgen lachte schadenfroh.
»Als wir mal in Amerika waren, Agnes«, erzählte er, »hatten wir zum Essen einen riesigen Truthahn aus Fleisch!« Er stutzte. »Was für einen Blödsinn ich da rede!« kicherte er. »Was liest du da grade in der Zeitung?«
Ich zeigte es ihm. Das religiöse Oberhaupt der Palästinenser hatte etwas zur Lage gesagt. Jürgen schaute betreten das Foto des weißbärtigen, seltsam aussehenden Mannes an. »Ist der echt?« fragte er naiv.

✗

Mustafa fing mich hinter seiner Wohnungstür ab, drückte mich in die Knie und steckte mir seinen Schwanz in den Mund. Er pumpte wild und rücksichtslos. Er stieß tief in meinen Rachen und spritzte alles rein in meinen Mund, in meinen Magen, in mein Blut.
Er gab mir einen Klaps.
»Das war's. Du hattest nichts davon. Aber du kannst sagen: Er ist wegen mir gekommen. Mein Dasein hatte einen Sinn.«
Er ging herum und räumte auf und zog sich seine Jacke an, als wollte er gleich weg.
»Eine komische Beziehung ist das, die wir haben«, sagte er. »Findest du nicht? Wir passen nicht zusammen. Wir kennen uns nicht wirklich. Wie lange kann das gutgehen?«
»Ich finde, ich kenne dich«, sagte ich.
»Du kennst mich nicht«, sagte er. »Du weißt nur einen Bruchteil. Niemand weiß alles über mich. Alle haben nur Aspekte von mir, und ich lasse ihnen ihre Bilder.«
Ich wußte nicht, was ich sagen sollte.
»Mir wird das zuviel, verstehst du?« sagte Mustafa. »Zu viele Frauen. Ich muß eine Ordnung schaffen, Abstand. Am liebsten würde ich leben wie ein Mönch. Meditieren, lesen. Die Welt soll draußen bleiben.«
»Aber ich bin doch nicht die Welt«, sagte ich. »Ich will doch auch mit nichts etwas zu tun haben, genau wie du.«
»Es ist besser, wenn wir uns nicht mehr sehen, Agnes. Ich will ehrlich sein. Es geht auch um meine Freundin. Ich möchte ihr gegenüber nicht mehr so ein Arschloch sein. Ich möchte versuchen, mit ihr etwas aufzubauen,

das Dauer hat. Vielleicht möchte ich auch mal Kinder haben, hart arbeiten, eine bürgerliche Ehe führen. Früher wollte ich das immer. – Laß uns Schluß machen, solange es noch schön ist. Wenn wir uns auf der Straße sehen, kennen wir uns noch, aber ruf mich nicht mehr an.«

»Ich kann mir nicht vorstellen, daß du das wirklich so meinst«, sagte ich.

Seine Worte waren klar, aber er wirkte nicht entschlossen. Er sagte sie dahin wie eine dünne Linie, wie Attrappe, es klang nicht echt und überzeugend, ich konnte es nicht glauben.

Gab es diese andre Frau wohl überhaupt? Oder war sie viel eher der elegante Mann, den ich gestern in sein Haus gehen gesehen hatte? Mustafa hatte eine andre Frau nie zuvor erwähnt, und jetzt zauberte er sie auf einmal aus dem Ärmel.

Ich versuchte, ihn zu küssen, aber er drehte sein Gesicht weg.

»Dann geh ich mal«, sagte ich.

Ich war niedergeschlagen. Im Moment war nichts mehr drin, das sah ich ein.

Aber das war nicht das letzte Wort. Dieses Gefühl kam immer wieder durch die Zweifel. Unter welchen Bedingungen auch immer, es soll auf alle Fälle weitergehen, dachte ich. Wenn einem etwas wichtig ist, dann muß man darum kämpfen.

Ich war froh, daß mir dieser Spruch einfiel, und ich hatte keinen Drang, an ihm zu zweifeln.

✗

Am nächsten Tag war ich unterwegs zu Röber-Baumanns, einer neuen Familie zum Sitten, bei der ich erst einmal gejobbt hatte, und das war ziemlich grauenvoll gewesen. Ich mußte dafür an Mustafas Haus vorbei. Er kam gerade aus der Tür.

»Ich bin wirklich nicht wegen dir auf dieser Straße«, sagte ich schnell. »Ich bin unterwegs zum Babysitten.«

»Dann wünsch ich dir viel Spaß«, sagte er förmlich, aber freundlich. Es schien ihm nicht auf die Nerven zu gehen, daß wir uns so bald wieder zufällig gesehen hatten.

»Spaß!« sagte ich lustig. »Geh mir weg mit diesem Wort.«

Wir waren beide cool. Wir waren wirklich erfrischend unpathetisch und unsentimental.

»Willst du dich noch immer nicht mehr mit mir treffen?« fragte ich, zum Schein im Scherz.

»Ja. Es ist besser so. Für alle Seiten. Es hat doch keine Zukunft. Wir passen nicht zusammen. Guck mal, die Musikkassetten, die du mir geschenkt hast, und die Filme, die du mir empfohlen hast, nichts davon hat mir gefallen, ich hab es dir nur nicht sagen wollen. Wir haben einen völlig verschiedenen Geschmack.«

»Aber du mußt doch nicht stehen, worauf ich stehe. Und ich bin tolerant, und ich kann viele Sachen gut finden, auch die, die du gut findest.«

Er schwieg.

»Ich möchte einfach nicht mehr mit diesem schlechten Gewissen leben«, sagte er. »Ich möchte mich läutern und eine Ordnung in mein Leben bringen. Eine Lösung, eine Ethik.«

»Oh je«, sagte er. »Jetzt hab ich dir die Laune verdorben. Die armen Kinder!«

✗

Niemand spricht vom armen Babysitter.
Könnte ich es mir nur leisten, zu dieser Familie nein zu sagen.
Die Kinder hatten sich abgesprochen, mich zu verarschen. Sie warfen Sachen in der Gegend rum, versuchten, mich damit zu treffen, tanzten um mich rum und sangen mir »Ich find dich Scheiße!« dabei ins Gesicht. »Ganz einfach Scheiße. Ganz einfach Sch-sch-sch-sch-sch-sch-sch-sch-Scheiße!«
Ich hätte es gut gebrauchen können, wenn die Kinder heute einmal nett zu mir gewesen wären, aber sie hatten sich auf ihre Art eingeschossen. Sie wirkten wie das Schreckbild anti-autoritär erzogener Kinder, aber es steckte gar kein bewußtes Laissez-faire dahinter, ich glaube, sie waren einfach vernachlässigt.
Ihre Mutter war krank, überlastet, traurig, sie wollte nicht, ich weiß es nicht. Sie schaffte es nicht, die Wohnung aufzuräumen. Überall lagen Spielzeug, Anziehsachen, Pampers, angebissenes Essen.
Ich gab mir wirklich Mühe. Ich hab bestimmt vier Stunden mit ihnen gespielt und ihnen was vorgelesen, mich boxen und mich treten lassen. Sie stritten sich die ganze Zeit, taten sich weh, wollten was essen, wollten das dann doch nicht, sondern etwas anderes, ließen auch das halb stehen. Sie waren aufgedreht und unglücklich, und ich war auch nicht grade froh.

Schließlich tat ich das Verbotene: Ich gab ihrem Wunsch nach Fernsehgucken nach.
Die Kinder wurden reizend von dem Fernsehgucken. Auf einmal hatte ich sie fast gern, und sie taten mir so leid, daß sie in einer Familie leben mußten, in der das Fernsehgucken ein Tabu war. Sie waren konzentriert und andächtig, voller Respekt vor dem Medium und Dankbarkeit mir gegenüber. Sie saugten die miesen amerikanischen Helden-Trickfilme auf wie heiße Steine, und zum ersten Mal in all diesen Stunden entstand eine Harmonie zwischen uns.
Dann kam die Mutter heim. Ihr blieb die Spucke weg. Sie war nicht bös zu mir, sie sagte nur, das wollte sie eigentlich nicht, daß die Kinder fernsehguckten, sie hätten doch so viel Spielzeug. Ich tat, als hätte ich sie nur falsch verstanden, als sie mir das schon vorher gesagt hatte. Ich fühlte mich nicht gut. Aber ich hatte mich doch retten müssen.

✗

Sie beschwerte sich dann bei Frau Malangré, aber die schimpfte nicht sehr. Sie brauchte mich. Silvester drohte, und Babysitter waren da Mangelware.
Ich war mit allem einverstanden. Ich überließ apathisch Frau Malangré die Planung meines Lebens bis auf weiteres und saß mir weiter meinen Hintern platt auf diesem Fixstern Babysitting, auf immer neuen Sofas, vor immer neuen Fernsehapparaten, in immer wechselnden Kulissen, immer ich.

Martin, den Mann, mit dem ich dann Silvester verbrachte, sollte ich um 9 ins Bett schicken.

Es gab einen kurzen, harten Kampf deshalb, bei dem er mir mit seinem Schädel ein Auge blau schlug, das ich mit meiner eingeschmuggelten kleinen Flasche Sekt kühlte. Noch sah mein Auge nur geschwollen aus, morgen würde es wahrscheinlich bunt, und die Leute würden mich neugierig und mitleidig anstarren: ›Warum trennt sie sich nicht von ihm? Ach so, das Geld. Oder Verantwortungsgefühl? Aber wo bleibt denn seins?‹

Tja, das wurde erst mühsam herangezüchtet. Im Augenblick arbeiteten die Geister seiner Ahnen in seinem Schlaf an Martins Seele, mal gucken, was draus würde. Am Tag stritten sich Medien, Umwelt und Eltern um sie.

Vor unserer häßlichen Szene hatte ich »Asterix« mit ihm geguckt und Pombären gegessen. Die hatten mich immer schon interessiert, aber ich fand sie ekliger, als ich gedacht hatte, wie Verpackungsflocken.

Dann wollte Martin, daß ich ihm was vorlas. Ich sagte, »Asterix« sei schon seine Gutenachtgeschichte gewesen und er solle jetzt schlafen. Sein kleines Gesicht verzog sich zu einer Dämonenfratze, und er steigerte sich in einen Krampf von Schmerz und Wut.

»Dann hör ich eben eine Hörspielkassette!« brachte er trotzig zwischen Heulern hervor.

Ich ließ ihn in seinem Zimmer allein und setzte mich ins Wohnzimmer.

Martins Kassette schallte rüber, grobe Männer zogen über Frauen her.

»Da sind wohl mal wieder echte Kerls gefragt«, sagten sie zu ihnen. »Geht kochen, Perlen!«

Ich war mal dabei, als Martins Mutter sagte, seine Kassetten seien frauenfeindlich.
»Das stimmt doch gar nicht!« erwiderte Martin. »Die Frauen machen doch mit! Sie dürfen für die Männer was zu essen machen, und die Männer erzählen ihnen nachher, was sie erlebt haben.«

Martin kam barfuß hereingetrippelt. Er setzte sich stumm neben mich vors Fernsehn, den Blick starr auf den Bildschirm.
Auch ich tat so, als wäre nichts.
»Geld regiert die Welt«, sagte ein Mann im Fernsehn.
»Das stimmt nicht«, sagte Martin, mit rätselhafter Festigkeit. Er fröstelte.
»Kann ich noch ein bißchen mit dir fernsehgucken, Agnes? Ich kann noch gar nicht einschlafen.«
»Muß das sein?« sagte ich unwillig.
Ich wollte allein sein, nachdenken, meinen Kopf in einen Film hängen und mir mein Bewußtsein brechen.
»Bitte!« Martin überlegte. »Nimm doch noch ein bißchen Pombär, Agnes. Oder willst du Nüsse?«
Er war doch hier zu Haus, nicht ich. Ich gab ihm ein Stück von meiner, seiner Kuscheldecke.
»Oh, schau, da ist noch mal der Weihnachtsmann!« Er deutete auf den Schirm. »Wenn der wirklich zu Weihnachten die bösen Kinder in den Sack gesteckt hätte, wäre ich dabeigewesen. Ich bin nicht artig.«
»Naja, es ist auch manchmal schwer, artig zu sein«, sagte ich, ich wußte es.
»Ja«, sagte er. »Man will immer was anderes als die Erwachsenen.«

Einmal ist Martin zu schnell die Treppe raufgerannt. »Mich sticht hier was«, sagte er und wies auf seine Brust.
»Dein Herz wahrscheinlich«, sagte ich.
»Ja, mein Herz. Paß auf, auf einmal macht es ›bumm‹, und ich bin tot. Das wäre schade. Ich wäre nicht mal neun geworden.«

Martin hatte sich völlig im Programm festgefressen.
»Martin!« sagte ich düster und beschwörerisch. »Es ist Zeit! Es ist Zeit! Die Nacht ist tief! Du mußt jetzt schlafen! Du bist sehr müde! Deine Arme und Beine sind sehr schwer, du kannst deine Augen nicht mehr offenhalten. Du willst nur noch ins Bett, ach, wärst du doch nur schon im Bett!«
Martin kicherte.
»Du willst nur alleine fernsehgucken«, sagte er.
»Ich bin die Nachtmutter!« sagte ich gespenstisch. »Ich packe dich und bring dich fort! Die Träume rufen schon nach dir! Sie können doch nicht anfangen ohne dich!«
Ich packte nach Martin, Martin kreischte amüsiert und schlug wild um sich und warf seinen Kopf hin und her, und zack – da war mein Auge blau. Das ernüchterte uns. Martin ging schlafen, und ich ging besorgt zum Spiegel.
Ein Veilchen zu Silvester, und was hieß das für meine Zukunft? Ich würde noch viel einstecken müssen oder mit einem blauen Auge davonkommen?

Cartouche, der Bandit, riß allen feinen Damen auf dem Ball ihre Juwelen ab. Er legte sie seiner toten Geliebten

in der Kutsche um. Dann schob er mit seinen treuen Räubern die Kutsche in den Fluß und sah sie untergehen.
Seine Geliebte hatte ihn retten wollen, sie hatte sich vor ihn gestellt, und die Kugel hatte sie getroffen. Und das, obwohl er sie betrogen hatte, mit einer feinen Dame! »Das ist mir egal!« hat sie gesagt. »Er darf tun, was er will. Das ändert nichts an meiner Liebe!«
Sie war sich nicht dumm und ausgenutzt vorgekommen. Sie hatte sehr schön ausgesehen dabei.

Dann war es zwölf. Ermutigt von Cartouche, rief ich bei Mustafa an, er war nicht da. Ein Stich im Herzen, schnell ein Schwamm, ich machte den Draht um den Sektkorken ab und erwartete den Plopp. Ich zog am Korken, nichts. Um einen Zieher anzusetzen, mußte ich diese runde Verdickung erst absägen und aufpassen, daß ich den Leuten nicht ihr Messer damit kaputtmachte. Es klappte, aber der Flaschenhals war zu dick, um den Korkenzieher draufzusetzen. Ich suchte in allen Schubladen nach einem andren Korkenzieher. Nach fünf Minuten fand ich einen. Ich schraubte ihn rein und zog den Korken raus: Zwanzig nach zwölf. Aber ich hatte es geschafft. In solchen Dingen gibt es kein »Zu spät!«.
»Beharrlichkeit bringt Heil!« war meine Lehre aus dem Sektorakel. So würde ich es halten in dem neuen Jahr. Er macht zwar vielleicht Schluß mit mir, aber ich nicht Schluß mit ihm, ich kann nicht, und ich bin betrunken von dem bißchen Sekt.

Am Neujahrsmorgen wurde ich aus diesem Haus entlassen. Ich ging zu Mustafa und schellte ohne Glauben. Es war natürlich niemand da. Aber sein Name stand noch auf der Klingel, und die Straßenlaterne strahlte wie immer die Pflanzen an auf seiner Fensterbank.
Traurig sein war mein Tribut an die Vernunft. In meiner Unvernunft wußte ich, daß nicht endgültig Schluß war. Ich wollte es nur für möglich halten, um mein Denken fit zu halten.

Ich hatte ein Date am Nachmittag mit Ricki, nicht ganz drei Jahre alt.
Ich war so müde. Ich wäre gerne platt und gedankenlos wie der Asphalt gewesen, der tot auf dieser kalten Erde liegen durfte.
Dieser Ort in Holland nah der Grenze sah aus wie eine Film-Kleinstadt in Finnland oder Nordamerika. Große leere Kreuzungen und Plätze wurden verschwenderisch und kalt beleuchtet von maßlos hohen Laternen.
Die paar Menschen draußen sahen verfroren und schäbig dazu aus, und die Grüppchen von Jugendlichen gefährlich. Weil in Holland Haschisch erlaubt ist, gab es hier viele Koffie-Shops für Touristen und Sachen wie dieses Elektrogeschäft in Rickies Straße mit Fensterauslagen aus Staubsaugern, Shillums, Ventilatoren und Wasserpfeifen in Gestalt großer, steifer Porzellanpenisse.
Und hier schob ich Ricki in seinem Buggy vorbei. Die suchtkranken Menschen auf den Parkbänken machten einen so fertigen Eindruck, und die Spielhallen blinkten so armselig. Las Vegas, Fun, oh, je. Die Wohnblocks hat-

ten Namen von Planeten, aber sie waren nicht spacig. Vielleicht konnte glücklich werden auch hier gehen, aber es war bestimmt schwerer als nötig, oder? Und es müßte doch leichter sein, die Leute fühlen sich sonst doch wie Versager. Man mußte ja schon fast ein Held sein, nur um hier durchzugehen.
Ricki fiel das lange nicht so schwer wie mir. Er stand auf den Müll, den das Leben machte. Er kannte hier jeden Hundehaufen. Wörtlich.
»Gleich Hundekaka«, kündigte er an, und wirklich, da lag auch schon ein Köttel, und Ricki strahlte. Auch über das alberne Camel-Plakat mit dem dusseligen Comic-Kamel lachte er sich schlapp, und er verrenkte sich den Kopf nach den Marktstand-Aufbauern, die bei ihrer scheppernden, groben Arbeit laute Techno-Musik hörten. »Musik gucken!« verlangte er.
»Aber diese Musik kann man nicht gucken«, sagte ich. »Man kann sie nur hören. Siehst du, sie kommt aus den Lautsprechern da aus dem Auto. Die Männer haben extra die Fenster offen gelassen.«
Ricki guckte stumm.
»Musik gucken«, wiederholte er dann. Ach, Ricki.

Wir blickten lange in einen modrigen Bach, in dem ein alter Ball lag. Ricki konnte sich von dem Anblick nicht trennen.
Ein fremdes kleines Mädchen beobachtete uns von weitem und fing an zu zeigen, was sie konnte, Handstand, Brücke, Rad. Ich machte Ricki auf sie aufmerksam und erklärte ihm die Begriffe. Dann kam das Mädchen rüber.

Ricki sah sie traurig an und warf ausdruckslos seine Plüschmaus aus dem Wagen. Das Mädchen verstand das Spiel; sie hob die Maus auf und wackelte mit ihr vor Rickis Gesicht. Ricki lachte. Das Mädchen fand ihn süß, trotz der trockenen Reste von Rotz und Milchschnitte in seinem Gesicht, ich hatte den Waschlappen vergessen. Das Mädchen ging mit uns weiter. Das Mädchen erzählte mir, daß eine Fußballmannschaft aus der Gegend an dem Tag 10:0 gewonnen hatte gegen eine andere, deren Namen sie nicht wußte. Und daß sie gedacht hatte, das wäre die Kelly Familie live gewesen, die Techno Musik auf dem Markt grade, sie hätten da eines ihrer berühmten spontanen Konzerte gegeben.
»Ich bin Kelly-Fan«, sagte sie. »Immer wenn ich irgendwo Musik höre, meine ich, das wäre die Kelly Family, die träten vielleicht um die Ecke auf.«
»Das ist, weil du es dir wünschst«, sagte ich.
»Ja. Im Dezember spielen sie in Den Haag. Da fahr ich hin. Sie sollten in Kerkrade spielen, aber dann wurde ihr Vater krank, und der Auftritt fiel aus. Ihre Mutter ist schon tot. Sie starb, als Angelo noch ein ganz kleiner Junge war.«
Plötzlich lief sie ohne Tschö über die Straße, schellte an einem Haus, und ihre Mutter ließ sie rein.
Wir stoppten bei einem Sportplatz, auf dem eine Fußballmannschaft trainierte.
»Jetzt haben sie ein Tor geschossen«, sagte ich zu Ricki. »Wenn der Ball gegen das Netz fliegt, heißt das Tor.«
»Tor«, wiederholte Ricki andächtig. Er hockte sich hin und hob etwas aus dem nassen Gras auf.
»Was ist das?« stellte Ricki seine ewige Frage.

»Ein schweres Wort«, sagte ich. »Das ist etwas, was man sich an die Schultasche oder das Fahrrad tut, damit es leuchtet und man im Dunkeln gesehen wird. Das ist ein Reflektor.«
»Ferkleftor«, versuchte er es.
»Nein, Reflektor«, sagte ich.
»Tor«, beendete Ricki die Diskussion.

Ricki sieht süß aus, wenn er schläft. Wach ist er oft unglücklich. Will alles, mag nichts, beißt in dies, schmeißt mit dem, wirft was um, tut sich weh … Seine Eltern haben den Verdacht, diese Unruhe könnte von schadstoffreichen Lebensmitteln kommen, auch der viele Speichel aus seinem Mund, vor dem ich mich ekle.
Er wollte mich küssen, aber er traf nur meine Backe, ich war schneller. »I love you«, sagte er.
In seinem Haus hat als Kind mal Rudi Carrell gewohnt. Dann war es mal ein Puff, dann hat es mal gebrannt. Es ist ein altes Haus, mit einem Geruch wie früher.
Ich lasse Ricki nie auf die Wiese dahinter, denn sie liegt hoch und wird begrenzt von einem winzigen Mäuerlein, dann geht es vier Meter runter in den Tod. In der Hinsicht versuche ich doch, das Schicksal zu manipulieren: Wenn er da runterfällt, will ich's auf jeden Fall nicht schuld sein.
Ricki saß zu meinen Füßen in der Küche vor seiner Spielkiste und warf Sachen aus ihr rum.
Ich betrachtete das Foto an der Wand, auf dem Ricki unter der Dusche saß mit einem lachenden, nackten, nassen Mann, schlank und dunkel und haarig, mit einer großen, dicken Nase …

»Wer ist das, Ricki?« fragte ich.
»Papa!«
Papa!? Ricki! Das war aber nicht der Mann, den deine Mutter mir als deinen Vater vorgestellt hatte!
Er sah sexy aus. Er hockte, mit Ricki vor sich, und unter Ricki durch sah man ein nasses Ei und einen Teil vom Schwanz, und sein Gesicht war rot vom heißen Wasser und so zum Grinsen verzogen, daß es lustig und häßlich aussah.
Wenn es nur diese Welt um Ricki für mich gäbe, würde ich darauf drängen, daß seine Eltern mich und diesen nackten Mann im Sommer zu einer Party einladen würden, mit dem Grillgerät auf der Terrasse und dem Fleisch aus ihrer Truhe. Wir könnten die Wasserpfeife aus dem Wohnzimmer rauchen und Tantra-Sex üben aus dem Buch, das Rickis Eltern haben. Ich fand es, als ich den Fernseher suchte. Ich schloß den Schrank auf, in dem ich das Gerät vermutete, und da war dieses Buch mit Anleitungen zu esoterischem Sex. Mit Rickis Eltern würde ich aber keinen Sex machen wollen. Davon war doch gar nicht die Rede, Hasenfuß. Mir wurde schlecht von meinen eigenen Vorstellungen in diesem Haus, zu denen mich doch niemand zwang.
Ich brachte Ricki ins Bett.
»Geschichte erzählen!« bat er. Ich erzählte eine Geschichte von einem einsamen Häschen, das sich von Gott einen Freund wünschte, den bekam und glücklich war. Ich weiß ja inzwischen, was die Kinder erwarten. Sie wissen inzwischen, was sie erwarten dürfen. Aber sie geben nicht auf.
»Noch eine Geschichte!« flehte Ricki.

»Nein«, sagte ich. »Mach schön die Augen zu, und wenn du einschläfst, dann kommen die Engel und erzählen dir Geschichten, die sind viel schöner als alle Märchen, die ich kenne.«
Kleine Kinder verarschen.

Ich hatte mir vorgestellt, es täte gut, das anstrengende Kind an den Schlaf loszuwerden. Aber nun kamen die Wohnung und der Ort noch stärker durch mit ihren Stimmen. In all den Arten zu wohnen, die ich durch das Babysitten kennengelernt habe, steckt für mich ein Grauen. Ein angeschalteter Fernseher kann das zum Glück verdrängen.
Ich guckte noch mal im Wohnzimmer nach, ob ich ihn nicht doch nur übersehen hatte.
Das Wohnzimmer von Rickis Eltern wurde beherrscht von einem großen Poster einer blauen, nackten Frau, die ihre Brüste in den Händen hielt und ein eingebildetes, tussihaftes Gesicht dazu und über alles machte. Ich kannte das Bild aus den Schaufenstern der Posterläden in der Stadt. Es war ein Verkaufsschlager, obwohl die meisten Leute Tussis verachten.
Es war immer noch kein Fernseher zu sehen. Aber neben dem Stereo lag eine Kassette mit Kinderschlagern. Ich machte sie an.
»Komm, du kleine, süße Sau. Wir machen eine Schweinerei. Nackedei! Wir spielen Nackedei! Spielt doch mit Nackedei!« sangen Bernie und die Rasselbande.
Ich machte mich weiter auf die Suche, diesmal im ganzen Haus. Hätte ich mal Rickis Eltern danach gefragt, aber ich hatte vor ihnen nicht zu erkennen geben wol-

len, daß ich in der von ihnen bezahlten Zeit müßiggehen und mich unterhalten wollte.
Schließlich fand ich einen Apparat, mit einer Decke gegen den Staub über dem Kopf und einem abgerissenen Kabel, das unter dem Saum hervorkam. Keine Antenne. Nicht angeschlossen.
Ich erinnerte mich, im Traum letzte Nacht hatte ich mich an einen Mann angeschlossen wie an eine Antenne, ich hielt ihn mit meinen Beinen umklammert und wollte ihn nicht loslassen. »Ich will mich entspannen!« rief ich dramatisch und begann zu fliegen. »Haha, es geht also doch! Jetzt sollen mal alle gucken, die es nicht geglaubt haben!« Das denke ich dann immer, wenn ich so was träume, aber es guckt nie einer.
Da war auch ein verschieden geknoteter Strick. Wenn man den ansah, ging die Seele aus dem Körper nach oben. Bei weiteren Versuchen sackte sie aber nach links unten weg, und man hatte Mühe, sie von da unten wieder hochzukriegen.
Ich probierte auch den Anblick von Jeans daraufhin, ob die Seele aus dem Körper geht, wenn man sie anstarrt. Das wäre ja die Erklärung für die Beliebtheit der Jeans: Sie haben magische Kräfte. Aber sie funktionierten nicht, die Seele blieb in mir.

Die Uhr tickte. Man hört das komischerweise vor allem dann, wenn die Zeit stillzustehen scheint.
Es roch nach frisch gewaschener Wäsche in dem kalten Wohnzimmer.
Ich war eingeschlossen in eine große Sammlung alter Steine, aber vom Fenster aus sah ich den Himmel.

Da war eine breite Fensterbank, auf der ich sitzen konnte.
Mustafa war unten nicht zu sehen. Es gab ihn nur an einem einzigen Ort zu einer Zeit. Vorausgesetzt, man glaubte an die Wirklichkeit. Was ich noch nie richtig getan hab.
Es war ein dunkler, kalter Himmel draußen.
Die Winterluft schlug den Leuten kalt ins Gesicht und war bös zu ihnen. Die Wolken wälzten sich über den Himmel, die Tiefs rollten heran und »bestimmten unser Wetter« mit großen, kosmischen Bewegungen, Menschen waren unwichtig. Sie lebten nur aus Gnade.
Es fing an zu schneien. Trockene kleine Kristalle fielen vom Himmel.

So hat Tante Melanie, die Schwester meines Opas, auch gesessen, in ihrer Mansarde, wenn sie als Dienstmädchen Feierabend hatte und sich die Männer von der Straße raufholte. Die Leute sagten verächtlich über sie, das sei ja wie bei Hunden, die sich gleich am Hintern riechen ohne Worte und ohne weiteres aufeinanderspringen ohne Versprechen. Aber bestimmt haben Tante Melanie und die Männer Worte gewechselt und sich was versprochen. Menschen vertrauen dem Leben nicht mehr blind und stumm wie Tiere.
Tante Melanie hatte das Herz verkehrt herum im Körper und starb mit vierundzwanzig Jahren. Arme, tote Tante Melanie. Du bist in meinem Blut. Wie eine Göttin offenbarst du dich nur heimlich. Heilige Tante Melanie. Bitte für mich. Bitter für mich. Bitte fütter mich. Bitte jemand für dies schüttre Ich.

Ich hab heut nacht von Affen geträumt, die ihre ellenlangen Geschlechtsteile wie Lanzen trugen. Aber ich will nicht ihre Äffin sein, Tante Melanie. Ich will ein Mensch sein und mit Mustafa schlafen.
Da lungern die Jungen vor der Spielothek hinten wie in Tant' Melas Leben und in Pasolini-Filmen.
Pasolini hat dann jemand umgebracht, ein Junge mit seinem Auto wahrscheinlich, und so was ist kein schönes Ende für die Hinterbliebenen, aber für die Toten ist es wahrscheinlich wurscht, durch welche Tür sie dorthin gehn und wann.
Ich bin eine Königin im Turm. Ich bin eine Nutte in einem holländischen Fenster. Ich bin eine alte Frau, die aus dem Altersheim guckt.
Warum stehen diese Jungen vor den Spielotheken? Warum gehen sie nicht rein spielen? Oder nach Hause, ins Haus Saturn, Pluto oder Jupiter?
Ich sterbe vor Sehnsucht. Ich weiß nicht, wie diese Heizung angeht. Es wird immer kälter. Da hör ich einen Schlüssel in der Tür fummeln. Sie kommen nach Hause. Ich kann gehen.

In der Nacht, in einem dunklen Traum, bestand Ricki darauf, daß ich ihm einen wixte. Er spritzte eine große Lache Samen auf den Teppich. Ich fand das eklig und verfluchte mich, daß ich nicht auf die Idee gekommen war, das zu verweigern. Man muß nicht alles machen, was ein kleiner Junge will.

✗

Sein Gang war ziellos und als wären seine Knie weich. Er lächelte, als ich ihm schon wieder wirklich zufällig über den Weg lief.
»Was machst du grade?«
»Einkaufen. Und du?«
»Ich auch. Wie geht es dir?«
»Ganz gut. Und dir?«
»Auch gut.«
Was täten wir nur ohne Sprache, Mustafa?
»Frag bitte nicht, ob wir uns wiedertreffen sollen!« sagte Mustafa.
»Wann treffen wir uns wieder?« fragte ich.
»Ciao«, sagte er. »Mach's gut!«
Er ging. Aber ich sah in der Schaufensterscheibe, daß er sich nach mir umsah, und am liebsten wäre ich ihm nachgelaufen. Er war nicht, wie er scheinen wollte. Er redete nicht nach seinem Herzen.
Er war so sehr mein Fall. Er würde mir immer wieder neu gefallen, wenn ich ihn grade kennenlernte. Er trug doch meinen Namen auf der Stirn, sah er das nicht?

✗

Auf der Wetterkarte im Fernsehn sah man weiterhin die Wolkenbänke von West nach Ost ziehn wie Armeen.
Ich ging mit einem Baby, Sven, spazieren auf den von Menschen auf den Globus gezeichneten Wegen auf dem Feld, unter einem leeren, kalten Himmel. Wir begegneten kaum einem Menschen, nur Hochspannungsleitungen, Krähen und Spatzen.
In einem blutigen Flecken lag ein winziger, fleischrosa

Embryo, eine kleine Krabbe, mit einem toten, schwarzen Augenpunkt. Vielleicht hatte ihn eine Häsin verloren. Er konnte auch ein kleiner Mensch sein.
Da kamen zwei alte Frauen vom Seitenweg auf meinen. Sie hatten sich verirrt.
»Hier sind wir ganz falsch!« sagte die eine. »Wir gehen besser wieder zurück!«
»Aber nicht auf dem Weg beim Abhang!« sagte die andere. »Da hab ich Angst!«
Die ängstliche Frau ging einen Umweg über den flachen Schnee, peinlich genau den Pfad entlang, obwohl sie auch überall daneben hätte gehen können. Die mutigere Frau ging den »Weg beim Abhang«. Er war nicht gefährlich. Selbst, wenn sie hingefallen wäre, hätte sie sich weit, weit durch den Schnee rollen müssen, um in die Kiesgrube stürzen zu können.
Als sie sich wieder trafen, gab sie ihrer zitternden Freundin die Hand, um ihr eine kleine Stufe hinunterzuhelfen.
Ihre Stimmen wurden leiser und verloren sich in der Luft.

Ein Mann pinkelte an eine kleine Feldkapelle. Frevel! Das schreib ich alles in mein großes Buch!
Baby hing vor meinem Bauch und schlief tief in der Luft.
Es wachte auf und schrie. Ich brachte es nach Hause.
Es war gemütlich warm bei ihm daheim, das Baby schlief gleich wieder ein und speichelte mir die Schulter ein, über die ich es zur Beruhigung gelegt hatte.
Warum hatte es geschrien?

»Es kann ja noch nicht sagen, was es will«, sagte seine kleine Schwester. »Vielleicht war ihm nur kalt, aber vielleicht will es auch etwas haben, das nicht geht. Vielleicht will es eine Wolke aus dem Himmel streicheln, oder vielleicht will es gern fliegen.«

Ich hab von Babys kleiner Schwester schon erzählt; es ist Karina, die Fussel und Flusen und Stücke vom Zahnfleisch gesammelt hat.

Ihre Mutter erzählte mal, mit vier sollte Karina mit ihren Eltern in Urlaub fahren.

»Pack dir auch was zum Spielen ein«, sagte ihre Mutter.

Karinas Tasche mit dem Spielzeug war sehr schwer, aber sie trug sie selber, und so sagten ihre Eltern nichts. Als sie angekommen waren, packte Karina aus und fing an zu spielen – mit Steinen. Sie hatte lauter Kieselsteine mitgenommen.

Babys und Karinas Mutter kam aus dem Keller vom Bügeln.

»So, jetzt erlöse ich Sie«, sagte sie zu mir, und das schlafende Kind wurde von einer Schulter zur andern gereicht.

✗

Ich dachte, ich würde jetzt nach Hause gehen. Ich wollte es nicht zur Manie werden lassen ... aber ich kam an einer Telefonzelle vorbei, ging rein und rief ihn an.

»Hallo«, sagte er sanft, vorsichtig. »Wie geht's?«

»Gut«, sagte ich. »Und dir?«

»Auch gut«, sagte er.

Ich hatte nicht mehr die geringste Lust, zu bedenken, daß er Schluß mit mir gemacht hatte.
»Ich könnte vorbeikommen, was meinst du?« sagte ich nach alter Tradition.
Pause. Seufzen.
»Ach, Mann«, sagte er dann. Und: »Dann komm.«
Er klang genervt, und ich schämte mich.
»Ich möchte keine Nervensäge sein«, sagte ich, »ich dachte nur ...«
»Nein, nein, ist gut. Du nervst mich nicht. Warum glaubst du das? Komm ruhig vorbei. Mittlerweile ist mir alles wieder egal, was ich gesagt hab. Ich hab schon eine halbe Flasche Wein getrunken ...«

Der Bus war grade losgefahren, als ich ihm entgegenlief, aber ich winkte wild, und er hielt extra noch mal für mich an, obwohl da keine Haltestelle war.
»Normalerweise geht das nicht«, sagte der Fahrer streng. »Das kostet hundertzwanzig Strafe, wenn man mich erwischt. Ich weiß gar nicht, warum ich das gemacht hab.«
Ich sagte vielmals ›Danke‹ und liebte diese Fahrt.
Die graue Stadt, so fies im Winter, doch voller Atmosphäre. Der Bus voll Menschen, jeder in seinem Schicksal wie in einem Zaubermantel. Aus vielen fremden Ländern waren sie gekommen, wie die »Sieben-Länder-Spezialitäten-Pralinen« und die Fähnchen auf den Käsewürfeln, die mich als Kind immer entzückten.

Er machte mir die Tür auf und setzte sich sofort wieder hin, ohne mich anzusehen. Er hatte Nudeln auf dem

Teller und haute sie sich rein in seinem Unterhemd, während er Fernsehn guckte, auch in dieser prollen Pose noch so sexy wie ein Filmstar. Ich setze mich dazu und starrte mit ihm auf den Actionfilm, ohne mich auf die Handlung zu konzentrieren. Er schaltete das Fernsehn aus.

»Du hast entdeckt, daß ich nicht nein sagen kann, und nutzt das aus«, wandte er sich an mich, ohne Schärfe.

»Warum verstehst du mich nicht? Findest du nicht, wir sollten aufhören, solange es noch schön ist?«

»Aber warum aufhören? Wir wollen doch zusammenbleiben. Wir wollen es doch noch.«

Ich wollte ihn küssen, aber er drehte sein Gesicht weg. Ich versuchte, die Tränen drunten zu halten.

»Hej. Agnes. Weinst du?«

Ich schüttelte den Kopf. Ich sehe häßlich aus, wenn ich weine.

»Agnes. Schau mich mal an.«

Er nahm mich in die Arme, und ich mußte jetzt wirklich weinen, ich wußte auch nicht, wie ich aufhören sollte.

»Ach, Mist«, sagte er. »Das scheint mein Schicksal zu sein. Ich will niemanden verletzen, aber anscheinend verletze ich die Leute dauernd.«

Ich sah, daß seine Augen auch naß waren, aber er schien das nicht zu merken.

»Dann bleiben wir eben zusammen«, sagte er. »Dann bleiben wir eben zusammen, gut? Aber ich habe dich gewarnt. Ich habe dich gewarnt.«

Er küßte mich.

»Es fing so unbeschwert an mit uns. Ich wollte die Erinnerung daran bewahren und nicht weitermachen ...«

»Unbeschwert?« sagte ich. »Weißt du nicht mehr, die Sache mit dem Aids und so?«
»Ja. Aber das war ja Unsinn, daß du dir da Sorgen gemacht hast, das war ja nichts. Da gibt es doch ganz andere Probleme.«
»Was für Probleme, Mustafa?«
»Nichts. Es ist besser, wenn man manche Sachen nicht weiß, glaub mir. – Du glaubst, ich sag das nur dahin und mach mich wichtig. Das ist sogar ganz gut, daß du das glaubst.«
Er hielt inne.
»Oh, je, ich komm mir vor wie in einem schlechten Film«, sagte er. »Hättest du gedacht, daß ich so sentimental werden kann?«
»Was ist denn mit deiner Freundin?« wagte ich zu fragen.
Er zögerte.
»Die gibt es nicht«, sagte er dann, aber ich wußte nicht, ob er die Wahrheit sagte. »Ich habe sie erfunden, weil … Irgendwann erzähl ich dir das alles mal, was im Moment los ist. Aber ich muß erst mal raus da sein.«

✗

Ein dicker, schwarzer Schatten hängt manchmal über ihm, und er ist Teil der Welt. Ich muß nicht immer hinsehn, doch ich werd ihm nicht entgehen. Ich kann nicht bleibend glücklich sein, weil ich dazugehöre. Ich will Mustafa helfen, wenn er in Not ist. Unverschuldet, selber schuld, das weiß ich nicht, egal. Ich habe Angst. Um ihn, auch sonst. Doch ich will Ängste überwinden.

Mustafa. Du bist so süß. Ich würde jede Sache von dir in den Mund nehmen wie ein Kind. Ich würde alle deine Organe ablecken wie Neugeborene, wenn dein Bauch offen wäre, ich würde dich essen, dein Pipi, dein AA, wie eine Katze das von ihren Jungen frißt. Ich möchte dich beschützen wie ein Mutterbauch das Baby. Ich möchte ganz um dich herum sein, wenn die Leute dich verfolgen sollten. Wie ein Känguruh, du kommst in meinen Vorbauch, und die Welt sieht dich nicht mehr.
Ich hab das Salzige auf deinem Schwanz so gern und die rührende und seidige Härte. Und darunter diesen dunkelrötlichen, unförmigen, breiweichen Sack, als hätte jemand den aus Lehm geformt und gegen dich geworfen.
Mustafa zog seinen Gürtel aus den Schlaufen und nahm ihn doppelt.
»Soll ich dich schlagen?« fragte er. Er begann sehr vorsichtig, es war eher Streicheln.
»Soll ich fester?« flüsterte er.
Wir stellten uns vor, er wäre fremd und böse. Warum das erregend war, ich weiß es nicht. Aber schon Kinder spielen so.
»Was tu ich da? Ich lasse meine ganzen Aggressionen an dir aus.«
»Tu das ruhig«, sagte ich. »Es tut nicht weh.«

✗

Eine Schneider-Mücke warf sich gegen Mustafas Neonröhre. Er schaltete sie aus. Dann wollte sie ins Fernsehn, auch diesen scheinbaren Ausweg knipste er ihr weg. Die

Mücke flog zu den Straßenlichtern. Mustafa schloß das Fenster und öffnete das Fernsehn.
Es lief etwas über den Tod von Marilyn Monroe.
Sie hatten was vertuscht. Sie hatten was mit ihr gemacht.
Leute sagten aus, sie habe geistesabwesend gewirkt in den Tagen vor ihrem mysteriösen Ende, zerstört, wie unter Drogen. Sie war mit Frank Sinatra und einem intelligent, nicht, wie ich dachte, unsympathisch aussehenden Mafia-Boss in ein Hotel gefahren. Sie hatten Fotos gemacht. Der Mann, der die damals entwickelt hatte, sagte: ›Sie wand sich auf dem Boden. Der Mafia-Boss stand breitbeinig über ihr.‹
Der Mann von der Obduktion sagte, ihr Enddarm sei verstopft gewesen von einem großen Blutgerinnsel.
Sie hatte ein Interview über die Kennedy-Männer geben wollen, die sie schlecht behandelt hatten. Jemand hatte sie gewarnt, aber sie sagte: »Es ist mir egal, wenn es gefährlich ist. Mir ist jetzt alles egal.«
So eine kindlich schöne Frau war sie. So weich, labil, so schutzbedürftig. Wie ein Versuchstier, das gequält wird. Wie ein schon früh und immer weiter vernachlässigtes und mißbrauchtes kleines Mädchen. Wie ein Kind für diese Pornofilmer in Belgien, getötet von diesem und jenem, keiner fühlte sich für seinen Teil der Schuld verantwortlich.

»Sie hat sich verirrt«, sagte Mustafa. »Sie hat sich auf ein Terrain begeben, auf dem sie sich nicht auskannte. Ein verhängsnisvoller Fehler.«
»Das dürfte es nicht geben«, sagte ich. »Etwas ist an die-

sen Geschichten, das ich begreifen möchte und nicht kann. Ich habe einen Nebelkopf. Ich krieg es nicht zu fassen.«

Er lächelte traurig.

»Mein Fehler ist, daß ich meinen Weg verlassen habe. Ich habe mein Leben dadurch unwiderruflich versaut.«

Ich schüttelte den Kopf.

»Ich weiß ja nicht, was dir geschehen ist, aber ich sehe die Dinge nicht gerne so«, sagte ich. »Ich mag die Geschichten vom verirrten Schaf und vom verlorenen Sohn. Ich bin dankbar, daß es sie gibt.«

Mustafa blickte nachdenklich.

»Du bist, wie ich, behütet aufgewachsen«, sagte er. »Deshalb kannst du dir von manchen Dingen nicht vorstellen, daß sie wirklich passieren. Mein verirrtes Schaf.«

Mustafa berührte meinen Hals spöttisch und zärtlich. »Mein Opferlamm. Wo soll ich den Schnitt ansetzen, hm?« Er hielt mir spielerisch sein Brotmesser an die Gurgel. »Soll ich dich schächten? Aber dann müßte ich nachher hier Hausputz halten, dazu hab ich keine Lust. Agnes. Ein herb klingender Name. Wer war eigentlich die heilige Agnes?«

»Eine Märtyrerin. Und eine Jungfrau«, sagte ich. »Sie wollte nur mit ihrem Heiland schlafen. Und deshalb sollte sie verbrannt werden. Sie brannte nicht, da schlug man ihr den Kopf ab.«

»Meine Güte«, sagte Mustafa.

»›Hüte dich vor den Reizen der Sinnlichkeit, denn sinnliche Lust ist ein tötendes Gift, welches Leib und Seele zugrunde richtet‹. Das stand im Namensbuch meiner Oma über die heilige Agnes«, sagte ich. »Aber das traf

den Punkt nicht. Agnes empfand ja keine sinnliche Lust für diesen Statthalter, den sie heiraten sollte. Sie war verliebt in Jesus. Und den hat sie auch gekriegt.«
»Und du?«
»Ich auch«, sagte ich.

✗

Er schwieg wieder bedrückt vor sich hin.
»Willst du mir nicht sagen, was los ist, Mustafa? Nur damit ich weiß, wie alles wirklich ist«, sagte ich scherzhaft. »Ich will nicht dumm und unreif bleiben.«
Er schüttelte den Kopf. Er knabberte an seiner Unterlippe. Er wollte da unbedingt ein Stückchen lose Haut abbeißen.
»Was sind Widder für Leute?« fragte er.
»Wieso? Bist du Widder?«
Er nickte.
»Der Mann vom Schaf, wie passend«, lachte ich. »Den eignen Kopf zuerst, und immer fest gegen die Wand. Oder hinein in eine Klemme, aus der er große Mühe hat, herauszukommen.«
Er schaute mich schräg an.
»Ist das auch wahr?«
»Hoffentlich nicht«, sagte ich.
Wir sagten wieder eine Weile nichts. Ich suchte nach was zum Sagen, um ihn nicht zu langweilen, aber mein Gehirn war leer.
»Ich kann mir dich noch immer nicht beim Sitten mit den Kindern vorstellen«, sagte er schließlich. »Aber du willst keine eignen, sagst du? Wieso? Zuviel Verantwortung? Ich hab früher Kinder gewollt.«

Er machte das Fernsehn aus.
»Ich hätte beinah einen Sohn gehabt. Aber wir haben ihn abgetrieben.«
»Das arme Baby«, sagte ich und biß mir sofort auf die Zunge. »Es tut mir leid, was ich gesagt hab«, sagte ich schnell, »ich wollte dir nicht weh tun.«
Aber er war mir nicht böse.
»Wir sind alle arme Babys«, sagte er.
Er machte sich eine Zigarette an.
»Du hättest nicht gedacht, daß ich ein Mörder bin, nicht wahr?«
»Ich würde Abtreibung nicht Mord nennen«, sagte ich ahnungslos.
»Ich meine nicht die Abtreibung«, sagte er. »Ich hab nicht nur mein Kind auf dem Gewissen.«
Er zog an seiner Zigarette.
»Als ich abgehauen bin, sind Leute wegen mir verhaftet worden. Einer von ihnen, mein bester Freund, wurde gefoltert, aber er hat nichts gesagt, er ist an den Folgen gestorben.«
Er stand auf und ging zum Fenster.
»Es kam kein großer Arm aus dem Himmel, um ihm zu helfen. Vielleicht hat mein Freund mich zuletzt verflucht, und deshalb läuft jetzt alles schief für mich. Wer könnte es ihm verübeln! Wie konnte Gott solchen Idioten wie den Menschen nur eine solche Macht überlassen! Über Leben und Tod zu entscheiden, obwohl sie nichts davon verstehen. Es dürfte niemals sein, daß man alles schuld ist, was man tut. Nicht in dem erschreckenden und übertriebenem Maße, in dem es sich auswirken kann. Man kann doch nichts dafür, daß man so

blind und dumm ist. Ich wünsche mir so sehr, ich könnte die Zeit zurückdrehn und meinen Freund wieder lebendig machen! Ich will nicht schuld sein, was ich schuld bin.«
»Aber du kannst doch nichts dafür. Du bist nicht schuld, daß dich andere in diese Situation gezwungen haben«, sagte ich.
Aber mir hätte dieser Gedanke auch nicht geholfen.
Es ist sehr gut, daß niemand zuhört, wenn sich zwei so unterhalten, es ist so naiv. Gut und Böse, sie wissen wirklich nicht Bescheid. Man nimmt sich unheimlich was raus, wenn man so redet, wenn man lebt. Es ist wie Laufen in der Luft.

In dieser Nacht bei ihm träumte ich, daß ein Mann mit einem Rad auf dem obersten Draht einer Hochspannungsleitung fuhr. Das Rad schwankte, er stürzte ab. Er überlebte und lief weg. Leute verfolgten ihn. Sie suchten ihn mit Gewehren und Schlagstöcken. ›Wo ist er?‹ riefen sie. Er hatte sich in einem Gebüsch versteckt. Ich fühlte seine Angst, so nackt und nah, wie die eines Hasen vor den Treibjägern.
Der hohe Po des Hasen, die großen, runden Augen, die spitzen, langen Ohren, die angespannte Haltung: Mustafa. Für einen kurzen Moment hatte ich das Gefühl, alles, was lebte, war nur ein Symbol, nein, nicht Symbol, ich meine fleischgewordenes Gefühl und Angst.

Noch sind die friedlichen Geräusche da, die Leute auf der Straße, es ist nicht Krieg hier, nur woanders.
Er lebt noch. Noch leb ich. Ich will das würdigen,

wie ich nur kann. Er ist meine Kultfigur, die heiligen, wundersamen Knochen, die ich wasche und salbe, die Lampe, die ich reibe.

Ich freue mich so, daß er noch lebt.

Ich rieche furchtbar gerne seine Sachen, den Schweiß unter seinen Armen und zwischen seinen Beinen, ich sehe gern die vielen Haare.

Ich will ihn liebhaben und streicheln. Er ist sehr wertvoll, so viel weiß ich.

Schwer zu sagen, was er selbst schuld ist an den unheilvollen Verwicklungen, in denen er zu stecken scheint. Man gerät manchmal so unvorbereitet in was rein. Es ist nicht immer Schuld, wenn man versagt.

Religionen haben Wörter, »Schuld« und »Sünde«, aber keine Erklärung.

Man hört oft, es sei schön und gut, das Leben leicht zu nehmen. Aber wenn man das Schlimmste nicht rückgängig machen kann: Heißt das nicht, das Leben ist gar nicht so leicht gemeint?

Zum Glück gibt es die Zeit. Sie trägt einen weg von dem Geschehenen. Die gute, alte Zeit.

»Jetzt hab ich dir die Freude über unser Wiedersehn verdorben«, sagte Mustafa traurig. »Laß uns aufhörn mit dem Nachdenken. Mein Freund und unsre Väter sind tot, wir leben – beides ist doch nichts Besonders. Alle leben, alle sterben. Kein Grund für große Emotionen.«

Ich sah ihn schief an. Aber vielleicht kann es wohltun, es auch mal so zu sehen.

✗

Ich will nicht raus aus seiner Wohnung. Alles, was ich draußen erleben kann, hat weniger mit mir zu tun als das in seinem Zimmer; es bringt mich weg von dem, was mir am wichtigsten ist. Ich möchte mich mit ihm verpuppen.
Ein kopfloses Ding in mir schreit vor Unlust, wenn ich von ihm fortgehn und die Babys sitten muß.
Ich lenk es ab, aber das ist, als ließe man sein brüllendes Kind allein. Man darf das tun, vielleicht, weil man sonst durchdreht, aber man muß zurück.
Ich möchte bei ihm drin sein in der kostbaren, eingesperrten Zeit.
Ich könnte Papas Erbe verhökern, wir würden alles mit dem Taxi kommen lassen. Da ist ein Radio, ein Fernsehn und ein Fenster. Aus dem Kran kommt fließend Wasser, wenn man will, und die Herdplatte wird heiß, wenn man am Schalter dreht, und wieder kalt, wenn man sie ausmacht, und ich achte sehr darauf, daß man sie ausmacht! Ich möchte ihn so sehr beschützen.

Denn Mustafa schwebt in Gefahr. Als wäre er zu leicht. Er hängt in der Luft in einem Netz, und ein Faden dreht ihn immer schneller. Er kann nicht wegfliegen.
Ich suchte Mustafa in einer fremden Stadt, er war umgezogen in dem Traum. Ich fand ihn nicht mehr. Er war nicht mehr da.

✗

Ich wählte seine Nummer, und niemand hob den Hörer ab. Auch nicht am Mittag, Abend, nächsten Tag.

Am Abend fuhr ich zu einem kleinen Mädchen, das ich betreuen sollte. Es schien ein leichter Job zu werden. Sie schlief gleich ein, und ich sah fern und schlief dann selbst ein wenig.

In der Nacht sprang das Babyphone knisternd an, das kleine Mädchen weinte. Ich ging rauf. Sie war schon aufgestanden und stand weinend in der Tür.

»Ich will, daß meine Mama zurückkommt!« sagte sie anklagend.

»Aber das geht noch nicht, Rabea!« sagte ich. »Du mußt noch ein bißchen warten.«

»Aber ich will!« Rabea zitterte vor Leidenschaft. »Ich will, daß meine Mama zurückkommt!« Sie wiederholte das viele Male exzessiv, als schiene sie zu glauben, daß sie mit ihrem Willen das Schicksal zwingen könne.

»Was soll ich tun, Rabea?« sagte ich. »Ich kann sie dir nicht holen. Willst du denn mit mir fernsehgucken, bis sie kommt?«

Sofort hörte das Weinen auf.

Man mag darüber lachen und darin den Beweis sehen, daß die Gefühle eines Kindes oberflächlich, untreu, opportunistisch sind.

Aber sie lechzte nach Trost. Sie war für Ablenkung dankbar, weil ihr Schmerz so intensiv war.

Mitten in der Nacht war keine Kindersendung im Programm zu finden. Wir guckten etwas über Indien, einen Film voll kranker, armer Menschen.

Rabea sah das interessiert und kritisch.

»Man soll nicht mit den Fingern essen!« ermahnte sie die Leute.

Ein Ambulanzwagen raste durch die Stadt.

»Man darf nicht so schnell fahren!« sagte Rabea ungnädig. »Das Auto geht davon kaputt.«

Ich war begierig, meinen Anrufbeantworter abzuhören, als ich wieder in meiner Wohnung war. Aber seine Stimme war nicht unter den Aufnahmen.
Frau Malangrés zuckersüße Kommandostimme schubste mich in neue Jobs, und ich notierte mir die Nummern.
Ich tippte noch mal seine magische Zahlenkombination in den Apparat: Nichts.

Was war das wieder? Was war mit ihm, warum war er nicht da?
Was sollte ich denken? Wie soll man wissen, was man denken soll? Ab wann man panisch und hysterisch ist? Viele sind zu spät in Panik ausgebrochen, als man sie ermorden wollte. Obwohl, sie konnten oft noch nicht mal weg, die andern Länder schickten sie zurück.
Ich wünschte, ich wär nicht geboren worden. Ich sage das nicht nur dahin.

✗

Ich machte mich an meine neuen Jobs.
Einer der alten Bunker in der Stadt ist zu einem futuristischen Appartementhaus für Studenten umgebaut worden. Hier scheppern den ganzen Tag afrikanische Kinder fröhlich Bleche durch die Flure. Gegen Abend fangen die Männer im Knast nebenan mit ihrem anderen Lärm an. Sie brüllen sich was von Fenster zu Fenster zu, und manchmal stehen Freunde draußen vor der Mauer und drehen Kofferradios laut, damit ihre Kum-

pels die Musik hören können. Es ist ein irrer Lärm, manchmal heulen sie hysterisch auf, als würden sie im Alptraum schreien, es mag quatschmäßig gemeint sein, klingt aber gespenstisch, denn die Leute haben keinen richtigen Grund, Spaß zu machen, Spaß zu haben.
Im Hof singt eine türkische Frau im Radio für ihre heimwehkranken Landsleute, ich habe Sehnsucht, weg zu sein, ich habe Sehnsucht, hier zu sein.
Ich hab hier früher mal für einen Maler Modell gestanden.
Das waren ruhige Stunden. Ich war nackt und unschuldig, und wir erzählten uns aus unseren Leben. Ein Schutz war um diese Wohnung.
In einem anderen dieser Bunker-Appartements landeten in einer Nacht vor 19 Monaten zwei Außerirdische in einer Frau, und sie wuchsen, und dann kamen sie aus ihr heraus, und es war Glück oder Berechnung, daß es auf der Erde Tradition ist, sich der Wesen, die aus einem herauskommen, anzunehmen. Keineswegs ist das mit anderem so, das nur wenig weiter hinten raus aus einem kommt, es sei denn, man ist Säugling, Greis oder Verrückter. Ich sollte mich um diese fremden Babys kümmern.
Es gab etwas Besseres, aber das war im Moment nicht da; die Zeit war nicht mehr unser Raum, sondern etwas, das man überbrücken mußte.
Ich drängte meinen Widerwillen in die Ecke und hielt ihm das Messer meines Geldmangels an die Kehle. »Gefällt dir das? Willst du das spüren, Widerwilli?« Er schüttelte eingeschüchtert den Kopf, rieb sich seinen Hals und schwieg.

Die außerirdischen Zwillinge waren drall und kräftig wie Krabben oder Schildkröten. Sie waren erst ein knappes Jahr hier auf der Erde und hatten sich noch nicht als Menschen entpuppt. Sie hatten noch ihre großen, runden Mondgesichter von anderswo, mit weit auseinanderstehenden Augen, und diese alienhafte, seelenlose Ausstrahlung, die mir nicht geheuer war.
Manchmal wird mir ein bißchen schlecht von diesen hilflosen, anspruchsvollen Baby-Egoisten, die sich nicht um mich scheren und vor denen ich immer die Große sein muß.

»Wieso sagst du denn, daß du immer die Große sein mußt?« fragte mich Mia einmal, als ich mich beschwerte. »Ich bin doch größer als du!« behauptete sie auftrumpfend. »Ich bin größer als alle! Ich bin so groß wie die Zimmerdecke!«
»Ein riesengroßes Arschloch!« kommentierte Jürgen trocken, doch Mia prahlte unverdrossen weiter.
»Ich bin auch stärker als mein Papa! Ich gewinne nämlich immer beim Armdrücken gegen ihn!«
»Er strengt sich nur nicht richtig an«, mußte ich sie enttäuschen. »Er spielt nur, daß er schwach wär. In Wirklichkeit ist er natürlich stärker als du. Und das ist auch gut so!« sagte ich listig. »Sonst könnte er dich ja nicht beschützen.«
Mia schwieg vergrätzt. Was ich gesagt hatte, gefiel ihr nicht. Sie war Pippi Langstrumpf und konnte Pferde stemmen.

Die Zwillinge konnten noch nicht laufen und nicht sprechen, aber das verdroß sie nicht. Sie titschten auf ihren Knien gutgelaunt und wohlgenährt wie quiekende Bälle durch die Wohnung, in der ihre alleinerziehende, alleingelassene junge Mutter lag, die vor Überforderung aus ihren Krankheiten nicht rauskam.

Sie wurde immer nur halb gesund, dann warf das anstrengende Leben sie zurück aufs Bett, raus aus dem Spiel, wie eine Zentrifuge, zu deren Mittelpunkt sie nicht gelangte.

Die Babys lachten. Es war, als hätten sie sie in aller Unschuld ausgesoffen. Fehlte, daß sie anfingen, Karten um ihren Rest zu spielen.

Als sie mich mit den Flaschen kommen sahen, bogen sie, eingespielt wie Profis, ihre Köpfe in den Nacken, damit ich sie ihnen besser in die Münder stecken konnte. Sie tranken wie Kälbchen aus dem All.

Mir war nicht wohl dabei, sie so zu füttern. Sie würden immer weiter anwachsen und etwas werden, das niemand absehn konnte. Aber man setzte, wie bei allen Babys, mal voraus, daß sie liebenswerte Menschen würden. Warum auch nicht. Die Welt ist voll von netten Menschen.

Sie lehnten sich zufrieden in ihre Kinderwagenpolster und lächelten mich süffisant an.

Ich ächzte unter ihrer unerwarteten Kompaktheit und Schwere, als ich sie nach unten schaffte zum Spazierenfahren, damit ihre Mutter schlafen konnte. Irgendwo hatte ich etwas gelesen von einem maßlos schweren Kind, das jemand schleppen mußte, in einem Märchen. Das Jesuskindlein auf Christophorus? Wie war das ausgegangen? War er dran gestorben? Hatte man ihn gut bezahlt? Oder nur nach seinem Tod heiliggesprochen? Ich erinnerte mich nicht mehr.

Die Kinder grüßten und flirteten aus ihrem Gefährt heraus, und manchmal richteten sie sich auf wie kleine Päpste im Pappamobil, kippten fast über die Reling und beömmelten sich.

Wohlwollende Blicke streiften uns. Besonders die alten Frauen hatten Gefallen an dem Bild der vermeintlichen Mutter eines Zwillingspärchens.

»Sind das Ihre?« fragte eine.

»Nein, ich bin nur die Kinderfrau.«

»Da sind Sie aber bestimmt eine stolze Mutter!«

Ihre Vorstellung gefiel ihr einfach besser als die Wahrheit.

Wir gingen auf einen Spielplatz in der Stadt. Der ungesund warme Wintertag föhnte die Leute. Kinder hockten vor Hundehaufen und staunten über die Vielfalt der Farben.

»Wieso ist diese Kaka denn so weiß?« fragte mich ein kleiner Junge.

»Das kommt vom Knochenessen«, behauptete ich. Der Junge blickte erschrocken.

Ich setzte die Babys an den Sandkasten. Sie freuten sich, wie ihre Füße verschwanden, als ich die kleinen Kristalle über sie rieseln ließ. Was Außerirdische entzückt.

Jedem Baby hing sein eigner Schnuller um den Hals, doch jedes grapschte nach dem des andern. Man sieht nicht, was man selber hat, nur was die andern haben. Und entwickelt eine völlig unnötige Gier danach.

Dann kämpften sie um Sand und schlugen einander mit ihren Schaufeln.

Ein Mann steuerte unentschlossen, in einem Bogen, auf uns zu; man sah, daß er beim Gehen mit sich rang.
Ich verstand ihn zuerst nicht, weil er über die Worte, die er sagte, hinweghuschte, als wären sie alle falsch. Sie waren aber alle richtig.
»Wissen Sie, wo die Deutschkurse für ausländische Studenten sind?« fragte er.
»Tut mir leid«, sagte ich. »Aber fragen Sie doch mal die Leute in dem Asta-Büro da hinten.«
Er sah dorthin und blieb doch stehen.
»Ich habe Prüfung am 26.«, versuchte er es anders. »Ich muß viel üben. Haben Sie nicht Zeit, sich mit mir zu unterhalten, damit ich Deutsch üben kann? Irgendwo in einem Café?«
Die kosmischen Zwillinge spielten lächelnd mit dem Sand wie mit Sternstaub.
»Ich kann Ihnen nicht helfen«, sagte ich. »Ich habe keine Zeit.«
»Ich habe keine Zeit« klang fremd, bös und leer. Die deutsche Sprache ist eklig fähig zu so was.
Er wußte nicht mehr weiter. Er stand noch ein paar Sekunden da, unschlüssig, mit über der Verlegenheit verschlossenem Gesicht. Dann ging er.

Eine Minute lang war ich zufrieden, ihn weggeschickt zu haben. Solche Bettler tun oft nur bedürftig, doch um die Ecke steht dann ihr Mercedes voller Frauen.
Aber mein Lebensgefühl wich erschrocken von mir und

wurde ganz klein, als ich so dachte, und dann tat der Mann mir leid.
Es war nicht richtig, wie ich mich verhalten hatte.
Ich hätte, weiß nicht, nett sein sollen, nicht so geizig.
Vielleicht ihn sogar küssen, weil ich doch ruhig was Jeckes machen kann in meinem eignen Leben.
Aber er hätte dann sogleich auf mehr gehofft, und dann hätt ich ihn doch enttäuschen müssen.
Aus dieser Befürchtung heraus habe ich schon viel weniger Männer geküßt, als ich wollte, und es werden immer noch mehr beziehungsweise weniger.

Ich hatte keine Lust mehr auf das Sitten. Das harmlose Zusammensein mit den Kindern konnte mich nicht befriedigen. Es stillte das Bedürfnis nach Leben nicht.
Ich würde lieber Männer sitten als Babys, dachte ich. Ich würde in ihre Münder, ihre Arme gehn. Ich wär mit ihnen nackt in ihren Wohnungen, und draußen säh mich keiner. Mich gäbe es nicht offiziell. Ich würde im geheimen Sexualität üben und vergessen, wie ich heiße, ich würde einen andren Namen annehmen, Vanessa, Bijou ... Es gab sicher auch dafür Agenturen in der Stadt, oder vielleicht hätte auch Frau Malangré Lust, sich zu verbessern. Oder Mustafa. Wo immer er war.

✗

Nur Frau Malangrés Stimme war auf dem Anrufbeantworter, als ich heimkam.
Ich fühlte mich krank.
Meine Glieder taten weh, und mein Blut war heiß.

Hieß das, ich war mit Mustafa verbunden, und es ging ihm schlecht? Wie wenn die Perlen einer Märchenkette sich nicht drehen lassen?
Ich streichelte mein Gesicht.
»Ich liebe dich«, sagte ich.
Ich hatte Sehnsucht, mich ganz abzuschalten.
Ich wachte traurig auf.
Ich wählte, doch ich kriegte keinen Anschluß.

✗

Mein Vater war so auf meine Mutter fixiert gewesen, daß er in Panik geriet, wenn sie nicht da war.
»Kann ich sie anrufen?« sagte er in heller Aufregung und Empörung. Für ihn ging es um Leben und Tod, und keiner wollte das begreifen, glaubte er. »Hast du ihre Nummer, Agnes?«
Ich konnte ihm nichts geben, Mama war unterwegs, beim Einkaufen.
Er tippte wahllos Zahlen. Die meisten funktionierten nicht, doch manchmal sagte eine Stimme: »Kein Anschluß unter dieser Nummer.«
»Wieso bekomme ich denn keinen Anschluß?« schimpfte mein Vater mit der Stimme, die nicht auf ihn einging.
Manchmal hob auch jemand ab. Dann war mein Vater sehr erleichtert.
»Ist meine Frau bei Ihnen?« fragte er die fremden Leute voller Zorn, voll Hoffnung und Verlangen.
Er telefonierte so lange wild herum, bis meine Mutter wiederkam.

Seine Seele war wie eine Motte. Sie begriff nicht, daß sie sich nur weh tat und zerstörte, wenn sie blindlings in die Flamme fliegen wollte.

✗

Am nächsten Tag sah ich den Mann vom Vortag wieder. Ich ging mit Mia und Jürgen in die Bücherei, er kam gerade raus. Ich grüßte ihn nicht. Ich wollte ihm keine Hoffnungen machen, ich war schon wieder auf der Schiene. Dann drehte ich mich um und war doch froh, ihm wenigstens im Weggehn zuzulächeln, als er sich umdrehte; die Welt ist schlimm genug.

»Ich geh mal zu den Romanen für Erwachsene!« sagte ich zu Mia und Jürgen, ich wollte die beiden in der Kinderecke der Bücherei sitzenlassen und allein sein. Aber das konnte Mia natürlich nicht auf sich sitzenlassen, Bücher »nur für Erwachsene«, sie fühlte sich schon alt genug für alles. Sie folgte mir anhänglich, aber skeptisch durch die langen Reihen bilderloser Bände.
»Sind das langweilige Bücher?« fragte sie mich, erwartend, daß die Erwachsenen ihren eigenen Geschmack vor einem Kind verständnisvoll heruntermachten.
»Finde ich nicht«, sagte ich aber widerspenstig. »Viele sind sehr interessant!«
»Mir wird aber schlecht, wenn ich diese Bücher sehe, Frau Sobierajski«, klagte Mia. »Ich krieg davon ein ganz, ganz komisches Gefühl im Bauch.«
Dann geh doch zu deinen Glücksbärchi-Comics, Kleinkind!

Agnes Sobierajski, sei nicht so böse zu den Kindern, die erzählen das ihren Eltern!
»Geh schon mal zu den Kinderbüchern«, sagte ich. »Ich komm gleich nach.«
Ich war froh, daß sie mich allein ließ. Bald hatte ich mich so weit berappelt, daß ich es sein ließ, eine Lösung ausgerechnet in meinem Leben heut zu suchen.
Ich konnte doch nichts tun.
Ich setzte mich zu den beiden an die Kindertische und sah meinen Korb mit Büchern noch mal durch.
»Ich hab mir wieder viel zu viele ausgesucht«, sagte ich. »Das und das trag ich zurück.«
»Ja«, bekräftigte Mia. »Trag die Bücher schnell zurück, die sind ja ekelhaft. Richtige Kaka-Bücher sind das.«
Sie lachte. Sie hatte sich Bücher über animierte Hampelmänner und Kinder im Straßenverkehr ausgesucht. Über sprechende Teddys und eigenwillige Häschenkinder, die weglaufen, von ihrer Familie verzweifelt gesucht und überglücklich wiedergefunden werden.
»Du, das finde ich ganz, ganz spannend, was in diesen Büchern erzählt wird«, sagte Mia.
An solchen Sätzen ist ein schrecklicher pädagogischer Sprachtrend unter Kindergärtnerinnen schuld, aber natürlich auch Mia, die auf so was abfährt.
»Dieses Bilderbuch hier finde ich tatsächlich nicht schlecht«, sagte ich und zeigte Mia eins, das sehr sorgfältig gezeichnet und nicht so kitschig überdreht war.
Sie guckte es kritisch durch.
»Wieso lacht das Kind da nie?« fragte sie und blätterte weiter. »Nie! Sie lacht ja nie! Wieso gefällt dir das?«

»Weil ich eine Träne bin wahrscheinlich«, sagte ich.
»Mir gefällt das nicht«, sagte Mia entschieden. »Ich bin wahrscheinlich keine Träne.«

✗

Keine Verbindung. Ich versuchte, mir hellseherisch vorzustellen, was mit Mustafa war, warum er mich nicht anrief von da, wo er grade war, doch ich war nicht talentiert, ich sah nur Dunkelheit.
Beide Söhne Omas hatten in den Krieg gemußt. Sie mußte lange bangen und nach ihnen rufen.
Dann kamen sie zurück. Mein Vater, der die schreckliche Seite der Welt gesehen hatte, setzte mich trotzdem in sie hinein.
Er hat mir etwas über sie erzählt, aber nicht alles, obwohl ich alles hätte wissen müssen. Mustafa erzählte mir auch nicht alles, was ich wissen müßte.
Papa wollte durch die Gründung einer Familie nach dem Krieg den Anfang für was Neues, Besseres machen. Mustafa wollte, daß ich ihn seine Sorgen vergessen ließ. Ich dagegen will …

Im Fernsehn hatten sie einem kleinen Affen eine künstliche Mutter in den Käfig gesetzt, die mit Nägeln präpariert war. Jedesmal, wenn der Kleine sie umarmen wollte, tat er sich an ihr weh. Bald saß er nur noch zitternd in der Ecke. Die Wissenschaftler hatten gezeigt, wie eine Psychose entstehen kann.

Er kommt bald wieder.
Ich glaub nicht, daß er tot ist. So was überhaupt zu denken, peinlich. Tot ist melodramatisch. Das gibt es praktisch gar nicht, tot. Das gibt es nur im Fernsehn.

✗

Paar Tage später trollte ich durch die Stadt, unterwegs zu einem andren Baby-Job ...
»Warte! Warte. Ich will mit dir reden«, rief mir jemand auf der Straße nach. Schon wieder mein Student. Das war kein Zufall, sollte aber wohl auf mich so wirken wie mein Schicksal.
»Hast du heut ein bißchen Zeit?« fragte er hoffnungsvoll. »Ich heiße Ali. Ich finde dich sehr nett. Ich möchte, daß wir den Abend zusammen verbringen, ja? Ich möchte irgend etwas wirklich Schönes mit dir machen. Essen, ins Kino, was du willst. Bitte sag ja.«
Er war so eifrig und lustig. Klein und strahlend. Ich mußte ihn anlächeln.
»Nein«, sagte ich trotzdem.
»Warum willst du nicht? Ich hab doch ›bitte!‹ gesagt!« sagte er und lachte über sich.
»Aber ich hab ›Nein!‹ gesagt!«
»Ja, ich weiß«, lenkte er ein. »Aber dein Nein kommt irgendwie nicht überzeugend. Es klingt, als wäre Hoffnung für mich drin.«
»Klingt das so?« fragte ich naiv und verblüfft. Dabei hatte er wahrscheinlich nur geblufft, er konnte gar nicht in mein Herz sehen. Aber Herz ist nicht das Wort dafür.

»Ich hab einen Freund«, sagte ich und wurde innerlich weich und fiel auf die Knie und betete um Mustafa.
»Ich habe nicht gefragt, ob du einen Freund hast«, sagte Ali. »Ich hab auch nichts gehört. Ich hab eine Idee. Wenn du wirklich jetzt keine Zeit hast, können wir doch Folgendes machen: Ich geb dir meine Telefonnummer, und du rufst mich an, wenn du Zeit hast. Ja? Nein?«
Er sah sehr traurig und enttäuscht und einsam aus, nicht wie ein Mann, der unbedingt Sex wollte, sondern wie jemand, der Sympathie und Wärme suchte.
»Dann küß mich bitte wenigstens, zum Abschied«, sagte er.
Ich sah mich rasch um und küßte ihn. Sein Mund war weich und sehr, sehr zärtlich.
Dann ging ich weg.

✗

Es schneit in meinen Knochen, naßkalt, eisig.
Aus der Natur kommen Gespenster und legen Schatten und machen Abgründe auf. Die Leute setzen sich in die Autos und schalten das Radio ein. Sie programmieren ihren Kopf hin auf ein Ziel und fahren los, vorbei an den Gespenstern, über Abgründe, als gäbe es sie nicht. Als bewegten sie sich durch einen selbsterschaffenen, künstlichen Raum.
Aber Natur und Gespenster kommen auch in diesen Raum rein. Und dann so überraschend, daß die Leute vor Schreck verrückt werden.
Bei Mustafa, da ist das Unheimliche und Schlimme, das

die Welt auch ist, in einen Mann gezwungen und gepreßt, der daran schwer zu tragen, hart zu knabbern hat. Er ist kein Held. Er könnte ich sein.
Es ist vollkommen falsch, von ihm getrennt zu sein.

✗

Es war nicht ganz eine Woche vergangen, da traf ich meinen Verehrer schon wieder »zufällig«. Dieser Mann patrouillierte wohl den ganzen Tag lang durch die Innenstadt. Er strahlte, als er mich sah.
»Heute gehst du aber mit mir aus! Heute muß es sein. Es ist genau der richtige Tag!« behauptete er. »Ich bin stark, ich fühle mich fit ...«
»An allen anderen Tagen hängst du nur kränklich in der Gegend rum?« fragte ich.
»Nein«, er lachte. »Aber heute bin ich zu stark, um ein Nein hinzunehmen. Heute hast du keine Chance! Ich lad dich ein. Ich kenne ein Restaurant. Da war ich letzte Woche schon einmal – allein! Ist das nicht traurig? Willst du mir diesmal nicht Gesellschaft leisten?«
Ich schwieg.
»Ich will nichts weiter von dir als deine Gesellschaft für ein paar Stunden«, setzte er nach.
»Aber dabei wird es doch nicht bleiben«, sprach ich weise. »Kennst du nicht den Spruch: Man gibt ihm den kleinen Finger, und er nimmt die ganze Hand? Ja, und das will ich nicht. Ich hab dir schon gesagt, daß ich einen Freund hab.«
»Ich hab es nicht gehört.«
Ich sah ihn sauer an.

»Nein, ich verstehe dich«, sagte er schnell. »Wir gehen einfach nur zusammen essen, ja? Da ist doch nichts dabei. Du mußt es deinem Freund nicht sagen. Du würdest mir eine Freude machen. Und wenn du gehen willst, dann kannst du gehen.«
Ich schwieg.
»Sag doch nicht immer nein. Nein ist so ein häßliches Wort. Kannst du keine andren Wörter? Ich wünschte, es gäbe Nein nicht in der deutschen Sprache.«
»Weil du dann alles machen könntest, was du willst!«
»Ja! Das wär doch schön.«
»Für dich!«
»Für dich auch«, flüsterte er. »Glaub mir. Bitte! Bitte bitte bitte bitte. Wie lange soll ich das noch sagen. Kannst du mir noch immer widerstehen? Nein! Jetzt darfst du ›Nein!‹ sagen.«
Ich lächelte. Ich konnte mir jetzt vorstellen, wie es auf dem Markt in Tanger zugehn mochte, den man nicht ohne hundert Sachen verlassen konnte, die man nicht gewollt hatte.
Ich war mir sicher, daß ich nicht mit ihm weggehen würde, aber ich fand ihn lustig mit seiner hartnäckigen Art.
»Der männliche Wille ist ein Phänomen«, sagte ich. »Ich bin ganz anders. Wenn ich was will, dann denke ich zugleich: Mal langsam. Vielleicht gefällt es mir ja gar nicht mehr so sehr, wenn ich es hab. Oder: Moment, ich will zwar was von dem, aber er will es vielleicht nicht wie ich. Ich muß ihm doch auch seinen Willen lassen. Ich darf ihn nicht so überrumpeln!« Ich lachte. »Dieses Denken scheint dir völlig fremd zu sein!«
Ali nickte stolz.

»In deiner Lage würde ich genauso denken«, räumte er ein. »Aber in meiner Lage muß ich es versuchen!«
Ich lachte schon wieder. Ich kämpfte. Ich sehnte mich nach Sex und Zärtlichkeit und Ablenkung. Und hier kam jemand, der mich unterhalten, vielleicht trösten wollte, und ich schickte ihn weg?
»Na gut«, sagte ich zu meinem Entsetzen, »ich komme mit. Aber um zehn Uhr geh ich.«

✗

»Warum denn schon um zehn?« fragte er mich auf der Straße, unterwegs zum Restaurant. »Nein, nein, ist gut, sei mir nicht böse. Wenn du willst, dann geh um zehn. Ich werde froh sein, deine Gegenwart bis dahin genossen zu haben.«
Das Restaurant war ziemlich leer. Vereinzelt saßen einsame Vertreter, schwer mit dem Vertilgen großer Fleischstücke beschäftigt. Ali bestellte Muscheln, obwohl ich ihm gesagt hatte, daß ich keinen Hunger hatte.
»Iß!« sagte mein Gönner zu mir. »Wenn du Appetit hast, weiß ich, daß du dich wohl fühlst. Sonst denke ich, es stimmt etwas nicht.«
»Aber es stimmt wirklich etwas nicht. Ich kann nichts essen. Ich bin zu nervös.«
»Wieso nervös? Das brauchst du nicht zu sein. Wo ist denn hier Gefahr? Wir sind zwei Menschen, wir essen und reden was zusammen, was macht dich denn nervös? – Komm, laß dich ablenken. Guck mal, manche Muscheln sind ganz blaß, andre fast orange. Vielleicht sind die einen weiblich, die andren männlich?«

»Ich weiß nicht«, sagte ich. »Die sehen irgendwie alle weiblich aus.«
Ali lachte laut und hielt sich die Hand vor den Mund. Er sah mich dankbar und begehrlich an, als hätte ich etwas sehr Herausforderndes gesagt, das tief blicken ließ und viel versprach.
»Ich fühle mich sehr wohl mit dir«, sagte er impulsiv und streckte seine Hand nach meiner aus. »Das Leben ist schön!«
»›Das Leben ist schön‹«, ich zog meine Hand zurück, »hast du den Film gesehen? Der war gut.«
»Nein. Ich meine das Leben«, sagte er.
»Das Leben?« sagte ich. »Es geht so.«
»Das klingt ja nicht begeistert«, sagte er tadelnd. »Magst du das Leben nicht? Verstehst du es nicht, den Tag zu genießen?«
»Ich hab schon mal davon gehört«, räumte ich ein. »Was machen denn die Leute, die ›den Tag genießen‹?«
»Hm ... man kommt von der Arbeit nach Hause, und es kann sein, auf einmal sind da zehn, zwölf Freunde, und man erzählt sich lustige Geschichten und lacht bis zum Tod. All meine Freunde haben große Probleme. Aber sie hängen sie an den Haken. Wenn sie nach Hause gehen, nehmen sie sie wieder mit, sie haben sie nicht gelöst, aber sie haben ein paar Stunden trotzdem gelebt.«
»Na gut, das klingt nicht völlig oberflächlich«, sagte ich. »Manchmal mache ich das auch. Aber dann überlege ich bald, was waren das noch mal für Probleme, die ich grade hatte? Und ich habe keine Ruhe, bis sie mir wieder einfallen und ich mich weiterquälen kann.«
»Vielleicht magst du ja deine Probleme«, sagte er.

»Ja. Ich nehme an, sie sollen mir ein Gefühl von Kontinuität und Tiefe geben. Spaß ist mir wohl zu oberflächlich.«

»Wenn du so viele Probleme hast, kommt es auf eins mehr ja nicht mehr an«, freute sich der Mann.

»Es gibt ja zwei Arten Spaß«, erklärte er. »Spaß-Spaß und ernsten Spaß. Zwischen Mann und Frau zum Beispiel, das ist ernster Spaß.«

Er beugte sich über den Tisch und verlangte einen langen Kuß.

Es war ein chaotischer Kuß und definitiv zu sexuell für dieses Restaurant, in dem es nicht gerade schummrig war.

Ich schielte zu den anderen Tischen hin, um mich zu versichern, daß kein Bekannter von mir uns sah. Aber niemand sah uns zu.

»Das gibt es doch gar nicht!« tat ich beleidigt. »Die Leute hier, die sind total stumpfsinnig! Wenn ich so eine Szene sähe, ich würde nur noch dahin schauen!«

Ali lachte und streichelte meine Hand.

»Ja, du bist neugierig«, sagte er. »Das ist sehr gut! Wer wissen will, wird schlau. Und du willst es wissen. Du willst wissen, was hinter den Fassaden steckt«, sagte Ali. »Ich finde das schön, daß du das willst.«

Er drückte meine Hand, drehte sie um und tat, als könne er aus ihr lesen. »Du brauchst viel Zärtlichkeit, nicht wahr? Du hast ein großes Herz. Du sagst, du hättest einen Freund. Aber du kriegst nicht genügend Sicherheit und Liebe von ihm. Das ist schade, denn du kannst so sehr genießen!«

Er sah mir in die Augen.

»Frauen sind das Allerschönste auf der Welt. Ich fühle mich so wohl mit einer Frau. Ich fühle mich so wohl mit dir. Kann sein, ich sage das noch oft heut abend, aber das ist mir egal. Eine Frau ist so ein wunderbares Wesen. Sie ist wie eine Rose. Man darf sie nie vergessen. Man muß sie jeden Tag pflegen.«
»Sonst vertrocknet sie oder bekommt Läuse«, sagte ich.
Er lachte.
»Aber im Ernst: Man muß ihr immer Aufmerksamkeit schenken.«
»Und ein Mann?« fragte ich. »Ist er auch wie eine Rose?«
Er überlegte. »Ich glaube nicht. Ein Mann braucht es, die Initiative zu ergreifen. Und eine Frau braucht, daß er sie ergreift.«
Ali drückte meine Hand sehr fest. Dann bog er leicht den Kopf zurück und schloß seine Augen halb, als wollte er gleich anfangen zu singen, und die Art, wie er redete, war, wie man aus dem Stegreif dichtet. Er begann, genüßlich zu sagen, was er mit mir tun wollte. Sein Mund zuckte vor schwärmerischem Gefühl und vor Verlangen.
»Und weißt du, was ich am liebsten küsse?« fragte er.
Er beugte sich über den Tisch zu meinem Ohr und sagte es mir.
Er streckte seine Arme über den Tisch nach meinen Brüsten aus, und ich tarnte die Aktion, indem ich sie mit meinen Armen deckte.
»Wie deine Augen glänzen! – Sag mir, was du am liebsten magst. Magst du es von hinten?« sagte er mit gedämpfter Stimme. »Ja? Magst du es, wenn man deine Haare dabei in die Hände nimmt wie Zügel?«

»Du gehst mir zu weit«, sagte ich kopfschüttelnd.
»Ich weiß«, sagte er lieb. »Aber was soll ich machen? Ich muß es versuchen!«

Er war so lustig und nett zu mir. Ich war erregt und neugierig wegen der Situation, sie machte mir Lust, mit ihm zu schlafen, aber ich begehrte ihn kein bißchen außerhalb dieser Szene, als Menschen statt als Komödianten.
Er ging zur Toilette, ich sah aus dem Fenster.
›Eine Frau ist wie eine Rose‹, pah, aber ich war so nervös, ich mußte fast weinen darüber. Ich dachte an Mustafa, der mich auf sich warten ließ, als wär ich ihm egal. Vielleicht war er in Not. Ich machte mir Sorgen, aber vielleicht ging es ihm auch gut. Vielleicht war er auf Partys, schlief mit andren, hatte einfach keine Lust, mich anzurufen.
Ich wäre gerne eine Rose, doch Mustafa hatte diese Rolle schon mit sich besetzt. Man hatte ihn gezüchtet und verwöhnt, als er ein reicher Junge war. Nun war er edel, dornig, egozentrisch ...
Die Freunde raten immer, laß dich nicht benutzen.
Aber Bill Withers in »Use me« und andere Soul-Leute singen voller Hingabe von ihrer Hörigkeit und zählen auf, was er oder sie alles mit ihnen machen darf, was niemand anderes versteht.

Ali kam zurück, ich sah ihn an der Treppe.
Ali. Mustafa. Nie Peter oder Klaus. Ich war mir peinlich und suspekt. Wie Jamie Lee Curtis in »Ein Fisch namens Wanda«, man braucht nur mit Akzent zu mir zu sprechen, und schon ... Wie unsre Mütter in den Fifties, als

die Italiener kamen. Ich bin nicht immer so gewesen. Schuld daran war Mustafa. Er war überhaupt an allem schuld.

»Noch zwei Gläser Wein«, sagte Ali zu dem Kellner.
Er gab zuviel Geld für mich aus. Wie sollte ich aus dieser Situation auf nette Art noch mal herauskommen? Ich konnte nicht mal meinen Wein bezahlen, ich hatte nur noch Geld für meinen Bus. Ich stand in seiner Schuld, wenn er mich auch dazu überredet hatte. Dabei wußte ich, ich konnte ihm nicht geben, was er da bezahlte. Ich hatte es ihm auch schon gesagt, aber er wollte nicht aufgeben. Es machte ja auch mir Spaß mit ihm. Er war schön übertrieben.
»Bitte küß mich wieder«, sagte er und beugte sich über den Tisch zu mir. Doch, das wollte ich selber gerne mittlerweile. Das konnte ich vertreten.
Ali sah mich verliebt an.
»Sag mir, was für einen Slip du trägst«, flüsterte er mir zu. »Welche Farbe hat er? Schwarz? Schwarz! Gibst du ihn mir?«
Ich machte große Augen.
»Das ist nicht dein Ernst!«
»Doch! Ganz im Ernst! Du würdest mir eine große Freude damit machen. Wenn es dir zu weit geht, mit mir zu schlafen, dann hätte ich wenigstens diese schöne Erinnerung an dich ... Ich bitte dich!«
Der Slip hatte achtzehn Mark gekostet. Der Wein vielleicht schon fünfundzwanzig ... Ich stand in Alis Schuld. Nun, klar, der ideelle Wert ... Ich zögerte.
»Es fällt mir nicht ganz leicht«, sagte ich. »Er ist zwar

nichts Besonderes, aber er steht mir gut und paßt gut zu meinem BH. Ich hänge ziemlich dran ...«

Ich seufzte. Welche Entscheidungen wurden einer beschwipsten, schon ziemlich unzurechnungsfähigen Frau da abverlangt.

»Ich mach es«, hörte ich mich sagen. »Ich kann diesem Wunsch nicht widerstehen.«

Es war so frivol und lustig, wie in einer Operette, nach denen ich als Kind verrückt war, wenn sie im Fernsehn kamen.

»Leider hab ich keinen Rock an«, sagte ich.

»Ja, schade. Aber ist schon gut«, sagte er. »Geh zur Toilette. Es ist die Unterhose, die zählt!«

»Scheiß Marokkaner! Fuck you!« stand auf der Frauentoilette. Nana, so verallgemeinernd würde ich nie schimpfen.

Ich wäre sowieso der Typ Frau, den sie, wenn es die Umstände erlaubten, kahlrasiert und nackt mit einem Schild um den Hals durch die Stadt jagen würden. Es sind meist nicht grade Operetten, die sie da im Leben geben.

Ich bin verrückt, dachte ich, während ich mir meine Hose auszog. Aber sein Übermut mußte belohnt werden. Wie langweilig und trostlos wäre alles, wenn die Leute nicht so übertreiben würden.

Ich gab ihm das Stoffstück unter dem Tisch, als ich wieder auf meinem Platz saß.

»Erzähl es nicht der ganzen Stadt«, bat ich. »Und halte ihn in Ehren.«

»Ich werd mich revanchieren. Ich geb ihn dir später zurück.«

Später ... und früher, vorher? Ich verbot mir, mir vorzustellen, was er mit meinem Slip vorhatte.
»Ja, gib ihn mir später zurück. Wenn wir uns das nächste Mal zufällig auf der Straße treffen! Du schwenkst ihn über deinem Kopf und rufst: Hej, ich hab hier noch was von dir!«
Er verbarg das Stück Wäsche in seiner Hand und rieb seine Nase hinein, während er mich anlachte.
»Riecht nach Lust«, sagte er kühn. »Die Vorstellung, daß du jetzt keine Unterhose mehr anhast, macht mich wahnsinnig!«
»Aber das bist du doch selber schuld!«
Er nahm mein Gesicht in beide Hände und küßte mich tief.
»Bleib heut nacht bei mir. Du wirst es nicht bereuen. Ich bin ein guter Liebhaber, ehrlich. Ich kann dreimal, viermal. Siebenmal, achtmal ...«
»Jetzt übertreibst du!« sagte ich.
»Nein! Es kommt ganz auf die Frau an!«
»Und wenn's nur einmal geht, ist *sie* es schuld?« sagte ich.
Er schüttelte den Kopf und sah mich weiter inniglich an. Gesang klang von der Straße. Es war eine Gruppe von Mongoloiden, die mit ihren Betreuern einen Ausflug machten und an unserem Restaurant vorbeizogen, sie riefen den Text mit fester, grober, überzeugter Stimme, und jeder hatte eine Nikolausmütze auf, das war seit einiger Zeit Mode bei Weihnachtsmarktbesuchern, aber es war doch schon Karneval.
»Es ist für uns eine Zeit angekommen!« brüllte ihr Lied zu uns herauf.

»Noch mal Wein!« sagte Ali zu dem Kellner. Noch mal Wein, und ich sing mit.

✗

»Gehen wir?« fragte Ali.
Wohin? Ich hatte einen Schwips und ließ mich treiben. Die Neins gingen nicht mehr einfach. Es war Ja-Zeit. Erst zu allem nein, dann zu allem ja.
Die dunkle Stadt da draußen, die frische Luft, die spiegelnden, bunten Lichter, man hätte das origineller sagen können, aber ich war zu betrunken. Er rief ein Taxi, es fuhr uns zu ihm nach Hause.

Es war ein Zuhause wie viele. Ein künstlerisch fotografiertes Poster einer hübschen, nackten Frau. Eine kitschige kleine Statue eines traurigen Clowns, war das Ali?
Da waren keine schlauen Bücher heimlich unters Bett gekickt und keine klebrigen, alten Disco-Kassetten, keine erregende Schäbigkeit, kein makabrer Humor, keine gespielte Gleichgültigkeit angesichts einer Katastrophe ...
Ich wollte, daß es mir egal war, daß er nicht Mustafa war. Aber wir küßten uns wieder und wieder, und jeder Kuß bedeutete jetzt weniger als der vorige. Es sagte einfach beinah gar nichts mehr. Vielleicht würde das gleich wiederkommen. Ich hatte viel getrunken, meine Sinne waren grob und stumpf.
»Bitte laß mich deine Brüste sehen!« sagte Ali, und zog mir meinen Pullover aus.
»Was für schöne Brüste!« fand er voller Wärme. »Ich

liebe deine Brüste!«, und er küßte und biß sie, und es sagte und sagte nur nichts, nichts, nichts zu mir. Es lag nicht an ihm. Er war süß und lustig und charmant und feurig, es war schon alles richtig, was er machte. Es war nur frappierend, was es ausmachte, wenn man einen andren liebte. Wenn er Mustafa gewesen wäre, dann hätte alles sich gefreut, jede Zelle meines Körpers mit sämtlichen Gefangenen.

»Ali«, sagte ich. »Ich muß aufhören. Ich kann nicht. Es geht mir zu weit.«

Er versuchte noch etwas weiter, mich mit seinem Körper zu überreden, aber er sah es ein. Ich war ihm dankbar. Ich fühlte mich ihm gegenüber schuldig.

Es tat mir so leid, daß ich ihn nicht liebte. Er mußte geliebt werden, er war doch nett.

»Mein Herz ist nicht frei«, sagte ich.

Ali bestellte mir das Taxi, das mich heimbringen sollte. Da war ein feuchter Fleck auf seinen Jeans, sah ich beim Abschied. Es tat mir wirklich leid. Ich hatte nicht mal seinen Schwanz gesehen. Den hätte ich mir noch angeguckt, aber dann hätte ich wohl wirklich nicht mehr zurückgekonnt.

Da kam das Taxi, und ich fuhr nach Haus.

Ich wählte Mustafas Nummer. Jetzt tat es nicht mal mehr sein Anrufbeantworter. Er war vollgequatscht und hatte sich ausgeschaltet. Sein Telefon läutete in seinem menschenleeren, dunklen Zimmer.

✗

»There is a rose in Spanish Harlem
a red rose up in Spanish Harlem.
It is a special one, it's never seen the sun,
it only comes out when the moon is on the run
and all the stars are beaming.
It's growing in the street, right through the concrete,
soft and sweet.

There is a rose in Spanish Harlem
a red rose up in Spanish Harlem.
with eyes as black as coal he looks down in my soul
and starts a fire there and then I lose control
I have to beg your pardon:
I gonna pick that rose and watch him as he grows in
my garden.«

(von Laura Nyro gesungen)

✗

Die Männer in diesem Café sehen so übertrieben dunkel und glühend aus wie mein Inneres, so gefährdet und gefährlich.
Ich könnte die Schlampe dieses Cafés werden. Die Männer würden ihren Samen auf meinen Körper spritzen, mein Gesicht und meine Lippen und sich in mich wühlen …
Noch kann ich das nicht. Aber wenn Mustafa nicht mehr zurückkommt, werde ich das können. Wie dieser Schauspieler, der gesagt hat: ›Eines Tages werde ich mich mit dem Rest meines Geldes in ein Auto setzen und nur noch fahren. Ich werde jede Nacht in einem an-

deren Motel übernachten und mit der Kellnerin dort schlafen. Nur eine Nacht mit jeder, egal wie gut die Frau im Bett ist.‹ ›Buffalo '66‹ hieß sein Film, der Mann hieß Vincent Gallo.

Ich werde sein wie die Frau, die einen Film davon gemacht hat, wie sie ohne Kondom mit hundert Männern schlief. ›Die Leute stellen solche Schutzlosigkeit als unmoralisch hin‹, sagte sie. ›Ich will dagegen protestieren. Sex ist gut genug, um dran zu sterben.‹

Die Leute haben das nicht ernst genommen. Doch die beiden haben es ernst gemeint. Und ich auch.

X

Ich hatte nicht damit gerechnet, auf seine Nummer hin seine Stimme zu hören. Aber da war sie.

»Mustafa! Da bist du ja wieder! Wieso hast du dich denn nicht gemeldet?«

»Ich bin grade erst wiedergekommen.«

Von wo es keine Apparate gab? Aber ich hatte überhaupt keine Lust, ihm Vorwürfe zu machen.

Mustafa sah erwachsener aus, als ich ihn in Erinnerung hatte. Sein Gesicht wirkte schiefer und nervös lebendig. Er glich einer Katze, die nach einem langen Abenteuer nach Hause kam.

Schon im Flur fingen wir an, miteinander zu schlafen, dann zog er mich auf die Toilette. Er wollte zusehn, wie ich Pipi machte.

Er faßte mich gröber an als sonst, er wollte mir weh tun. Er flüsterte mir zu, wie andre Frauen Sex besser könnten, wie sie besser und jünger aussähen als ich und was für wilde Sachen denen einfielen. Aber er war voller Leidenschaft.

Als ich ihn küßte, tat ihm das weh.

»Dir fehlen Zähne«, sagte ich verwundert.

Er streichelte mit seiner Eichel durch mein nasses Schamhaar.

Er atmete zwischen meinen Beinen. Ganz leicht stieß er mit seiner Zungenspitze gegen mich.

»Trink«, sagte er und steckte mir sein Glied in den Mund. Die Pisse kam. Ich trank. Es war ihm nicht anzumerken, was er davon haben mochte. Er verbarg seine Gefühle wie eine Katze, die etwas Aufregendes tut.

Ich wußte nicht, wie ich mich fühlen sollte.

Ich habe manchmal Angst bei meinen emotionalen Turnübungen. Alles hinnehmen, mitmachen, nichts verurteilen ... Die Seele dehnen und geschmeidig halten, probeweise alles aufgeben. Das ist ein schwerer Akt, wenn man nicht weiß, ob Gott wohl wirklich da ist und ein Netz aufspannt.

Vielleicht ist es richtig, sehr viel Vertrauen zu haben. Sicher ein gutes Training für den Tod.

✗

»Was? Du hast ihn geküßt? Du betrügst mich also?«

Ich dachte, Mustafas Empörung wäre nur gespielt, aber ich irrte mich.

Er drehte sich weg.

»Du kannst gehen«, sagte er. »Es ist Schluß.«

»Mustafa!« sagte ich.

Ich faßte seine Schulter. Er ließ sich widerwillig zu mir hindrehen. Er nagte an seinen Lippen und versuchte zu lächeln.
»Du hättest nicht gedacht, daß ich so reagieren würde, nicht wahr?« sagte er. »Aber ich bin so. Ich darf alles machen, aber meine Frauen nicht. Es ist unfair, aber ich kann nichts dagegen tun.«
»Aber ich hab nicht mit ihm geschlafen«, sagte ich. »Ich werde ihn auch nicht mehr küssen, ich hab ihn gar nicht mehr gesehen. Ich dachte, es wär dir egal.«
Er schwieg. Dann sagte er verletzt:
»Was hat er dir erzählt? Wie schön es in Marokko ist? Daß er was für dich kochen würde aus seiner Heimat? Alle erzählen das.«
Er schnaufte verächtlich.
»Ein Marokkaner. Ausgerechnet! Sei bloß vorsichtig. Die kümmern sich um nichts. Die schlafen doch mit jeder.«
Mustafa hielt inne.
»Ich hab überhaupt keine Vorurteile, was?« sagte er beschämt. »Meine Güte, ich bin selber Ausländer, ich will gar nicht wissen, was die Leute über *mich* denken. Was hab ich dir Vorschriften zu machen. Wahrscheinlich ist er nett und freut sich schrecklich über dich und wird sich richtig Mühe geben. Wer weiß denn schon, wie lang das mit uns gehen kann. Du kannst dich nicht auf mich verlassen, warum sollst du mir dann treu sein? Warum sollst du nicht deinen Spaß haben?«
»Ich will keinen Spaß. Ich will nur dich«, sagte ich. »Ich will mit dir sein.«
»Das kann ja doch nicht ewig gehen«, sagte er.

»Was geht schon ewig«, sagte ich. »Ich will, solang es geht.«
Er erwiderte meine Umarmung nicht.

Wir schwiegen. Er war mir nicht mehr böse, es war irgend etwas anderes. Es war jetzt sehr dunkel in seinem Zimmer.
»Ich hab ja auch etwas gemacht«, sagte er. »Ich wollte das nicht, aber ich war betrunken, und dann meine Probleme, die ich gern vergessen wollte ... Es hat gutgetan, eine interessante Abwechslung. Sie war sehr jung, das hübscheste Mädchen in dem Saunaclub. Es ist normalerweise nicht mein Stil, aber ein Freund hatte mich eingeladen, und ich dachte, ich probier's mal aus. Es war besser, als ich gedacht hatte. Sie war sehr scharf, ich glaube nicht, daß sie mir das nur vorgespielt hat. Sie hatte einiges drauf. Es ist schon auf die Dauer etwas langweilig, immer mit derselben Frau zu schlafen.«
Er redete so vor sich hin und merkte nicht, daß er mir weh tat.
»Guck mal, sie hat mich gebissen, die Flecken werden schon grün.«
»Ich muß mal zur Toilette«, sagte ich. Ich mußte wirklich ein bißchen, aber vor allem mußte ich mal meine Federn glätten, jemand hatte übel darin herumgezaust.
Ich geh gleich, dachte ich auf der Toilette, für heute ist's genug. Ich kann mich immer schlecht von ihm trennen, aber heute abend sollte ich wohl besser mal allein sein, auch wenn ich mich auf das Wiedersehen gefreut hab.
»Ich denk, ich mach mich mal vom Acker«, sagte ich, als ich zurück ins Zimmer kam. Ich wollte mir auf keinen

Fall schon wieder diese Blöße vor ihm geben und zu weinen anfangen, das nahm ja wohl überhand in letzter Zeit, wenn ich auch nicht allein dran schuld war.
»Ich muß morgen wieder früh raus, Babys sitten …«
»So spät ist es doch noch gar nicht. Hej! Was ist los? Komm, bleib doch noch was.«
»Nein, ich muß wirklich gehen, ich …«
»Agnes! Fünf Minuten.«
Er streckte seine Arme nach mir aus. Ich setzte mich zu ihm aufs Bett.
»Ich Idiot«, sagte er. »Ich hab dir wieder weh getan. Das wollte ich nicht.«
Ich schaffte es nicht, etwas zu sagen.
»Ich dachte, du fändest es lustig«, sagte er. »Du stehst doch auf verwegene Geschichten. Du magst doch diese kranken, schrägen Filme, in denen Leute lauter Scheiße bauen und so.«
»Aber ich kann im Leben doch nicht alles lustig finden«, brachte ich hervor.
»Ja, stimmt«, sagte er. »Ich dachte bloß, du wärst nie eifersüchtig. Aber ich bin ja auch so. Solange ich nicht weiß, was du vielleicht noch nebenher machst, denk ich nicht drüber nach. Aber wenn du es mir erzählst, dann bin ich auch verletzt.«
Er zog mich an seine Schulter, und ich schämte mich, daß ich jetzt doch weinen mußte und so bald nicht mehr aufhören konnte.
»Ich dachte, in meiner Situation, da darf ich eigentlich alles machen, was mich irgendwie ablenkt oder trösten kann. Es war nicht gegen dich gerichtet. – Hm. Eher gegen mich, wenn ich darüber nachdenke.«

Er lachte lustig und verzweifelt auf und nagte an seiner Unterlippe. Er räusperte sich und steckte sich eine Zigarette an. Seine Augen waren wieder naß, wie als wir beinah Schluß gemacht hätten.
»Ich hab dir ja gesagt, es wird nicht mehr schöner. Jetzt kommen die ganzen häßlichen Sachen. Aber du wolltest ja nicht Schluß machen. Ich erzähl dir lieber nie mehr was.«
»Doch«, sagte ich. »Es ist schon wieder gut. Es ist schon wieder gut. Du sollst mir alles erzählen können.«
Mustafa lächelte verzerrt und schüttelte den Kopf.

Ich hatte einen Augenblick lang die Vision, wir wären Figuren aus einem billigen Mini-Videospiel, denen dauernd Ziegelsteine auf die Köpfe zu fallen drohten, und wir müßten uns ein Bein ausreißen, um den Dingern auszuweichen.

✗

Im Radio lief eine schwebende Musik, wie sie sie manchmal nachts spielen und lange dazu schweigen. Ich ging zum Fenster. Man kann so weit weg sehen, bis zum Mond und zu den Sternen. Die Augen kriegen viel geboten.
Mustafa trat hinter mich und umarmte mich. Er legte seine Wange auf meine Haare und wiegte sich mit mir zu der Musik. Er machte seinen Mund weit auf und biß in meine Backe.
Wieso erscheint mir das sensationell, daß sein Körper lebendig und warm ist? Ich muß wohl schon mal tot und kalt gewesen sein, daß leben für mich so etwas Be-

sonderes ist. Ich spürte das Durcheinander in ihm und seine Gefühle.
Er legte sich auf meinen Rücken, er war leicht wie Asche.

Ein großes, hartes Instrument, es gibt ihm ein Gefühl und Macht, er kann damit eine Frau befriedigen, das ist nicht leicht, es grenzt an Zauberei.
Dunkel, rot, und weich und heiß, beweglich und empfindlich, intim, ein leises Miteinander-Sprechen, es schiebt sich vor, zieht sich zurück, es ist wie was erkennen, das sehr, sehr wichtig ist, dann geht es wieder weg, läßt uns zurück, sehr traurig, aber dankbar.

»Ich bin melancholisch«, sagte er.
»Ich bin glücklich«, sagte ich.
»Wie ungerecht.« Er gab mir einen Klaps. »Möchtest du duschen?«
Ich fühlte mich unsicher, nackt mit ihm im Licht und der rutschigen Wanne. Ich dachte, ich sähe vielleicht aus wie diese lächerlichen Akte alter Meister, mit den molligen Frauen in verkrampfter Haltung.
Das Wasser legte die dunklen, langen Haare auf seinem Körper in seine Richtung, wie Algen an einem Baum im Fluß. Er hatte so viele Haare, wie ein nasses Tier.
Er legte seinen Mund an mein Ohr und preßte seinen Körper an mich. Er tat seine Zunge in die Muschel wie in was andres, und dann spürte ich, wie sein Urin an meinen Beinen runterlief. Ich tat, als täte er das nicht. Ich kam mir nicht dabei verachtet vor, aber auch nicht erregt.

Wer weiß, was Menschen reitet, wenn sie allein sind miteinander. Ich will sehen, wo man damit hinkommt.

Es ist so groß vor Augen. Es sieht sehr pornographisch aus: ein richtiger erwachsener, erregter Mann. Es ist erschreckend, aber es macht stolz, damit zu tun zu haben; ein großes Tier zu reiten, obwohl man klein ist. Es ist ein bißchen böse, weil es halt ein großes Tier ist, das sich nicht immer zusammennehmen kann. Es verlangt viel, aber das weiß es nicht. Und wenn man es ihm sagt, kann es sich das trotzdem nicht vorstellen und hört nicht auf mit dem Verlangen. Sex mit einem erwachsenen Mann ist eine sehr anspruchsvolle Tätigkeit.

»Komm. Mach. Saug. Schluck«, flüsterte er weggetreten und rhythmisch und sagte zärtliche Namen zu mir, und er kam, ohne Rücksicht darauf, was mit mir war. Aber das ist okay. Ich will nicht immer mit dahin, wo er da raufgeschossen wurde.

Sein Körper war schlapp und müd, wie eine Katze. Er streckte sich matt, kuschelte sich an mich und knipste das Gerät an.

In einem Tierfilm zeigten sie uns Eulen. Gesichter hell, flach und gespenstisch, doch nicht böse, ihre Augen sahen aus wie seine.

Ein Känguruh hockte gelassen da, in seiner Mischung aus Würde und Komik, dem ausgeprägten, charaktervollen Eselskopf mit den großen Hasenohren, den muskulösen kleinen Armen, den massigen Hüften.

Dann konnte man zusehen, wie sein Embryo geboren wurde. Es war rot und klein wie eine Krabbe, und es krabbelte wie im Märchen von Daumedick durch die baumhohen Pelzhaare seiner Mutter von ihrer Scheide in den Beutel, in dem die Zitzen waren, und schloß sich an eine an.

✗

»Mustafa? Hast du grad Zeit?«
Telefonieren ging ja endlich wieder.
»Im Moment ist es schlecht. Ich hab Besuch, er wohnt bei mir. Ich weiß nicht, wie lang er bleibt.«
»Dann könntest du doch mal zu mir kommen.«
»Aber was ist mit deiner Mutter – oder ist sie im Urlaub?«
»Nein, aber ist das ein Problem?«
»Ich kann nicht, wenn ich weiß, eine Mutter ist nebenan. – Ich überlege. Kannst du das Auto kriegen? Dann fahren wir ein bißchen raus, wenn du willst.«
»Ja, gut, ich hol dich ab.«
»Ja, aber nicht bei mir. Kennst du die Tankstelle am Kirmesplatz? Wir treffen uns da, um drei. Der Typ bei mir, er soll nichts mitkriegen, weißt du?«

Er strahlte und sprang albern mit einer Tüte in der Hand auf das Auto zu.
»Fahr«, sagte er. »Lieber Himmel! Wenn diese Phase vorbei ist, muß ich aufhören mit Heimlichkeiten. Ich komm mir vor wie ein Agent. So kann man nicht leben.«
»Wo fahren wir eigentlich hin?«
»Fahr einfach mal.«
»Darfst du über die Grenze?«

»Ja. Aber ich hab meinen Paß nicht bei. Macht nichts. Fahr in diesen Forstweg rein.«
Es hatte angefangen, wild zu regnen und zu schneien.
»Nicht daß wir uns festfahren«, sagte ich. »Der Boden ist so matschig.«

Sein kraftloser Gang. Etwas war seltsam an diesem Gang. Er war liederlich, charakterlos – es tat mir gut, diese Wörter auf ihn zu münzen. Aber sie machten mich seltsamerweise noch verliebter und stolzer auf ihn.
»Fuck and Love« stand an der Wand des hölzernen Pavillons im Wald.
»Jetzt bin ich wirklich heimatlos. Ich hab nicht mal mehr eine Wohnung!« Er lief lustig um den feuchten, kalten Holztisch rum.
»Und? Machen wir's?«
Es war nicht leicht, sich auf das bißchen Sex zu konzentrieren, das wir unter diesen Umständen nur zu machen wagten. Es hatte einen billigen Touch, der mir beinah gefiel.
Er untersuchte seine Hose nach Flecken.
»Gut gemacht«, sagte er. »Keine Spuren hinterlassen.«

»Picknick«, sagte Mustafa und packte seine Tüte aus. Er höhlte zwei Brötchen aus, fingerte zwei Knackwürste aus einem Glas und quetschte sie hinein und reichte mir meinen Cold-Dog mit einer Coladose.
Wir gingen dann noch zum Aussichtspunkt, wo wir schon einmal da waren, und guckten runter. Man konnte von dort auf drei Länder blicken. Als gehörte

etwas uns, als hätten wir etwas besiegt. Als hätten wir den Überblick.

»Wir können fahren«, sagte er deprimiert, ernüchtert. »Komm, wir fahren.«

Wir fuhren uns tatsächlich beinah fest. Mustafa war noch nicht eingestiegen, um mich zu dirigieren, und die durchdrehenden Räder spritzten ihn mit Schmutz voll. Ich wollte ihn mit einem Taschentuch saubermachen.

»Faß mich nicht an«, sagte er. »Ich bin sauer.«

Aber auch sauer sein war seltsam ohne Kraft bei ihm, es blieb fast nur bei der melancholischen Behauptung.

»Sollen wir noch irgendwo einen Tee trinken?« fragte ich.

»Nein!« sagte er bestimmt und kalt.

Eine Schafherde kam uns entgegen. Die Autos mußten anhalten. Die Schafe schnupperten an den Autos.

»Wie sieht es aus bei dir inzwischen?« fragte ich.

»Sie drehen jetzt alle durch. Sie haben nichts zu tun. Ich glaub, ich muß bald wieder abhauen.«

Ich atmete tief.

»Du sollst das doch nicht sagen«, sagte ich.

Seine Hände waren kühl und schlaff, er überließ sie mir.

»Ich mag auch nicht weg«, sagte er. »Aber soll ich mich erschießen lassen?«

»Erschießen lassen …?«

»Ja. Es wäre möglich. Das sind so Verrückte. Du hast bestimmt schon mal gehört von dieser fanatischen Mentalität. –

Es ist alles so verfahren. Ich wünschte, ich hätte wenig-

stens schon die deutsche Staatsangehörigkeit, damit ich wenigstens keine Angst haben muß vor Abschiebung ... Abtreibung ... Ausschabung ... Abfuhr ... Müllabfuhr ...«
»Ich könnte dich heiraten«, überlegte ich. »Meine Familie wäre zwar geschockt, denn du könntest mich ja schließlich umbringen, sobald es was zu erben gäbe ... Aber das würd mir beinah gefallen, skandalös zu sein, ich kenne das aus vielen Filmen.«
Er lächelte traurig.
»Du wolltest doch nie heiraten. Nein, laß. Es würde mir nicht helfen. Es ist ja komplizierter, als du denkst. Es ist nicht mehr so leicht. – Guck mal, deine Namenstiere, wie süß und idyllisch. Die mit den platten Gesichtern, sind das Heidschnucken?«
»Ja, kann schon sein. Die sehn so aus, glaub ich.«
»Hatten wir das nicht einmal in einem Kreuzworträtsel? Heidschnucken, süßes Wort, Heidschnuckilein.«
»Wer will dich denn erschießen, Mustafa?«
»Wer. 'ne ganze Menge Leute. Sie hängen alle zusammen.«
»Familiär, politisch, kriminell?«
»Alles.«
»Religiös?«
»Weniger. Ein bißchen.«
»Und warum wollen sie ...?«
»Sie spinnen. Ich will mit ihnen nichts zu tun haben, aber leider hab ich mich in etwas reinziehen lassen. Es ist sehr kompliziert. Ich möchte nicht mehr darüber erzählen, bitte.«
Ich war müde, und die Knochen taten mir wieder weh, und mir war wieder ein bißchen schlecht.

»Sie sehen so lieb aus, die Schafe«, sagte er. »Sie haben viel Vertrauen. – Mach dir keine Sorgen um mich, Agnes. Ich werd mir schon zu helfen wissen.«
»Wann kann ich dich denn wiedersehn?«
»Ich weiß nicht. Ich ruf dich an, wenn er weg ist. Gut?«
»Aber mach das bitte wirklich. Nicht wie letztens, daß du dich einfach nicht mehr meldest.«
Er blickte halb verlegen, halb verwundert drein. Er machte das Autoradio an.
»Verdammt, ich lieb dich!« bellte markig-männlich eine rauhe Stimme.
»Hilfe! Mach das weg!« stellte ich mich hysterisch. Mustafa drehte es aus.
»Peinlich, nicht?« sagte Mustafa. »Es klingt immer doof. Ich hab das noch nie zu jemandem gesagt. Du?«
»Früher schon. Doch seit ich jetzt erwachsen bin ...«
Wir konnten weiterfahren und fädelten uns wieder in den Stadtverkehr.
»Die waren schön, die Schafe«, sagte Mustafa versonnen, kaum ironisch. »Ich liebe Schafe.« Er streichelte kurz meine Hand.
»Laß mich da hinten raus. Er braucht uns nicht zusammen zu sehen. Ich meld mich dann. Versprochen.«

✗

Ich werde unwillkürlich weich, wenn ich ihn sehe. Ich hab ihn nie so menschlich in Erinnerung.
»Wir sind frei! Mein Besuch ist weg«, freute er sich. »Laß uns das feiern. Kommst du mit einkaufen? Heute ist es mir egal, wenn man uns sieht. – Ich hab gestern hier ei-

nen entflogenen Papagei beobachtet. Er saß auf dem Baum da. Er hatte Angst und schrie. Die Leute lachten. Er war so froh, als die Feuerwehr ihn runtergeholt hatte und sein Besitzer ihn wieder mit nach Hause nahm.«

Ich hatte Maria seit unserer Teenagerzeit nicht mehr gesehen, als sie uns auf der Straße entgegenkam. Ich erkannte sie, obwohl ihr Gesicht geschwollen war. Sie schleppte schwer an ihrer Tasche.

»Agnes!« sagte sie ungläubig, mit der schwachen, wie aus fernen Zeiten klingenden Stimme einer alten Frau, die einen fast vergessen hat.

»Kannst du mir helfen?« fragte sie. »Ich krieg die Tasche nicht geschleppt.«

Sie fragte nicht, was ich so machte. Es war, als träfe sie mich in einem Traum.

»Sie ist voller Wäsche. Ich komm grad aus dem Waschsalon«, sagte sie.

Ich nahm die Tasche. Sie war schwer, es klang, als schlügen Flaschen drinnen aneinander.

»Ach, Scheiße«, sagte Maria rauh und lässig und vertrauensvoll. »Ich sage dir die Wahrheit: Das ist Bier.«

Sie musterte Mustafa neugierig.

»Ist das dein Freund?«

»Ja«, sagte ich stolz. »Maria: Das ist Mustafa. Mustafa: Maria.«

»Meine Wohnung ist da hinten. Wenn ihr mir die Tasche bis dahin tragen könntet ... Ja? Ich bin so froh, daß ich euch getroffen habe«, sagte Maria warm und maßlos dankbar. »Ich wußte nicht, wie ich mit diesem Ding nach Hause kommen sollte. Ich hab ja meinem Freund

das letzte Bier ausgetrunken, ich hatte Angst ... ich weiß gar nicht, warum. Er liebt mich doch, ich bin unheimlich glücklich mit ihm, er hätte mich niemals geschlagen, nie! – Danke, Agnes. Danke, Mustafa.«
Sie verschwand in ihrem Haus.
»Deine Freundin? Sie war hübsch«, sagte Mustafa naiv, und ich war stolz auf ihn, daß er das sagte.

✗

Bei Maria und ihren Eltern zu Hause herrschte früher eine furchtbar tote Atmosphäre. Alles war wie aus Pappe und so trocken, daß es staubte. Wenn sie das Kreuzzeichen vor dem Essen machten, war es, als hätten sie unsichtbare Schnüre an den Händen, mit denen sie sich dabei fesselten.
Jeder Schmatz wurde einem peinlich, die Suppe platschte überlaut zurück in den Teller, wenn man den Löffel zu voll gemacht hatte. Man kam unwillkürlich aus dem Rhythmus und mußte sich zwingen, zwischen dem Schlucken zu atmen, weil nichts mehr natürlich ging. Es war von Generation zu Generation immer strenger so weitergegeben worden.
Maria fand keine gute, eigne Art und Kraft zu leben. Sie konnte kein Leben »führen« oder »aufbauen«, wie andre es erzählten. Sie konnte sich irgendwann nur noch hinlegen und sich aus ihren Händen fallenlassen und über den Boden des Lebens fließen und sumpfen und kriechen. Ich fühlte mich nicht weit davon entfernt.

✗

Das Licht in Mustafas Zimmer wurde dunkler, heller, dunkler, wie ein Spuk.
»Was ist das? Wie kommt das? Das gibt es doch gar nicht!« sagte Mustafa. »Da, schon wieder! Werden wir verhext?« Er untersuchte den Schalter.
»Agnes! Ich weiß es! Ich geb dir tausend Mark, wenn du es auch rauskriegst! – Du weißt es nicht? Die Nudeln!« sagte er. »Die Nudeln sind es! Siehst du, ich hab sie hier ins Sieb geschüttet, der Dampf steigt hoch und wirkt sich auf den Dimmer aus. Und ich hab schon an Geister geglaubt!«
Der Wein hatte vielleicht schon zwei Wochen offen im Kühlschrank gestanden. Es schwammen kleine braune Fetzen drin, wie Asche oder Ruß, aber er tat gut. Er stieg schnell die Treppen runter und machte überall Licht und Heizung an.
»Schmeckt wie ein alter Schrank«, sagte ich.
»Er ist verkorkst. Jetzt weiß ich, was das Wort bedeutet«, sagte Mustafa. »Verkorkste Existenz sagt man doch, nicht? Heißt das, man hat zu lang gewartet? Man hätte den Tag nutzen sollen?«
»Ich weiß nicht«, sagte ich. »Ich mag das mit dem ›Tage-Nutzen‹ nicht.«
Mir wurde wohl vom Wein. Die harten Sachen wurden weich und unklar, und die Gedanken ließen sich nicht fassen.
»Er haut rein, oder? Man wird richtig blöd davon. Komm, trink noch mehr von meinem altersblöden Wein!
Ich bin noch nie in einer auch nur annähernd so verfahrenen Situation gewesen. Und was die Umstände nicht

geschafft haben, mußte ich dann selbst noch draufsetzen. Du hast dich mit dem Pech verbunden. Ich werde dich aussaugen, Agnes.«

»Du darfst das«, sagte ich beschwipst und großzügig. »Ein Kind im Bauch seiner Mutter trinkt auch ihr Blut. Ich hätte gern, daß du mein Baby wärst.«

Er blickte belustigt.

»Ehrlich gesagt hab ich gar keine Angst vor diesen Idioten mehr«, sagte er. »Ich möchte nicht um jeden Preis leben. –

Ich kann noch immer nicht richtig an die Wirklichkeit meiner Situation glauben. Ich wach manchmal nachts auf und fühle mich so ganz wohl, dann fällt mir alles ein – brrr. Aber so ist das: Jammerschade. Das Leben hätte schön sein können. Doch ich hab es verkorkst.«

Wir seufzten gleichzeitig. Dann lachten wir ein bißchen.

»Ach komm, Agnes«, sagte Mustafa, »komm, laß uns Quatsch machen! Wir müssen auch mal Spaß haben. Ich hab mich immer gefragt, worüber Penner sich wohl unterhalten, wenn man sie manchmal lachen sieht. Jetzt kann ich mir das vorstellen. Sollen wir meine Story an den ›Stern‹ verkaufen? Wir machen ein Foto von mir auf den Titel, mit Häschenohren und Häschenzähnen und einem doofen Grinsen und einem Schild: ›Seinen Freund auf dem Gewissen, Haufen Schulden, Morddrohungen, und seine Freundin mit hineinziehn!‹ Wir nennen es: ›Der Idiot!‹ Das gibt es schon als Buch? Dann nenn es: ›Mein Idiot‹. Nein, nenn es: ›Ich Idiot, daß ich mit dem zusammen bin!‹ Du bist so ein nettes Mädchen, Agnes. Und ich ... bin so ein Schwein.«

»Nein!« sagte ich lieb und trunken. »Du bist doch gar kein Schwein.«
»Du weißt ja noch nicht alles über mich!« sagte Mustafa komisch verzweifelt, und ich hatte das etwas ernüchternde Gefühl, daß er die Wahrheit sagte und daß jetzt im Adventskalender nur noch solche Türchen übrig waren, die nicht mal ich öffnen wollte.
»Was sollen wir nur machen?« delirierte Mustafa. »Solln wir meine Feinde umbringen oder eine Bank überfallen?«
Ich war zu müde, um auf den Scherz einzugehen.

Wir guckten Nachrichten im Fernsehn.
»Was ich auf der Erde schlimm finde«, sagte ich, »ist, daß eins das andre frißt.«
»Ja. Ich fresse dich auf«, sagte er, traurig über sich.
Ich war zu erschöpft, um groß zu widersprechen.
»Komm, wir poppen, Alte«, sagte er.

✗

»Agnes«, sagte er. »Ich habe eine Bitte.«
Er versuchte wieder, irgendeinen bösen Schleim von der Lunge wegzuräuspern, das erinnerte mich an Papa.
»Du sagtest mal, du hättest was geerbt von deinem Vater. Schmuck, er wäre etwas wert, du willst ihn irgendwann verkaufen. Könntest du das vielleicht jetzt schon tun und mir das Geld dann leihen? Es wäre nicht für lange, nur für ein paar Wochen, dann kriegst du es sofort zurück. Es ist wegen einer Familiengeschichte. Jemand ist in Bedrängnis geraten … Der Haken ist, ich

brauch es wirklich bald; ich kann dir nicht viel Zeit lassen, darüber nachzudenken.«
»Wieviel denn?« fragte ich.
Er lachte verzweifelt.
»Ehrlich gesagt nur bis morgen. Wenn du nein sagst, muß ich sofort weg. Ich meld mich dann, wenn ich in Sicherheit bin. Wenn du ja sagst, kann ich vielleicht noch bleiben, hoffe ich.«
»Nein, ich meinte: Wieviel brauchst du denn?«
»Zehntausend ...?«
Er gibt mir keine Chance, ihn zu verstehen, ihm gern zu helfen, wenn er mir nicht sagt, wofür er es braucht. Er weiß, ich kann nicht nein sagen, wir sind Freunde. Aber ich komme mir so dumm vor.
Papa hing an diesem Familienschmuck. Er wollte, daß ich mich über ihn freue und ihn ehre. Was auch immer meinen Leuten geschehen war, sie hatten ihn nie verkauft. Doch nun ...
Vielleicht ist Mustafa ein Heiratsschwindler, deshalb die Geschichten von Gefahr und Wegmüssen. Ganz wie der Mann in »Honeymoonkillers«, und alle in mir schreien: Tu es nicht!
»Zehntausend Mark!« sagte ich. »Das ist viel Geld für mich, das sind auch hundert Stunden Babysitten.«
»Ich zahl es dir zurück. Und wenn ich dafür arbeiten muß!«
Er lachte und versuchte, albern zu werden.
»Ach, bitte«, sagte er. »Was soll ich tun, damit du ja sagst? Soll ich sagen: ›Bitte, Schatz‹? ›Ich liebe dich, mein Schatz‹? Ich liebe dich, mein Schatz.«
Ich hätte diesen Satz gern aus einem andren Grund ge-

hört als aus verzweifelter Ironie. Ich mußte schon wieder schlucken, aber ich schämte mich, wegen Schmuck und Geld zu weinen, auch wenn es eigentlich nicht deswegen war. Es ist nie nur wegen Geld, das mit dem Geld.

Mustafa hörte auf mit seinen Albernheiten.

»Ich weiß, es ist zuviel verlangt. Aber ich bin in einer verzweifelten Lage. Ich hab sonst keinen, den ich fragen könnte. Agnes. Bitte. Du hast mich doch gerne.«

Ich schwieg. Dann seufzte ich und lächelte so halb.

»Es ist verrückt«, sagte ich. »Ich weiß fast, daß ich einen Fehler mache, daß ich hart sein müßte. Aber dann seh ich, wie wirklich du bist und daß du verzweifelt bist. Ich kann dir nicht nein sagen. Ich bringe es dir übermorgen.«

»Vielen Dank, Agnes. Das ist eine wirklich gute Tat«, sagte Mustafa.

Ja. Warum fühlte ich mich dann so traurig?

»Wenn die Sache klappt, für die ich das Geld brauche, hast du mir sehr geholfen. Dann hast du mir praktisch das Leben gerettet. Ich hoffe, alles ist gesegnet.«

Ich hoffe, er belügt mich nicht.

✗

»Wenn du etwas zu verschenken hast, dann ganz!« hat mir Bono Vox von »U2« mal im Traum über die Schulter zugerufen, er hing an einem Kreuz auf der Bühne und war genervt von meinen Tränen. Ich war perplex und straffte mich sofort und fing sogar noch an zu fliegen. So ein absurder Satz in seiner Lage. Ich habe

Bono Vox immer suspekt gefunden, aber der Satz gefiel mir.
Seitdem will ich aus irgendeinem Grund wie diese Leute im Märchen sein, die leichten Herzens alles weggeben.
Das Weggeben ist dabei gar nicht der große Akt. Man denkt nicht nach und tut es einfach, und weg ist es. Das mit dem leichten Herzen ist das Schwere.

✗

Am nächsten Tag war ich unterwegs zum Goldankäufer.
Eine Gruppe ernst und dunkel gekleideter junger Männer sprachen in der Fußgängerzone Leute an. Sie zeigten ihnen Bilder von Folterungen, Menschen auf der Flucht und hungernden Kindern.
Ich trug meine Unterschrift in ihre Petitionsliste ein.
Einer der Männer fragte, ob ich nicht auch Geld spenden könne. Ich sagte, er solle mir ein Flugblatt geben mit der Bankverbindung, ich würde es mir dann noch überlegen.
»Können Sie nicht sofort etwas spenden?« fragte er.
»Ihre Spende wird hauptsächlich Kindern zugute kommen.«
Ich sagte, ich wollte erst mal nachdenken und das Flugblatt lesen.
An der Ecke las ich mir das Flugblatt durch. Ich konnte es nicht einschätzen, aber es schien mir unwahrscheinlich, daß sie das alles fälschten. Ich ging noch mal zurück.
»Ich hab's mir überlegt«, sagte ich und gab ihm fünf-

zig Mark. Fünf Stunden Babysitten. Geizhals, das zu denken.
»Vielen Dank«, sagte der Mann. »Haben Sie Kinder, gehen Ihnen deshalb diese Dinge nah?«
Ich schüttelte den Kopf.
»Sie sind großzügig«, sagte der Mann. »Deshalb habe ich den Mut, sie um noch etwas zu bitten. Sehen Sie, hier ist eine Liste mit dem, was Lebensmittelpakete kosten, ein Arzneipaket, Milchpulver ... Das hier kostet achtzig Mark, das hundertzwanzig, das zweihundertsiebzig ... Könnten Sie noch eine einmalige Spende leisten?«
»Ich muß mal sehen, wie der Monat wird«, sagte ich erschrocken, »wenn ich genug Geld krieg, mach ich das vielleicht.«
»Können Sie nicht jetzt schon eine Überweisung schreiben? Dann eben für den nächsten oder übernächsten Monat?«
»Ich weiß wirklich noch nicht, ob ich genug Geld kriege«, sagte ich. Ich hatte Angst, daß diese Männer Betrüger sein könnten und ich dumm gewesen war. Sie schienen so verdächtig gierig. Aber vielleicht war das nur ihre Mentalität. Oder das, was in ihrer Heimat vorging, erschütterte sie so, daß es sie dazu brachte, die Leute derart zu bedrängeln.
Ich war traurig, daß ich nicht vertrauen durfte.
Nicht mal dem Menschen, den ich gern hatte und der mit mir schlief.
Tante Melanie scheint out zu sein, jetzt rieche ich nach leichtem Geld, dachte ich in einem Anflug von Bitterkeit. Jetzt steht wohl »Idiot« auf meiner Stirn geschrieben.

Na, was sind fünfzig Mark. Was sind zehntausend. Zwanzigtausend ...
Im Märchen kriegen naive Leute am Ende Schloß und Prinzessin. Irgendwann teilen sie ihr letztes Stückchen Brot zufällig mit einer guten Hexe, und diese Hexe hext sie reich. Aber diese Märchen wurden wahrscheinlich erfunden von Leuten, die an andrer Leute Geld wollen, ich falle auch auf alles rein.

X

Dem uralten Besitzer des Goldankaufladens fehlte ein Bein, aber er erstickte mein Mitleid sofort mit seiner Garstigkeit.
Der alte Mann, der vor mir dran war, akzeptierte ohne Verhandlung den Preis für seine Uhr und nahm den Hunderter demütig und zitternd entgegen. Er tat mir leid, ich wollte ihn umarmen. Aber das tut man nur, wenn man einen aus einem eingestürzten Luftschutzbunker gerettet hat oder wenn man Nietzsche ist und der andre ein geschundenes Pferd.
»Was wollen Sie für den Schmuck?« wandte der Händler sich an mich.
»Oh, ich habe keine Ahnung, was er wert ist«, sagte ich dumm. »Was würden Sie denn geben?«
»So mache ich das nicht«, sagte der Mann knatschig. »Sie müssen mir schon sagen, was Sie dafür wollen, und ich sage, ob ich's zahle. Also: zehntausend, fünfzehntausend?«
Ich lachte ohne Spaß. »Dann sage ich natürlich fünfzehntausend.«

»Das ist lächerlich. Der Schmuck ist höchstens fünftausend wert.«
»Oh. Wirklich. So wenig. Dann will ich ihn lieber nicht verkaufen«, sagte ich und stand auf. Ich war überrascht, daß ich das konnte, das kam bestimmt vom vielen Fernsehgucken.
»Warten Sie! Warten Sie.«
Es war wirklich wie in einem Film, den ich im Fernsehn ausgeschaltet hätte, weil mir zu viele Klischees da drin gewesen wären.
»Gold ist im Moment ja nicht viel wert. Aber der Schmuck ist selten, eventuell kauft ihn jemand aus Liebhaberei.«
»Ich müßte aber schon zehntausend dafür haben«, sagte ich trotzig. »Sonst warte ich lieber Zeiten mit besseren Goldpreisen ab. Es ist nicht dringend.«
»Gut. Aber erzählen Sie's nicht weiter, sonst wollen alle solche Preise«, sagte der Mann, während er mich garantiert trotzdem noch über den Tisch zog.

✗

Bin ich jetzt jemand, der sich Liebe gekauft hat? Oder bin ich edel und habe einem Freund geholfen? Bin ich dumm, ist das mein Schicksal? Bin ich gut? Oder bin ich in meinem Innern nur ein mißtrauischer, geiziger Kragen wie der alte Mann, der von andern nur noch Schlechtes denken kann? Ich war traurig, weil ich nicht wußte, was ich denken sollte.
Ich verzog mich verschreckt wieder in mein schummriges Café und las angestrengt die schweren Sachen in

den Zeitungen, um mich zu vergessen. Alle sahen in die Jahre nach 2000 und wollten wissen, wie es darin weitergehen würde.

Ich sah einem Mann in die Augen, und meine Lippen gingen auf. Ich hätte gern gehabt, daß er mich sofort küßte, aber als er sich dann erhob, hatte ich Angst, er könnte mich ansprechen, ich wollte bei mir selber bleiben. Er sagte Tschö zu mir, und als er weg war, sehnte ich mich danach, mit ihm gegangen zu sein, er hätte mich an sich gezogen an irgendeiner Wand, auf seinen Schwanz wie auf ein Pferd, und wir wären weggeritten auf sein Schloß des Vergessens und der Rettung.

Aber in Wirklichkeit hätte ich dann wieder aufhören und ihn mit sich alleine stehenlassen müssen wie Ali.

Ich weiß nicht. Vielleicht hätte ich doch alles mit ihm gemacht, ich bin mal so, mal so, ich weiß ja selbst nicht vorher, wie ich mich fühlen und verhalten werde.

Es war ein rührend schöner Vollmond draußen, wie eine Kulisse für ein Märchen.

Es war noch nicht so lange dunkel, daß die Leute alle ihre Jalousien schon runtergemacht hätten. Ich sah in viele Fenster.

Ich fühlte mich sehr allein.

Mustafa müßte mir mehr erzählen, am besten die Wahrheit, dann könnte ich vielleicht besser verstehen, warum ich ihm mein ganzes Geld geben soll. So kann ich nur glauben, daß es wirklich wichtig ist. Blind vertrauen – das gilt doch als Fehler. Ach, egal, dann werd ich eben ausgenutzt, ist das so schlimm? Ich hatte mir doch schon gedacht, das kriegt man nicht umsonst. Der

Preis, den die Leute für ihr Leben zahlen sollen, erscheint ihnen immer unmäßig hoch. Dabei – für so was Echtes, Exklusives! Da könntest du's nicht selber machen für.

Adieu, meine Juwelen. Werd ich euch wiedersehn? Und ihn? Wird er denn bei mir bleiben?

✗

»Ich schäme mich so«, sagte Mustafa, als ich ihm das Geld gab. »Ich weiß, du hast verdient, daß du die ganze Geschichte erfährst, Agnes. Aber ich kann sie dir noch nicht erzählen. Später mal, wenn alles ausgestanden ist, ja?«
»Mustafa …«
»Ich heiße nicht Mustafa. Ich hab mich nur so genannt … es ist halt ein Allerweltsname.«
Er umarmte mich.
»Mein Kleines«, sagte er bewegt, und seine Lippen formten den Satz »Ich hab dich lieb«, sprachen ihn aber nicht aus.
»Wie dramatisch wir geworden sind«, sagte Mustafa. »Wie in einem dieser Filme, die ich nie leiden konnte. Komm, wir versuchen, auf andere Gedanken zu kommen, ja? Ich hab einen Porno da.«

Ich hielt ja viel von Mustafa, aber sein Porno war auch nicht besser als die andern.
»Das sieht blöd aus, wenn sie den Schwanz so von innen in die Backe stoßen läßt«, sagte ich abfällig.

»Aber sie kann es!« sagte er. »Sie ist richtig gut! Guck mal, wie der Mann stöhnt.«
»Das ist doch Schauspielerei«, sagte ich. »Der hat noch nicht mal einen richtig Steifen. Er zieht an der Wurzel die Haut nach unten, damit er straffer wirkt.«
Mustafa probierte das nach und betrachtete erstaunt die Wirkung.
»Ja, stimmt«, sagte er beruhigt.
»Würdest du auch mal gerne mit zwei Männern, Agnes? Du träumst von so was, oder? Alle träumen das. Willst du? Soll ich mal meinen Mitbewohner fragen? Du sollst auch etwas vom Leben haben. Ich mache dir so viele Scherereien, da hast du das verdient.«
Er machte einen Purzelbaum aus dem Bett raus.
»Mein Mitbewohner muß gleich kommen. Der wird sich freuen. Jeder wird sich freuen! Das ist mal ausnahmsweise eine wirklich gute Tat, die ich da plane!«
»Mustafa, ich möchte lieber nicht.«
»Keine Angst! Ich kenne deine Sorgen, ich paß auf! Er darf dich nicht umbringen, und er darf nicht ohne.«
Wahrscheinlich war das alles eh ja nur ein Bluff, mit diesem Mitbewohner, den ich nie zu sehen kriegte, leider nein, da unten ging die Haustür schon.
»Das ist er!« sagte Mustafa. »Oh, jetzt wird es spannend. Wie machen wir's, sag ich es ihm, sagst du es ihm? Lassen wir's spontan aussehen? Ich sag es ihm«, entschied sich Mustafa. »Oh, das wird ihn erregen!«
Schritte im Treppenhaus, die Wohnungstür ging. Mustafa ging hin und zog die Zimmertür hinter sich zu.
Ich hörte die beiden in ihrer rauhen, fremden Sprache

reden über ihren Mädchenhandel. Ich war unter die Räuber gefallen.
Die Zimmertür ging wieder auf, aber nur Mustafa kam rein.
»Er ist in seinem Zimmer«, sagte er. »Er ist einverstanden. Ah, das ist die Aktion des Jahres! Du hast es gut, Agnes! Ich bin richtig neidisch. Er sagt, er duscht sich noch und räumt sein Zimmer noch was auf, und dann ... und DANN! ...«. Er lachte und hüpfte in der Gegend rum. »Ich freu mich so für dich! Hörst du, wie das Wasser aus der Dusche auf seine nackte Haut prallt?« schmückte Mustafa es aus. »Der wird es dir vielleicht besorgen! Ein bißchen Koks zur Feier des Tages? Guck nicht so erschrocken, es ist Mehl. Ich habe diese Line bloß auf den Tisch gelegt, weil grad ein Freund von mir hier war, den ich damit verarschen wollte, ehrlich! Stell dir vor, er ist drauf reingefallen, er hat es genommen! Er sagte, er merkt etwas! Hier, komm, probier mal mit der Zunge. Siehst du, nichts.«
Ich wußte nicht, was man bei echtem Kokain merken mochte, aber irgendetwas mußte es wohl sein, in Filmen überprüfen sie es auch so. Es schmeckt wahrscheinlich bitter, oder es brennt auf der Zunge. Das hier schmeckte wirklich nur nach Mehl. Eigentlich nicht nett, einen Freund so zu verarschen. Die Leute wollen Spaß. Ich versteh das eben nicht.
Die Dusche ging aus. Die Tür klappte, und Musik wurde angemacht.
»Geh!« sagte Mustafa. »Ich komme etwas später nach. Ich hab das so vereinbart.«
Dann wollen wir mal gehen. Ich kann mich nie verste-

hen, wenn ich mich auf etwas einlasse, von dem ich mir nicht sicher bin, ob das wohl gut ist und in Ordnung und ob ich es überhaupt will. Diesen Wesenszug an mir begreif ich nicht.
Der Raum war dunkel, bis auf etwas Kerzenlicht. Es roch gut.
Mir fiel ein, woran mich das erinnerte, das Räucherwerk, die fremdartige Musik …
Als ich noch klein war, bin ich von meiner Tante Sabine immer mit Heftchenromanen versorgt worden.
Da gab es eine Geschichte, von der ich nur die Hälfte verstand. Es ging um eine junge, deutsche Frau, die mit Räucherwerk und Drogen von einem orientalischen Magier hörig gemacht und in einem Zimmer gefangengehalten wurde. Keiner bekam mehr Nachricht von ihr, es gab nur ihre Heiratsanzeige mit diesem Magier, woraufhin ihr Verlobter eine andre heiratete. Der Magier lud unterdessen Freunde ein, und seine Frau mußte sie nackt bedienen … es war so verboten und aufwühlend, ich war beim Lesen ganz allein mit diesem dunklen, erregenden Buch.

Mustafas Mitbewohner erwartete mich auf einer Matratze am Boden.
Er war drahtig, kühl und hungrig. Es erleichterte und erregte mich, daß er keine Aktion und kein Gefühl von mir erwartete. Es war unbeschreiblich fremd, ihn anzufassen.
Er zog sich einen Pariser an und führte seinen breiten, knorrigen Schwanz etwas mühsam in mich hinein.
Er bewegte sich, und es schien, als fände er es schön und wollte, daß ich das auch fand.

Es kam mir erst vor wie Getue, aber langsam ließ ich mich überzeugen. Es war nah an Schmerz mit ihm, aber das machte unbekannte Zellen in mir auf mit etwas Tiefem, Tierischen, nah an ekelhaft. Ein ferner Teil fing an zu stöhnen, aber ich verbot ihm den Mund.
»Soll ich dich umbringen?« sagte der Mann. »Willst du das? Sag ja!«
Er gab mir eine leichte Ohrfeige.
»Ja«, sagte ich leise. Ich hatte Angst.
Aber ihn erregte nur die Vorstellung, er biß in meinen Hals und saugte Blut aus meiner Haut.
Meine Gefühle schlugen verwirrend um. Ich schämte mich, schamlos zu sein, ich war kalt und reizbar, ich wollte die Situation zerstören und verlassen.
Aber ich konnte nur liegenbleiben wie etwas, das mir nichts bedeutete.
Es gibt auch Tiere, die so sind. Manche können fliegen, andere nur blindlings in der Erde wühlen. Manche können kämpfen, springen und auf hohe Berge klettern. Andre schleimen durch das Wasser, kaum vorhanden, wie ein Geist.

Ich weiß nicht, ob der Mann in mir gekommen war. Er ging aus mir heraus, ich sah ihn nicht an. Ich war froh, daß das Gewühl in mir vorbei war, eine Minute später sehnte ich mich nach mehr.

Es war betörend, zu sehen, wie ihre Schwänze anschwollen. Der Mann nahm Mustafas in den Mund. Mustafa sprach leise. Sein Freund leckte die Eichel, ich sah seine Zunge … es sah so verboten aus.

Mustafa bewegte den Kopf seines Freundes, dann zog er sich heraus und spritzte über dessen Gesicht und steckte ihm seinen Schwanz noch mal in den Mund, so daß er den Rest schlucken mußte. Er sank in sich zusammen wie ein müdes Kätzchen.
Ich leckte Mustafas Samen, klebriger, lauer, etwas ekliger Stoff. Wie leer das ist, was wir da tun.

X

Wir waren nicht im Dienst als Menschen.
Wir probierten aus, was wir gesehen hatten von zwei Männern und einer Frau. Die Körper sahen viele kleine Filme wie im Traum, gleichzeitg und sehr genau. An vielen Punkten gingen Lichter auf und wurden größer, flossen zusammen und in meine Adern, und ich zitterte wie unter Strom.

Es war mir fast egal, wie unanständig ich gewesen war und daß ich diesen andren gar nicht liebte. Das Leben hatte mich mit etwas überschüttet, seiner Gnade, seinem Gold, beinah unwichtig, auf welchem Weg ich durch dieses Tor gekommen war.
Seltsame Welt. Kann sein, ich tue dir oft unrecht, und du bist in Wirklichkeit sehr schön, ich gehe nur nicht richtig mit dir um. Doch eine Sache stimmt: Du bist zuviel für mich. Ich halte dich nicht aus. Ich bin sehr froh, daß ich mal sterben werde und dich und mich dann endlich los bin.
Trotzdem lebt etwas in mir ziemlich gern. Es ist nur so sehr schwer.

Mustafas Freund ging zum Fenster. »Oh, Gott«, sagte er. »So eine Scheiße. Mustafa. Sie sind da.«
Mustafa stellte sich neben den Vorhang und spähte auf den Hinterhof.
»Sie können nicht wissen, daß wir hier sind«, sagte er. »Trotzdem, Agnes, du mußt jetzt gehen.«
»Ich gehe nicht«, sagte ich. »Ich würde wahnsinnig, wenn ich ginge und dir passierte etwas. Außerdem könnte die Anwesenheit einer Frau sie milder stimmen.«
Mustafa schüttelte den Kopf.
»Das ist denen ganz egal. Bitte geh. Ich will dich nicht hineinziehen, das ist meine Sache. Dir soll nichts wegen mir passieren.«
»Es ist meine Entscheidung«, sagte ich, ausnahmsweise sehr entschlossen.

»Meinst du, es bringt was, wenn wir die Polizei anrufen?« schlug ich vor. Mustafa lachte traurig. Er legte drei Pistolen auf das Bett.
»Es ist leicht erklärt«, sagte er zu mir. »Jeder Idiot kann schießen, wie man leider weiß. Am besten, du denkst dabei, es wäre nur ein Spiel. Und es ist nicht der richtige Zeitpunkt für deine soziale Ader.«

Mein Bauch war so verkrampft. Ich wollte nicht schießen müssen, aber ich wollte auch niemanden ihn oder mich erschießen lassen. Ich wollte einfach nicht, daß wir in dieser Situation waren. Ich wollte einfach nicht, daß es das gab.
»Das hier sollte Wirklichkeitsverbot kriegen«, murmelte ich. »Das sollte keinen Einlaß in das Leben haben. Ha-

ben die denn keine Türsteher in dieser Disco? Wo ist der Chef? Immer wenn es brenzlig wird, schließt er sich auf dem Klo ein oder was?«
»Ich glaub, den gibt es gar nicht«, sagte Mustafa. »Nicht mal als sie damals in Deutschland das Gas aufgedreht haben, hat ihn einer gesehen. Alle haben ihn angerufen, aber die Leitung war tot.«
Man hörte wieder die Nachbarn sich streiten.
»Da ist auch immer Krieg«, sagte Mustafa.
»Du Arschloch!« schrie die Frau außer sich. Man hörte einen Rums, dann Stille, leises Weinen.
»Geh doch nach Hause«, versuchte Mustafa noch mal, mich zu bitten. Ich schüttelte den Kopf.
»Wenn ich sie an der Tür höre, erschieß ich sie sofort«, sagte er nervös. »Ich werde ihnen nicht die Chance geben, zuerst zu schießen.« Sein Hals war ihm eng, und er räusperte sich heftig.
Jenseits der Wand baute sich ein neuer Ausbruch auf.

Wir saßen Stunden so. Wir tranken Tee, nahmen unsere Pistolen zur Toilette mit, wurden ruhig, nervös und wieder ruhig. Der Tod kam nah, der Tod entfernte sich. Wir wußten nicht, ob wir uns entspannen durften. Wir schliefen abwechselnd.
Als ich schlafen durfte, träumte ich von dem Wald, neben dem ich als Kind gewohnt hab. Ich traf dort eine alte Frau auf dem Weg unten im Tal.
»Auf diesem Weg ist immer Krieg«, sagte die alte Frau. »Hier unten. Sie hätten obenrum gehen sollen. Vielleicht schaffen sie es noch dorthin.«

Ich glaub, ich hab es nicht geschafft. Ich wurde vorher wach. Von einem lauten Schlag, aber ich lauschte, und da kam nichts mehr, ich mußte diesen Lärm geträumt haben, oder es war mein Herz.
Mustafas Freund schlief noch. Mustafas Augen waren groß und sorgenvoll.
»Ach, Agnes«, sagte er. »Warum hab ich dich da reingezogen? Bitte verzeih mir. Du hattest so ein schönes, leichtes Leben.«
Ich schüttelte den Kopf.
Er kam zu mir hin und wollte mir einen Kuß geben.
»Ich hab bestimmt Mundgeruch«, sagte ich verlegen. »Ich hab so lang nichts mehr gegessen.«
»Ja, willst du was essen? Ich bin ein schlechter Gastgeber, daß mir das nicht früher eingefallen ist. Wir können nicht die ganze Zeit mit dem Schlimmsten rechnen. Komm, Henkersmahlzeit.«
Er gab mir einen tiefen Kuß, wie in eine Schlange rein, die ihren Kiefer aushaken kann. Dann hockte er sich vor den Kühlschrank.
»Käse? Wurst? Ein Butterbrot?«
Er drehte sich zu mir um.
»Du hast mir helfen wollen, aber es hat nichts genützt. Ich reiß so viele Leute in mein Unglück. Wie soll ich diese Schuld jemals bezahlen.«

Die beiden Männer schliefen. Der Mond. Die Eisenbahn. Wenn das die letzte Szene auf der Erde wäre, warum nicht?
Der Morgen graute. Hieß das: Überstanden?

Ich hatte nur mein kleines Granatcollier, das ich als Teenager geschenkt gekriegt habe, um den Hals, keine schwindligmachenden Juwelen wie Claudia Cardinale in »Cartouche«. Dafür lebte ich noch.
Wir müssen unser Spiel zu Ende spielen, es hat vielleicht keinen Zweck für Gott und tote Väter, sich da einzumischen und zu helfen.
»Geheimdienst« war ein Wort, das heute fiel, ein neues Steinchen für mein Puzzle, aber was ist das für ein Wort, von kleinen Jungen, die ein angeberisches Spiel spielen mit echtem Blut, ich mag es nicht.
Es ist so falsch, ein dunkler Fehler. Jemand hat ein Tintenfaß über allem ausgegossen.

Warum? Das Wort steht manchmal sehr allein da.
Ich möchte etwas unbedingt, das ist –

Mustafa weckte mich. »Wir müssen weg«, sagte er.
Ich war sofort wach. »Ich komme mit.«
»Nein. Du machst dir dein Leben kaputt. Ich bin das schuld. Bleib hier.«
Er gab mir einen raschen Kuß, dann rannte er schnell weg, damit ich ihm nicht folgen konnte, ich lief ihm hinterher bis auf die Straße, aber ich sah ihn nicht mehr, niemanden.

✗

Diese Szene mußte ich seitdem immer wieder sehn in meinem Kopf.
So viel Wirbel, und jetzt Ruhe.

Er war nicht mehr in seinem Zimmer.
Ich wäre am liebsten darin eingezogen, damit es nicht so leer wär, und ich an seiner Stelle wäre, bis er wiederkäme.
Aber ich wollte möglichst oft in meiner Wohnung sein, falls er mich anriefe.
Ich kann sehr hart zu mir sein. Keinen Zettel las ich, der bei ihm herumlag, keine Schublade machte ich auf, denn er hätte das nicht gewollt. Ich nahm nur sein Hemd mit, um damit neben mir auf dem Kopfkissen zu schlafen, weil es nach ihm roch.

Mir war schwindlig.
Ich wollte nicht, daß das wahr war. Er sollte wieder bei mir sein, und die Probleme überstanden.
So wie es war, wollte ich es nicht.

✗

Meine Familie fragte mich, ob ich Zeit hätte, nach B. zu fahren, um nach Oma und Tante Johanna zu sehen; es hatte Berichte gegeben, daß sie nicht mehr allein leben konnten. Ich sollte sehen, ob sie gepflegt werden oder in eine Altersheim müßten, und das in die Wege leiten.

Ich kaufte mir ein Handy und sprach dessen Nummer auf meinen Beantworter für Mustafa. Ich hinterließ auch in seiner Wohnung einen Zettel mit der Nummer und der Nachricht, daß ich nach B. fahren und in ein paar Tagen wieder da sein würde.

Ich fühlte mich wie nicht mehr richtig auf der Welt. Mein Bauch tat innen weh. Ich nahm mich außerhalb von diesem Schmerz kaum wahr, nur das Summen noch, das durch die Sinne reinkam. Zu leben kam mir fremd und seltsam vor, wie etwas, das ich sofort vergessen würde, wenn ich tot wäre.

B. sah grau wie alles aus. Ich guckte, ob er irgendwo zu sehn war, weiß man's?
Aber obwohl da viele Menschen waren, war er nie unter ihnen.
Mir war schlecht vor Traurigkeit.

Mir widerstrebte meine Mission, diese verdeckte Ermittlung, die die alten Frauen vielleicht ans Messer liefern würde – aber so böse war es doch gar nicht, ich sollte ihnen doch nur helfen. Aber ich fühlte mich sehr einsam, wie ein Killer.
Ich ging noch nicht sofort zu ihnen. Ich ging in den Medienmarkt, kaufte mir Kassetten für den Walkman, sah die Leute an.
Dann ging ich hin.

»Moment!« Omas bärbeißige Stimme in der Sprechanlage. »Johanna, wie mach ich jetzt die Tür auf?«
»Du mußt einfach auf den Knopf drücken!« sprach Tante Johanna hoch und zittrig.
Oma machte mir die Wohnungstür auf. Ihr Lächeln war unsicher und verlegen, als schämte es sich, weil es kaum noch durch die Runzeln kam. Ihre Finger waren gelblich, und die Nägel verdächtig braun und schmutzig.

»Schön, daß du uns besuchst!« meckerte Tante Johanna lieb und fing an, Tee zu kochen.
Mir war, als wäre da kein Schwerpunkt mehr in mir. Mustafa, mein dunkler, schwerer Mittelpunkt, mein schwarzes Loch, mein Magnet, jetzt trudelt alles nur herum wie Weltraumschrott und findet keinen Platz und Sinn und fällt nur durcheinander und tut weh.

Für Oma und Tante war es fast vorbei. Sie hatten schon fast alles hinter sich, es war beinah vergessen, nicht mehr wichtig. Auch wenn die Gegenwart noch immer drückte.
Tante Johanna und ihre Schwester Oma Finkenrath saßen auf ihrem Sofa über den Dächern B.s, in ihrer schrumpfenden Blase künstlichen Lichts und künstlicher Wärme, inmitten des kalten, für Menschen fast überall unbewohnbaren Universums. Ihr Ofen war heiß und bollerte, aber draußen rüttelte der eisige Wind an allem und machte Risse in die Welt. Er sagte: »Alles, was den Menschen wichtig ist, ist Spielzeug. Sie leben nur, weil ich sie noch verschone.«
Schwere, dunkle Möbel standen kirchlich ernst um sie wie Wächter. Sie hatten sie jedesmal alle mitgenommen, wenn sie in ihre immer engeren Wohnungen umzogen, und ihre Möbel rückten immer näher. Tapeten kaschierten den Putz, und der den Stein, und der das Nichts. Unter dem Sofa versteckten sich graue Staubflocken, in denen Milben hausten, und in dem Sofa drückte sich beharrlich ein gespannter Stahl gegen den Stoff, jahrelang, bis er eines Tages plötzlich durchspränge. –

Wie schnelle Wolken, rasselnde Musik, kam Angst herangerückt.

Tante und Oma hatten ihre kleine, vergängliche Anzahl von Besitztümern um sich gesammelt wie Koffer. Aber sie ahnten, daß sie ihnen bald entgleiten würden. Nichts auf der Welt ließ sich mehr sicher abschließen und behalten. Sie kontrollierten ihre Türen viele Male, aber es war, als würden ihnen von unsichtbarer Hand immer mehr Gegenstände weggenommen oder verschwänden von selbst, und eines Tages würde nichts mehr dasein, und sie wären nicht mehr sie selbst. Dann würden Fremde in ihrer Wohnung wohnen, und sie müßten frierend und allein im Dunkeln draußen sein, niemand könnte sich an sie erinnern, niemand hätte sie mehr gern.

»Ja ja,« sagten Tante Johanna und Oma und seufzten, um sich die Seelen freizumachen. Aber die Beklommenheit flog nur kurz hoch und ließ sich dann sofort wieder auf ihren Herzen nieder wie Staub, den man nicht los wird.

Oma und Tante Johanna strickten, und während sie strickten, unterdrückten sie das Gefühl, selbst in etwas verstrickt zu sein, das ihren Untergang bedeutete.

Sie erzählten mir von den Zeichen von Apokalypse, die sie überall feststellten: Die Leute, die einfach schellten und in ihre Wohnung kamen, wenn sie ihnen nur die Tür aufmachten, und die taten, als würde man sich kennen. Das mysteriöse amtliche Schreiben, das kein Mensch verstehen konnte. Die Männer, die ihnen auf zweideutige Art und Weise Dinge zum Kauf anboten.

Einmal verwandelte sich ein kleiner Hund in eine Schar Käfer. Sie machten mit ihren Panzern rasselnde Geräusche, man konnte nicht gehen, ohne auf sie zu treten, und sammelte dadurch in einem fort Schuld auf sich.
Im Ofen ging ein Blätterteig unheimlich groß auf und zerfiel in lauter Filtertüten, die sie eifrig zu füllen versuchten, aber es waren viel zu viele, sie konnten diese Arbeit nicht zu Ende bringen.
Manchmal kam aus dem Boden Blut. »Feuerfraß« hieß das, warum, man wagte nicht, zu fragen. Manchmal klingelte das Telefon, aber es war nur ein langes Schweigen am anderen Ende.
»Wir wohnen in einem Verbrecherviertel«, seufzte Tante Johanna. »Die Leute brechen einfach beieinander ein, und einer ermordet den anderen.«
Sie erzählten empört, wie sehr sie sich über das ständig überlaufende Klo ärgern mußten. Anscheinend war man hier so schamvoll, daß man den Menschen den Gang zum Klo möglichst kompliziert machte? Wie man mit diesen Becken, die in den Boden eingelassen waren wie Fußbäder, umgehen sollte, war nicht zu verstehen. Ständig drohten sie überzuschwappen. Leute benutzten sie als Dusche, und man mußte, zwischen den Duschenden hockend, seine Notdurft verrichten, während sie einen blöde auslachten.
Zwei Frikadellen schwammen im Klowasser zwischen den Kötteln, und Tante Johanna hatte versucht, die Frikadellen zu waschen, denn sie wollte Nahrung nicht verkommen lassen. Aber sie machte dabei die Wäsche fleckig. Sie versuchte, die schmutzige Wäsche mit der

Klospülung wegzusaugen, damit sie nicht mehr existierte. Da rutschte sie aus, und ihr Körper geriet unter Wasser, nur ihr Mund war noch an der Oberfläche und schnappte nach Luft, dann ging sie unter. Seltsame, verrückte Leute versuchten, sie herauszuziehen, aber sie rutschte zurück. Die Leute nahmen den Stöpsel aus der Wanne, aber der Wasserspiegel senkte sich kaum, die Wäsche hatte alles verstopft.
Jemand riß Johanna aus dem Wasser, und sie erbrach alles, was sie geschluckt hatte, über seinen Arm.
»Du spinnst, Johanna!« sagte Oma bärbeißig.
Und Tante Johanna antwortete: »Du erzählst aber auch oft Sachen, die nicht stimmen, Agnes!«
Das war, weil sie den Übergang vom Wachsein zum Träumen nicht mehr merkten.
Tante Johanna erzählte, wie sie durch die Stadt geirrt war, dumpfen Autolärm dicht an den Ohren. Es war kurz vor Ladenschluß. Viele Menschen waren unterwegs, wie aufgebrochen zu einer Flucht oder Evakuierung.
Da waren ja die alten Läden wieder, mit ihren kleinen Schaufenstern, drei Hemden und zwei Fahrradschläuchen in der Auslage! Johanna war gerührt und voller Dankbarkeit, daß sie sich endlich wieder auskannte. Da war das erleuchtete Fenster des kleinen Geschäftes für Tierfutter aus ihrer Kindheit. Es war voller Konservenbüchsen, jede gleich, gefüllt mit einem glitschigen, braunen, schmierbluthaften Zeug, das wie »Wick« roch.
Oben auf den Stufen vor der Tür saßen zwei alte Leute wie Käuzchen und löffelten was aus Näpfen. Mit ihrem

überfeinen Gehör vernahm Johanna, wie sie berieten, die Leute zu belügen, um ihre eigne Haut zu retten und sich einen Vorteil zu verschaffen.
Tante hörte eine Amsel in der Luft Jiddisch sprechen.
Unter einem Flieder saß ein dickes Kind und aß ein Schnitzel. Johanna staunte. Wenn das da Flieder war, dann mußte es ja Frühling sein! Sie versuchte nachzurechnen, in welcher Jahreszeit sie sich befand, aber daß es Jahreszeiten gab, kam ihr zutiefst seltsam vor, und die Zeit lief viel zu schnell.
Sie rutschte in ein Moor und sank mit offnen Augen unheimlich hurtig bis zum Grund.

Die Luft war still und schwer von was, das man nicht sagen kann, wie voller Lehm und Staub. Johanna war schon einmal hier gewesen. Doch das war lange her und ganz woanders. Es war schon eine Art Stadt, aber man kann das nicht so nennen.
Sie wollte mit dem Zug nach Hause. Aber sie kannte sich nicht aus mit Richtungen, Fahrplänen, Geld, und Züge fuhren unheimlich selten diese Strecke. Hier war ja kaum noch jemand. Jeder starb.
Sie fühlte sich verlassen und verwahrlost, ohne Halt, wie ihre Schwägerin Melanie, die sich die Männer von der Straße geholt hatte. Sie hatte was verschluckt, das ihr jetzt weh tat. Es war wie was aus Eisen.
Sie sah jetzt alles klar. Sie stand auf der Straße und sah die Menschen an.
Wie kindlich ein Gesicht ist, so unbeschützt und wund. Der arme, einfache Mund, er ist zum Tod bestimmt. Sie sah einen Bettler an der Wand und wußte, er würde mit

vierzig sterben. Wolken jagten mit rasender Geschwindigkeit über den Himmel.
Sie war sexuell erregt und schämte sich. Sie konnte die Gedanken der Leute hören, wie sie ununterbrochen plapperten. Sie hatte Angst, sie würde wahnsinnig, wenn sie auf die Stimme an ihrem Ohr hörte, die sagte, bekenne dich zu dir, bekenne dich zu dir. Sie hatte ein Bild wie einen Zwang im Kopf, da war eine scharfe, spitze Nadel, und sie führte sie in ihre Scheide und stach sich und verblutete im Sand.
Sie sah ein Mädchen in einem Fenster wie sich selbst, die gab sich jedem hin, der vorbeikam. Sie knickte ein, sank auf den Boden und schlief mit ihm.

Tante Johanna wußte, sie hatte einen falschen Mann geheiratet, und seine fremden Kinder waren durch sie auf die Welt gekommen.
Sie kam sich selbst entgegen, fremd. Die Kinder ihrer Kinder ihrer Kinder ihrer Kinder spielten auf einem großen Schachbrett mit riesigen Figuren. Plötzlich war alles nur Klötze aus Holz und purzelte ihr entgegen, und jemand sang: DAS WAREN SZENEN AUS DEM WIRKLICHEN LEBEN.

Oma schaltete das Fernsehn ein, und das Unheimliche verblaßte. Sie entkam dem, was sie mit sich selbst gewesen war, erleichtert, wie einer Gefahr. Das Fernsehn sprach konventionelle Worte, unter denen sich die Persönlichkeit wieder zusammensetzte wie unter einem magnetischen, beruhigenden Streicheln. Die Haut schloß sich, Gras wuchs darüber.

Zeichentrickfiguren jagten einander auf dem Bildschirm. Die streßgeplagten kleinen Wesen kratzten im gnadenlosen Trommelfeuer von Gewalt und Chaos die Kurve, daß die Sohlen dampften und das Fell in der Luft zurückblieb. Sie wurden gesprengt und setzten sich wieder zusammen, und die quicke, quirlige Schlußmusik gab das Zeichen zum Aufatmen. Ein frecher Hase erschien auf dem Bildschirm und knabberte cool wie ein Kriegsheld an seiner Möhre. Er gab Tante Johanna und Oma den Rat: Immer schön fröhlich bleiben.
Tante Johanna wimmerte ein Lied. Oma machte das Abendbrot. Das Fernsehn verkündete eine allgemeine Gefahr und meldete die aktuellen Katastrophen.

»Schön, daß du da warst«, sagte Tante zum Abschied.
Ich wollte weinen. Das ist doch nicht die Welt, so schrecklich. Ich kann das niemals glauben, was in ihr geschieht. Ich glaube etwas Schöneres.

Oma und Tante hatten nach dem Krieg immer in dieser Stadt gewohnt, sie hatten nicht mehr fliehen müssen, und doch erging es ihnen jetzt wie Flüchtlingen, sie waren verwirrt, verängstigt, heimatlos.
»Herrgottchen, nimm mich doch zu dir«, bat Oma, während sie ihre todesverzögernde Medizin nahm.

✗

»Man fühlt sich wie ein Fremder«, beklagte sich eine Frau bei der anderen in meinem Zug zurück. »Niemand spricht mehr Deutsch. Man hat Angst, durch seine eigne Stadt zu gehen.«

Ich war müde und traurig. Ich sah aus dem Fenster. Schnee. Reh. Noch eins.

Die Leuten hetzten in Anoraks und Mänteln über den Bahnsteig und zwängten sich durch die Gänge der Waggons. Ohne Ton; Maria Callas sang in meinem Walkman »J'ai perdu mon Eurydice« von Gluck – das war die Kassette, die ich mir in B. gekauft hatte, diese losgelassene, wahnsinnige, anmutige Liebe.

Ich will ihn nicht verloren haben.

Manche Leute sagen, man zerstört die Liebe selbst, verliert sie unbewußt absichtlich. Aber das glaub ich nicht. Manchmal verliert man was aus Absicht oder macht es aus dunklem Drang kaputt, aber das ist dann etwas anderes. Das weiß man selber insgeheim.

Er ist nun weggeschluckt in diesen Bauch des Dunklen, wie die Dinge und Menschen damals in Finkenrath. Und ich stehe in meinem Innern wie bei Kater Peters Verschwinden vor dem dunklen Berg und rufe Mustafa, Mustafa.

Wir haben unsere Katzen oft so rufen müssen. Manche blieben weg für immer. Aber manche kamen auch zurück.